比较文学与世界文学 研究丛书

主编 曹顺庆

二编 第 2 册

世界华文文学学科史（上）

古远清 著

花木兰文化事业有限公司

国家图书馆出版品预行编目资料

世界华文文学学科史（上）／古远清 著 –– 初版 –– 新北市：
花木兰文化事业有限公司，2023〔民112〕
目 4+162 面；19×26 公分
（比较文学与世界文学研究丛书 二编 第 2 册）
ISBN 978-626-344-313-6（精装）
1.CST：中国文学史

810.8   111022106

ISBN-978-626-344-313-6

比较文学与世界文学研究丛书
二编 第二册   ISBN：978-626-344-313-6

世界华文文学学科史（上）

作　　者 古远清
主　　编 曹顺庆
企　　划 四川大学双一流学科暨比较文学研究基地
总 编 辑 杜洁祥
副总编辑 杨嘉乐
编辑主任 许郁翎
编　　辑 张雅淋、潘玟静　美术编辑 陈逸婷
出　　版 花木兰文化事业有限公司
发 行 人 高小娟
联络地址 台湾 235 新北市中和区中安街七二号十三楼
　　　　　电话：02-2923-1455 ／ 传真：02-2923-1452
网　　址 http://www.huamulan.tw 信箱 service@huamulans.com
印　　刷 普罗文化出版广告事业
初　　版 2023 年 3 月
定　　价 二编 28 册（精装）新台币 76,000 元

世界华文文学学科史（上）

古远清 著

作者简介

古远清（1941-2022），广东梅县人。武汉大学中文系毕业，为台港文学史家、世界华文文学学科奠基人之一。现为陕西师范大学人文社会科学高等研究院驻院研究员、中南财经政法大学教授、中国新文学学会名誉副会长。

著有《世界华文文学概论》、《台湾文学焦点话题》、《台湾文学学科入门》、《微型台湾文学史》、《海峡两岸文学关系史》、《战后台湾文学理论史》、《台湾查禁文艺书刊史》、《台湾百年文学制度史》、《台湾百年文学期刊史》、《台湾百年文学出版史》、《台湾百年文学纷争史》、《台湾当代文学辞典》、《香港当代文学批评史》等多种。

提　要

华文文学如同英语文学、法语文学、西班牙语文学、葡萄牙语文学、阿拉伯语文学一样，也是一种世界性的文学。本书通过世界华文文学的界定、世界华文文学与周边学科以及世界华文文学为什么是一门独立学科和作为学科的生成前史、生成背景、生成基础、生成历程、生成经验还有世界华文文学组织机制、世界华文文学的主要媒体、世界华文文学研究概况、世界华文文学学科的主要著作、世界华文文学创作大家、世界华文文学研究名家、世界华文文学学科远景的论述，以构建世界华文文学研究的理论基础。

世界华文文学作为从中国现当代文学、比较文学、世界文学"突围"出来的新兴学科，从20世纪70年代末蹒跚起步，走过了从无到有、从逼仄到宽广、从单调到丰富的过程，然后在新世纪蓬勃发展起来，在"定位不明边缘论、学科消亡危机论与意识形态敏感论三维挑战中"日益走向成熟，其发展前景日新月异，令人乐观。

比较文学的中国路径

曹顺庆

自德国作家歌德提出"世界文学"观念以来，比较文学已经走过近二百年。比较文学研究也历经欧洲阶段、美洲阶段而至亚洲阶段，并在每一阶段都形成了独具特色学科理论体系、研究方法、研究范围及研究对象。中国比较文学研究面对东西文明之间不断加深的交流和碰撞现况，立足中国之本，辩证吸纳四方之学，而有了如今欣欣向荣之景象，这套丛书可以说是应运而生。本丛书尝试以开放性、包容性分批出版中国比较文学学者研究成果，以观中国比较文学学术脉络、学术理念、学术话语、学术目标之概貌。

一、百年比较文学争讼之端——比较文学的定义

什么是比较文学？常识告诉我们：比较文学就是文学比较。然而当今中国比较文学教学实际情况却并非完全如此。长期以来，中国学术界对"什么是比较文学？"却一直说不清，道不明。这一最基本的问题，几乎成为学术界纠缠不清、莫衷一是的陷阱，存在着各种不同的看法。其中一些看法严重误导了广大学生！如果不辨析这些严重误导了广大学生的观点，是不负责任、问心有愧的。恰如《文心雕龙·序志》说"岂好辩哉，不得已也"，因此我不得不辩。

其中一个极为容易误导学生的说法，就是"比较文学不是文学比较"。目前，一些教科书郑重其事地指出：比较文学不是文学比较。认为把"比较"与"文学"联系在一起，很容易被人们理解为用比较的方法进行文学研究的意思。并进一步强调，比较文学并不等于文学比较，并非任何运用比较方法来进行的比较研究都是比较文学。这种误导学生的说法几乎成为一个定论，

一个基本常识，其实，这个看法是不完全准确的。

让我们来看看一些具体例证，请注意，我列举的例证，对事不对人，因而不提及具体的人名与书名，请大家理解。在 Y 教授主编的教材中，专门设有一节以"比较文学不是文学比较"为题的内容，其中指出"比较文学界面临的最大的困惑就是把'比较文学'误读为'文学比较'"，在高等院校进行比较文学课程教学时需要重点强调"比较文学不是文学比较"。W 教授主编的教材也称"比较文学不是文学的比较"，因为"不是所有用比较的方法来研究文学现象的都是比较文学"。L 教授在其所著教材专门谈到"比较文学不等于文学比较"，因为，"比较"已经远远超出了一般方法论的意义，而具有了跨国家与民族、跨学科的学科性质，认为将比较文学等同于文学比较是以偏概全的。"J 教授在其主编的教材中指出，"比较文学并不等于文学比较"，并以美国学派雷马克的比较文学定义为根据，论证比较文学的"比较"是有前提的，只有在地域观念上跨越打通国家的界限，在学科领域上跨越打通文学与其他学科的界限，进行的比较研究才是比较文学。在 W 教授主编的教材中，作者认为，"若把比较文学精神看作比较精神的话，就是犯了望文生义的错误，一百余年来，比较文学这个名称是名不副实的。"

从列举的以上教材我们可以看出，首先，它们在当下都仍然坚持"比较文学不是文学比较"这一并不完全符合整个比较文学学科发展事实的观点。如果认为一百余年来，比较文学这个名称是名不副实的，所有的比较文学都不是文学比较，那是大错特错！其次，值得注意的是，这些教材在相关叙述中各自的侧重点还并不相同，存在着不同程度、不同方面的分歧。这样一来，错误的观点下多样的谬误解释，加剧了学习者对比较文学学科性质的错误把握，使得学习者对比较文学的理解愈发困惑，十分不利于比较文学方法论的学习、也不利于比较文学学科的传承和发展。当今中国比较文学教材之所以普遍出现以上强作解释，不完全准确的教科书观点，根本原因还是没有仔细研究比较文学学科不同阶段之史实，甚至是根本不清楚比较文学不同阶段的学科史实的体现。

实际上，早期的比较文学"名"与"实"的确不相符合，这主要是指法国学派的学科理论，但是并不包括以后的美国学派及中国学派的学科理论，如果把所有阶段的学科理论一锅煮，是不妥当的。下面，我们就从比较文学学科发展的史实来论证这个问题。"比较文学不是文学比较""comparative literature is not literary comparison"，只是法国学派提出的比较文学口号，只是法国学派一派的主张，而不是整个比较文学学科的基本特征。我们不能够把这个阶段性的比较文学口号扩大化，甚至让其突破时空，用于描述比较文学所有的阶段和学派，更不能够使其"放之四海而皆准"。

法国学派提出"比较文学不是文学比较"，这个"比较"（comparison）是他们坚决反对的！为什么呢，因为他们要的不是文学"比较"（literary comparison），而是文学"关系"（literary relationship），具体而言，他们主张比较文学是实证的国际文学关系，是不同国家文学的影响关系，influences of different literatures，而不是文学比较。

法国学派为什么要反对"比较"（comparison），这与比较文学第一次危机密切相关。比较文学刚刚在欧洲兴起时，难免泥沙俱下，乱比的情形不断出现，暴露了多种隐患和弊端，于是，其合法性遭到了学者们的质疑：究竟比较文学的科学性何在？意大利著名美学大师克罗齐认为，"比较"（comparison）是各个学科都可以应用的方法，所以，"比较"不能成为独立学科的基石。学术界对于比较文学公然的质疑与挑战，引起了欧洲比较文学学者的震撼，到底比较文学如何"比较"才能够避免"乱比"？如何才是科学的比较？

难能可贵的是，法国学者对于比较文学学科的科学性进行了深刻的的反思和探索，并提出了具体的应对的方法：法国学派采取壮士断臂的方式，砍掉"比较"（comparison），提出比较文学不是文学比较（comparative literature is not literary comparison），或者说砍掉了没有影响关系的平行比较，总结出了只注重文学关系（literary relationship）的影响（influences）研究方法论。法国学派的创建者之一基亚指出，比较文学并不是比较。比较不过是一门名字没取好的学科所运用的一种方法……企图对它的性质下一个严格的定义可能是徒劳的。基亚认为：比较文学不是平行比较，而仅仅是文学关系史。以"文学关系"为比较文学研究的正宗。为什么法国学派要反对比较？或者说为什么法国学派要提出"比较文学不是文学比较"，因为法国学派认为"比较"（comparison）实际上是乱比的根源，或者说"比较"是没有可比性的。正如巴登斯佩哲指出："仅仅对两个不同的对象同时看上一眼就作比较，仅仅靠记忆和印象的拼凑，靠一些主观臆想把可能游移不定的东西扯在一起来找点类似点，这样的比较决不可能产生论证的明晰性"。所以必须抛弃"比较"。只承认基于科学的历史实证主义之上的文学影响关系研究（based on scientificity and positivism and literary influences.）。法国学派的代表学者卡雷指出：比较文学是实证性的关系研究："比较文学是文学史的一个分支：它研究拜伦与普希金、歌德与卡莱尔、瓦尔特·司各特与维尼之间，在属于一种以上文学背景的不同作品、不同构思以及不同作家的生平之间所曾存在过的跨国度的精神交往与实际联系。"正因为法国学者善于独辟蹊径，敢于提出"比较文学不是文学比较"，甚至完全抛弃比较（comparison），以防止"乱比"，才形成了一套建立在"科学"实证性为基础的、以影响关系为特征的"不比较"的比较文学学科理论体系，这终于挡住了克罗齐等人对比较文学"乱比"的批判，形成了以"科学"实证为特征的文学影响关系研究，确立了法国学派的学科理论和一整套方法论体系。当然，法国学派悍然砍掉比较研究，又不放弃"比较文学"这个名称，于是不可避免地出现了比较文学名不副实的尴尬现象，出现了打着比较文学名号，而又不比较的法国学派学科理论，这才是问题的关键。

当然，法国学派提出"比较文学不是文学比较"，只注重实证关系而不注重文学比较和文学审美，必然会引起比较文学的危机。这一危机终于由美国著名比较文学家韦勒克（René Wellek）在 1958 年国际比较文学协会第二次大会上明确揭示出来了。在这届年会上，韦勒克作了题为《比较文学的危机》的挑战性发言，对"不比较"的法国学派进行了猛烈批判，宣告了倡导平行比较和注重文学审美的比较文学美国学派的诞生。韦勒克作了题为《比较文学的危机》的挑战性发言，对当时一统天下的法国学派进行了猛烈批判，宣告了比较文学美国学派的诞生。韦勒克说："我认为，内容和方法之间的人为界线，渊源和影响的机械主义概念，以及尽管是十分慷慨的但仍属文化民族主义的动机，是比较文学研究中持久危机的症状。"韦勒克指出："比较也不能仅仅局限在历史上的事实联系中，正如最近语言学家的经验向文学研究者表明的那样，比较的价值既存在于事实联系的影响研究中，也存在于毫无历史关系的语言现象或类型的平等对比中。"很明显，韦勒克提出了比较文学就是要比较（comparison），就是要恢复巴登斯佩哲所讽刺和抛弃的"找点类似点"的平行比较研究。美国著名比较文学家雷马克（Henry Remak）在他的著名论文《比较文学的定义与功用》中深刻地分析了法国学派为什么放弃"比较"（comparison）的原因和本质。他分析说："法国比较文学否定'纯粹'的比较（comparison），它忠实于十九世纪实证主义学术研究的传统，即实证主义所坚持并热切期望的文学研究的'科学性'。按照这种观点，纯粹的类比不会得出任何结论，尤其是不能得出有更大意义的、系统的、概括性的结论。……既然值得尊重的科学必须致力于因果关系的探索，而比较文学必须具有科学性，因此，比较文学应该研究因果关系，即影响、交流、变更等。"雷马克进一步尖锐地指出，"比较文学"不是"影响文学"。只讲影响不要比的"比较文学"，当然是名不副实的。显然，法国学派抛弃了"比较"（comparison），但是仍然带着一顶"比较文学"的帽子，才造成了比较文学"名"与"实"不相符合，造成比较文学不比较的尴尬，这才是问题的关键。

美国学派最大的贡献，是恢复了被法国学派所抛弃的比较文学应有的本义——"比较"（The American school went back to the original sense of comparative literature ——"comparison"），美国学派提出了标志其学派学科理论体系的平行比较和跨学科比较："比较文学是一国文学与另一国或多国文学的比较，是文学与人类其他表现领域的比较。"显然，自从美国学派倡导比较文学应当比较（comparison）以后，比较文学就不再有名与实不相符合的问题了，我们就不应当再继续笼统地说"比较文学不是文学比较"了，不应当再以"比较文学不是文学比较"来误导学生！更不可以说"一百余年来，比较文学这个名称是名不副实的。"不能够将雷马克的观点也强行解释为"比较文学不是比较"。因为在美国学派看来，比较文学就是要比较（comparison）。比较文学就是要恢复被巴登斯佩哲所讽刺和抛弃的"找点类似点"的平行比较研究。因为平行研究的可比性，正是类同性。正如韦勒克所说，"比较的价值既存在于事实联系的影响研究中，也存在于毫无历史关系的语言现象或类型的平等对比中。"恢复平行比较研究、跨学科研究，形成了以"找点类似点"的平行研究和跨学科研究为特征的比较文学美国学派学科理论和方法论体系。美国学派的学科理论以"类型学"、"比较诗学"、"跨学科比较"为主，并拓展原属于影响研究的"主题学"、"文类学"等领域，大大扩展比较文学研究领域。

二、比较文学的三个阶段

下面，我们从比较文学的三个学科理论阶段，进一步剖析比较文学不同阶段的学科理论特征。现代意义上的比较文学学科发展以"跨越"与"沟通"为目标，形成了类似"层叠"式、"涟漪"式的发展模式，经历了三个重要的学科理论阶段，即：

一、欧洲阶段，比较文学的成形期；二、美洲阶段，比较文学的转型期；三、亚洲阶段，比较文学的拓展期。我们将比较文学三个阶段的发展称之为"涟漪式"结构，实际上是揭示了比较文学学科理论的继承与创新的辩证关系：比较文学学科理论的发展，不是以新的理论否定和取代先前的理论，而是层叠式、累进式地形成"涟漪"式的包容性发展模式，逐步积累推进。比较文学学科理论发展呈现为层叠式、"涟漪"式、包容式的发展模式。我们把这个模式描绘如下：

法国学派主张比较文学是国际文学关系，是不同国家文学的影响关系。形成学科理论第一圈层：比较文学——影响研究；美国学派主张恢复平行比较，形成学科理论第二圈层：比较文学——影响研究＋平行研究＋跨学科研究；中国学派提出跨文明研究和变异研究，形成学科理论第三圈层：比较文学——影响研究＋平行研究＋跨学科研究＋跨文明研究＋变异研究。这三个圈层并不互相排斥和否定，而是继承和包容。我们将比较文学三个阶段的发展称之为层叠式、"涟漪"式、包容式结构，实际上是揭示了比较文学学科理论的继承与创新的辩证关系。

法国学派提出，可比性的第一个立足点是同源性，由关系构成的同源性。同源性主要是针对影响关系研究而言的。法国学派将同源性视作可比性的核心，认为影响研究的可比性是同源性。所谓同源性，指的是通过对不同国家、不同民族和不同语言的文学的文学关系研究，寻求一种有事实联系的同源关系，这种影响的同源关系可以通过直接、具体的材料得以证实。同源性往往建立在一条可追溯关系的三点一线的"影响路线"之上，这条路线由发送者、接受者和传递者三部分构成。如果没有相同的源流，也就不可能有影响关系，也就谈不上可比性，这就是"同源性"。以渊源学、流传学和媒介学作为研究的中心，依靠具体的事实材料在国别文学之间寻求主题、题材、文体、原型、思想渊源等方面的同源影响关系。注重事实性的关联和渊源性的影响，并采用严谨的实证方法，重视对史料的搜集和求证，具有重要的学术价值与学术意义，仍然具有广阔的研究前景。渊源学的例子：杨宪益，《西方十四行诗的渊源》。

比较文学学科理论的第二阶段在美洲，第二阶段是比较文学学科理论的转型期。从 20 世纪 60 年代以来，比较文学研究的主要阵地逐渐从法国转向美国，平行研究的可比性是什么？是类同性。类同性是指是没有文学影响关系的不同国家文学所表现出的相似和契合之处。以类同性为基本立足点的平行研究与影响研究一样都是超出国界的文学研究，但它不涉及影响关系研究的放送、流传、媒介等问题。平行研究强调不同国家的作家、作品、文学现象的类同比较，比较结果是总结出于文学作品的美学价值及文学发展具有规律性的东西。其比较必须具有可比性，这个可比性就是类同性。研究文学中类同的：风格、结构、内容、形式、流派、情节、技巧、手法、情调、形象、主题、文类、文学思潮、文学理论、文学规律。例如钱钟书《通感》认为，中国诗文有一种描写手法，古代批评家和修辞学家似乎都没有拈出。宋祁《玉楼春》词有句名句："红杏枝头春意闹。"这与西方的通感描写手法可以比较。

比较文学的又一次危机：比较文学的死亡

九十年代，欧美学者提出，比较文学作为一门学科已经死亡！最早是英国学者苏珊·巴斯奈特 1993 年她在《比较文学》一书中提出了比较文学的死亡论，认为比较文学作为一门学科，在某种意义上已经死亡。尔后，美国学者斯皮瓦克写了一部比较文学专著，书名就叫《一个学科的死亡》。为什么比较文学会死亡，斯皮瓦克的书中并没有明确回答！为什么西方学者会提出比较文学死亡论？全世界比较文学界都十分困惑。我们认为，20 世纪 90 年代以来，欧美比较文学继"理论热"之后，又出现了大规模的"文化转向"。脱离了比较文学的基本立场。首先是不比较，即不讲比较文学的可比性问题。西方比较文学研究充斥大量的 Culture Studies（文化研究），已经不考虑比较的合理性，不考虑比较文学的可比性问题。第二是不文学，即不关心文学问题。西方学者热衷于文化研究，关注的已经不是文学性，而是精神分析、政治、性别、阶级、结构等等。最根本的原因，是比较文学学科长期囿于西方中心论，有意无意地回避东西方不同文明文学的比较问题，基本上忽略了学科理论的新生长点，比较文学学科理论缺乏创新，严重忽略了比较文学的差异性和变异性。

要克服比较文学的又一次危机，就必须打破西方中心论，克服比较文学学科理论一味求同的比较文学学科理论模式，提出适应当今全球化比较文学研究的新话语。中国学派，正是在此次危机中，提出了比较文学变异学研究，总结出了新的学科理论话语和一套新的方法论。

中国大陆第一部比较文学概论性著作是卢康华、孙景尧所著《比较文学导论》，该书指出："什么是比较文学？现在我们可以借用我国学者季羡林先生的解释来回答了：'顾名思义，比较文学就是把不同国家的文学拿出来比较，这可以说是狭义的比较文学。广义的比较文学是把文学同其他学科来比较，包括人文科学和社会科学'。"[1]这个定义可以说是美国雷马克定义的翻版。不过，该书又接着指出："我们认为最精炼易记的还是我国学者钱钟书先生的说法：'比较文学作为一门专门学科，则专指跨越国界和语言界限的文学比较'。更具体地说，就是把不同国家不同语言的文学现象放在一起进行比较，研究他们在文艺理论、文学思潮，具体作家、作品之间的互相影响。"[2]这个定义似乎更接近法国学派的定义，没有强调平行比较与跨学科比较。紧接该书之后的教材是陈挺的《比较文学简编》，该书仍旧以"广义"与"狭义"来解释比较文学的定义，指出："我们认为，通常说的比较文学是狭义的，即指超越国家、民族和语言界限的文学研究……广义的比较文学还可以包括文学与其他艺术（音乐、绘画等）与其他意识形态（历史、哲学、政治、宗教等）之间的相互关系的研究。"[3]中国比较文学早期对于比较文学的定义中凸显了很强的不确定性。

由乐黛云主编，高等教育出版社 1988 年的《中西比较文学教程》，则对比较文学定义有了较为深入的认识，该书在详细考查了中外不同的定义之后，该书指出："比较文学不应受到语言、民族、国家、学科等限制，而要走向一种开放性，力图寻求世界文学发展的共同规律。"[4]"世界文学"概念的纳入极大拓宽了比较文学的内涵，为"跨文化"定义特征的提出做好了铺垫。

随着时间的推移，学界的认识逐步深化。1997 年，陈惇、孙景尧、谢天振主编的《比较文学》提出了自己的定义："把比较文学看作跨民族、跨语言、跨文化、跨学科的文学研究，更符合比较文学的实质，更能反映现阶段人们对于比较文学的认识。"[5]2000 年北京师范大学出版社出版了《比较文学概论》修订本，提出："什么是比较文学呢？比较文学是一种开放式的文学研究，它具有宏观的视野和国际的角度，以跨民族、跨语言、跨文化、跨学科界限的各种文学关系为研究对象，在理论和方法上，具有比较的自觉意识和兼容并包的特色。"[6]这是我们目前所看到的国内较有特色的一个定义。

---

1 卢康华、孙景尧著《比较文学导论》，黑龙江人民出版社 1984，第 15 页。

2 卢康华、孙景尧著《比较文学导论》，黑龙江人民出版社 1984 年版。

3 陈挺《比较文学简编》，华东师范大学出版社 1986 年版。

4 乐黛云主编《中西比较文学教程》，高等教育出版社 1988 年版。

5 陈惇、孙景尧、谢天振主编《比较文学》，高等教育出版社 1997 年版。

6 陈惇、刘象愚《比较文学概论》，北京师范大学出版社 2000 年版。

具有代表性的比较文学定义是 2002 年出版的杨乃乔主编的《比较文学概论》一书，该书的定义如下："比较文学是以跨民族、跨语言、跨文化与跨学科为比较视域而展开的研究，在学科的成立上以研究主体的比较视域为安身立命的本体，因此强调研究主体的定位，同时比较文学把学科的研究客体定位于民族文学之间与文学及其他学科之间的三种关系：材料事实关系、美学价值关系与学科交叉关系，并在开放与多元的文学研究中追寻体系化的汇通。"[7]方汉文则认为："比较文学作为文学研究的一个分支学科，它以理解不同文化体系和不同学科间的同一性和差异性的辩证思维为主导，对那些跨越了民族、语言、文化体系和学科界限的文学现象进行比较研究，以寻求人类文学发生和发展的相似性和规律性。"[8]由此而引申出的"跨文化"成为中国比较文学学者对于比较文学定义所做出的历史性贡献。

我在《比较文学教程》中对比较文学定义表述如下："比较文学是以世界性眼光和胸怀来从事不同国家、不同文明和不同学科之间的跨越式文学比较研究。它主要研究各种跨越中文学的同源性、变异性、类同性、异质性和互补性，以影响研究、变异研究、平行研究、跨学科研究、总体文学研究为基本方法论，其目的在于以世界性眼光来总结文学规律和文学特性，加强世界文学的相互了解与整合，推动世界文学的发展。"[9]在这一定义中，我再次重申"跨国""跨学科""跨文明"三大特征，以"变异性""异质性"突破东西文明之间的"第三堵墙"。

"首在审己，亦必知人"。中国比较文学学者在前人定义的不断论争中反观自身，立足中国经验、学术传统，以中国学者之言为比较文学的危机处境贡献学科转机之道。

三、两岸共建比较文学话语——比较文学中国学派

中国学者对于比较文学定义的不断明确也促成了"比较文学中国学派"的生发。得益于两岸几代学者的垦拓耕耘，这一议题成为近五十年来中国比较文学发展中竖起的最鲜明、最具争议性的一杆大旗，同时也是中国比较文学学科理论研究最有创新性，最亮丽的一道风景线。

---

7 杨乃乔主编《比较文学概论》，北京大学出版社 2002 年版。
8 方汉文《比较文学基本原理》，苏州大学出版社 2002 年版。
9 曹顺庆《比较文学教程》，高等教育出版社 2006 年版。

比较文学"中国学派"这一概念所蕴含的理论的自觉意识最早出现的时间大约是 20 世纪 70 年代。当时的台湾由于派出学生留洋学习,接触到大量的比较文学学术动态,率先掀起了中外文学比较的热潮。1971 年 7 月在台湾淡江大学召开的第一届"国际比较文学会议"上,朱立元、颜元叔、叶维廉、胡辉恒等学者在会议期间提出了比较文学的"中国学派"这一学术构想。同时,李达三、陈鹏翔(陈慧桦)、古添洪等致力于比较文学中国学派早期的理论催生。如 1976 年,古添洪、陈慧桦出版了台湾比较文学论文集《比较文学的垦拓在台湾》。编者在该书的序言中明确提出:"我们不妨大胆宣言说,这援用西方文学理论与方法并加以考验、调整以用之于中国文学的研究,是比较文学中的中国派"[10]。这是关于比较文学中国学派较早的说明性文字,尽管其中提到的研究方法过于强调西方理论的普世性,而遭到美国和中国大陆比较文学学者的批评和否定;但这毕竟是第一次从定义和研究方法上对中国学派的本质进行了系统论述,具有开拓和启明的作用。后来,陈鹏翔又在台湾《中外文学》杂志上连续发表相关文章,对自己提出的观点作了进一步的阐释和补充。

在"中国学派"刚刚起步之际,美国学者李达三起到了启蒙、催生的作用。李达三于 60 年代来华在台湾任教,为中国比较文学培养了一批朝气蓬勃的生力军。1977 年 10 月,李达三在《中外文学》6 卷 5 期上发表了一篇宣言式的文章《比较文学中国学派》,宣告了比较文学的中国学派的建立,并认为比较文学中国学派旨在"与比较文学中早已定于一尊的西方思想模式分庭抗礼。由于这些观念是源自对中国文学及比较文学有兴趣的学者,我们就将含有这些观念的学者统称为比较文学的'中国'学派。"并指出中国学派的三个目标:1、在自己本国的文学中,无论是理论方面或实践方面,找出特具"民族性"的东西,加以发扬光大,以充实世界文学;2、推展非西方国家"地区性"的文学运动,同时认为西方文学仅是众多文学表达方式之一而已;3、做一个非西方国家的发言人,同时并不自诩能代表所有其他非西方的国家。李达三后来又撰文对比较文学研究状况进行了分析研究,积极推动中国学派的理论建设。[11]

继中国台湾学者垦拓之功,在 20 世纪 70 年代末复苏的大陆比较文学研

---

10 古添洪、陈慧桦《比较文学的垦拓在台湾》,台湾东大图书公司 1976 年版。
11 李达三《比较文学研究之新方向》,台湾联经事业出版公司 1978 年版。

究亦积极参与了"比较文学中国学派"的理论建设和学科建设。

　　季羡林先生 1982 年在《比较文学译文集》的序言中指出："以我们东方文学基础之雄厚，历史之悠久，我们中国文学在其中更占有独特的地位，只要我们肯努力学习，认真钻研，比较文学中国学派必然能建立起来，而且日益发扬光大"[12]。1983 年 6 月，在天津召开的新中国第一次比较文学学术会议上，朱维之先生作了题为《比较文学中国学派的回顾与展望》的报告，在报告中他旗帜鲜明地说："比较文学中国学派的形成（不是建立）已经有了长远的源流，前人已经做出了很多成绩，颇具特色，而且兼有法、美、苏学派的特点。因此，中国学派绝不是欧美学派的尾巴或补充"[13]。1984 年，卢康华、孙景尧在《比较文学导论》中对如何建立比较文学中国学派提出了自己的看法，认为应当以马克思主义作为自己的理论基础，以我国的优秀传统与民族特色为立足点与出发点，汲取古今中外一切有用的营养，去努力发展中国的比较文学研究。同年在《中国比较文学》创刊号上，朱维之、方重、唐弢、杨周翰等人认为中国的比较文学研究应该保持不同于西方的民族特点和独立风貌。1985 年，黄宝生发表《建立比较文学的中国学派：读〈中国比较文学〉创刊号》，认为《中国比较文学》创刊号上多篇讨论比较文学中国学派的论文标志着大陆对比较文学中国学派的探讨进入了实际操作阶段。[14]1988 年，远浩一提出"比较文学是跨文化的文学研究"（载《中国比较文学》1988 年第 3期）。这是对比较文学中国学派在理论特征和方法论体系上的一次前瞻。同年，杨周翰先生发表题为"比较文学：界定'中国学派'，危机与前提（载《中国比较文学通讯》1988 年第 2 期），认为东方文学之间的比较研究应当成为"中国学派"的特色。这不仅打破比较文学中的欧洲中心论，而且也是东方比较学者责无旁贷的任务。此外，国内少数民族文学的比较研究，也应该成为"中国学派"的一个组成部分。所以，杨先生认为比较文学中的大量问题和学派问题并不矛盾，相反有助于理论的讨论。1990 年，远浩一发表"关于'中国学派'"（载《中国比较文学》1990 年第 1 期），进一步推进了"中国学派"的研究。此后直到 20 世纪 90 年代末，中国学者就比较文学中国学派的建立、理论与方法以及相应的学科理论等诸多问题进行了积极而富有成效的探讨。

---

12 张隆溪《比较文学译文集》，北京大学出版社 1984 年版。
13 朱维之《比较文学论文集》，南开大学出版社 1984 年版。
14 参见《世界文学》1985 年第 5 期。

刘介民、远浩一、孙景尧、谢天振、陈淳、刘象愚、杜卫等人都对这些问题付出过不少努力。《暨南学报》1991 年第 3 期发表了一组笔谈，大家就这个问题提出了意见，认为必须打破比较文学研究中长期存在的法美研究模式，建立比较文学中国学派的任务已经迫在眉睫。王富仁在《学术月刊》1991 年第 4 期上发表"论比较文学的中国学派问题"，论述中国学派兴起的必然性。而后，以谢天振等学者为代表的比较文学研究界展开了对"X+Y"模式的批判。比较文学在大陆复兴之后，一些研究者采取了"X+Y"式的比附研究的模式，在发现了"惊人的相似"之后便万事大吉，而不注意中西巨大的文化差异性，成为了浅度的比附性研究。这种情况的出现，不仅是中国学者对比较文学的理解上出了问题，也是由于法美学派研究理论中长期存在的研究模式的影响，一些学者并没有深思中国与西方文学背后巨大的文明差异性，因而形成"X+Y"的研究模式，这更促使一些学者思考比较文学中国学派的问题。

经过学者们的共同努力，比较文学中国学派一些初步的特征和方法论体系逐渐凸显出来。1995 年，我在《中国比较文学》第 1 期上发表《比较文学中国学派基本理论特征及其方法论体系初探》一文，对比较文学在中国复兴十余年来的发展成果作了总结，并在此基础上总结出中国学派的理论特征和方法论体系，对比较文学中国学派作了全方位的阐述。继该文之后，我又发表了《跨越第三堵'墙'创建比较文学中国学派理论体系》等系列论文，论述了以跨文化研究为核心的"中国学派"的基本理论特征及其方法论体系。这些学术论文发表之后在国内外比较文学界引起了较大的反响。台湾著名比较文学学者古添洪认为该文"体大思精，可谓已综合了台湾与大陆两地比较文学中国学派的策略与指归，实可作为'中国学派'在大陆再出发与实践的蓝图"[15]。

在我撰文提出比较文学中国学派的基本特征及方法论体系之后，关于中国学派的论争热潮日益高涨。反对者如前国际比较文学学会会长佛克马（Douwe Fokkema）1987 年在中国比较文学学会第二届学术讨论会上就从所谓的国际观点出发对比较文学中国学派的合法性提出了质疑，并坚定地反对建立比较文学中国学派。来自国际的观点并没有让中国学者失去建立比较文学中国学派的热忱。很快中国学者智量先生就在《文艺理论研究》1988 年第

---

15 古添洪《中国学派与台湾比较文学界的当前走向》，参见黄维梁编《中国比较文学理论的垦拓》167 页，北京大学出版社 1998 年版。

1 期上发表题为《比较文学在中国》一文，文中援引中国比较文学研究取得的成就，为中国学派辩护，认为中国比较文学研究成绩和特色显著，尤其在研究方法上足以与比较文学研究历史上的其他学派相提并论，建立中国学派只会是一个有益的举动。1991 年，孙景尧先生在《文学评论》第 2 期上发表《为"中国学派"一辩》，孙先生认为佛克马所谓的国际主义观点实质上是"欧洲中心主义"的观点，而"中国学派"的提出，正是为了清除东西方文学与比较文学学科史中形成的"欧洲中心主义"。在 1993 年美国印第安纳大学举行的全美比较文学会议上，李达三仍然坚定地认为建立中国学派是有益的。二十年之后，佛克马教授修正了自己的看法，在 2007 年 4 月的"跨文明对话——国际学术研讨会（成都）"上，佛克马教授公开表示欣赏建立比较文学中国学派的想法[16]。即使学派争议一派繁荣景象，但最终仍旧需要落点于学术创见与成果之上。

比较文学变异学便是中国学派的一个重要理论创获。2005 年，我正式在《比较文学学》[17]中提出比较文学变异学，提出比较文学研究应该从"求同"思维中走出来，从"变异"的角度出发，拓宽比较文学的研究。通过前述的法、美学派学科理论的梳理，我们也可以发现前期比较文学学科是缺乏"变异性"研究的。我便从建构中国比较文学学科理论话语体系入手，立足《周易》的"变异"思想，建构起"比较文学变异学"新话语，力图以中国学者的视角为全世界比较文学学科理论提供一个新视角、新方法和新理论。

比较文学变异学的提出根植于中国哲学的深层内涵，如《周易》之"易之三名"所构建的"变易、简易、不易"三位一体的思辨意蕴与意义生成系统。具体而言，"变易"乃四时更替、五行运转、气象畅通、生生不息；"不易"乃天上地下、君南臣北、纲举目张、尊卑有位；"简易"则是乾以易知、坤以简能、易则易知、简则易从。显然，在这个意义结构系统中，变易强调"变"，不易强调"不变"，简易强调变与不变之间的基本关联。万物有所变，有所不变，且变与不变之间存在简单易从之规律，这是一种思辨式的变异模式，这种变异思维的理论特征就是：天人合一、物我不分、对立转化、整体关联。这是中国古代哲学最重要的认识论，也是与西方哲学所不同的"变异"思想。

---

16 见《比较文学报》2007 年 5 月 30 日，总第 43 期。
17 曹顺庆《比较文学学》，四川大学出版社 2005 年版。

由哲学思想衍生于学科理论，比较文学变异学是"指对不同国家、不同文明的文学现象在影响交流中呈现出的变异状态的研究，以及对不同国家、不同文明的文学相互阐发中出现的变异状态的研究。通过研究文学现象在影响交流以及相互阐发中呈现的变异，探究比较文学变异的规律。"[18]变异学理论的重点在求"异"的可比性，研究范围包含跨国变异研究、跨语际变异研究、跨文化变异研究、跨文明变异研究、文学的他国化研究等方面。比较文学变异学所发现的文化创新规律、文学创新路径是基于中国所特有的术语、概念和言说体系之上探索出的"中国话语"，作为比较文学第三阶段中国学派的代表性理论已经受到了国际学界的广泛关注与高度评价，中国学术话语产生了世界性影响。

四、国际视野中的中国比较文学

文明之墙让中国比较文学学者所提出的标识性概念获得国际视野的接纳、理解、认同以及运用，经历了跨语言、跨文化、跨文明的多重关卡，国际视野下的中国比较文学书写亦经历了一个从"遍寻无迹""只言片语"而"专篇专论"，从最初的"话语乌托邦"至"阶段性贡献"的过程。

二十世纪六十年代以来港台学者致力于从课程教学、学术平台、人才培养，国内外学术合作等方面巩固比较文学这一新兴学科的建立基石，如淡江文理学院英文系开设的"比较文学"（1966），香港大学开设的"中西文学关系"（1966）等课程；台湾大学外文系主编出版之《中外文学》月刊、淡江大学出版之《淡江评论》季刊等比较文学研究专刊；后又有台湾比较文学学会（1973 年）、香港比较文学学会（1978）的成立。在这一系列的学术环境构建下，学者前贤以"中国学派"为中国比较文学话语核心在国际比较文学学科理论、方法论中持续探讨，率先启声。例如李达三在 1980 年香港举办的东西方比较文学学术研讨会成果中选取了七篇代表性文章，以 *Chinese-Western Comparative Literature: Theory and Strategy* 为题集结出版，[19]并在其结语中附上那篇"中国学派"宣言文章以申明中国比较文学建立之必要。

学科开山之际，艰难险阻之巨难以想象，但从国际学者相关言论中可见西方对于中国比较文学学科的发展抱有的希望渺小。厄尔·迈纳（Earl Miner）

---

18 曹顺庆主编《比较文学概论》，高等教育出版社 2015 年版。

19 *Chinese-Western Comparative Literature：Theory & Strategy*，Chinese Univ Pr.1980-6

在 1987 年发表的 *Some Theoretical and Methodological Topics for Comparative Literature* 一文中谈到当时西方的比较文学鲜有学者试图将非西方材料纳入西方的比较文学研究中。(until recently there has been little effort to incorporate non-Western evidence into Western com- parative study.) 1992 年，斯坦福大学教授 David Palumbo-Liu 直接以《话语的乌托邦：论中国比较文学的不可能性》为题（*The Utopias of Discourse: On the Impossibility of Chinese Comparative Literature*）直言中国比较文学本质上是一项"乌托邦"工程。(My main goal will be to show how and why the task of Chinese comparative literature, particularly of pre-modern literature, is essentially a *utopian* project.) 这些对于中国比较文学的诘难与质疑，今美国加州大学圣地亚哥分校文学系主任张英进教授在其 1998 编著的 *China in a polycentric world: essays in Chinese comparative literature* 前言中也不得不承认中国比较文学研究在国际学术界中仍然处于边缘地位（The fact is, however, that Chinese comparative literature remained marginal in academia, even though it has developed closely with the rest of literary studies in the United Stated and even though China has gained increasing importance in the geopolitical world order over the past decades.）。[20]但张英进教授也展望了下一个千年中国比较文学研究的蓝景。

新的千年新的气象，"世界文学""全球化"等概念的冲击下，让西方学者开始注意到东方，注意到中国。如普渡大学教授斯蒂文·托托西（Tötösy de Zepetnek, Steven）1999 年发长文 *From Comparative Literature Today Toward Comparative Cultural Studies* 阐明比较文学研究更应该注重文化的全球性、多元性、平等性而杜绝等级划分的参与。托托西教授注意到了在法德美所谓传统的比较文学研究重镇之外，例如中国、日本、巴西、阿根廷、墨西哥、西班牙、葡萄牙、意大利、希腊等地区，比较文学学科得到了出乎意料的发展（emerging and developing strongly）。在这篇文章中，托托西教授列举了世界各地比较文学研究成果的著作，其中中国地区便是北京大学乐黛云先生出版的代表作品。托托西教授精通多国语言，研究视野也常具跨越性，新世纪以来也致力于以跨越性的视野关注世界各地比较文学研究的动向。[21]

---

20 Moran T . Yingjin Zhang, Ed. China in a Polycentric World: Essays in Chinese Comparative Literature[J].现代中文文学学报,2000,4(1):161-165.

21 Tötösy de Zepetnek, Steven. "From Comparative Literature Today Toward Comparative Cultural Studies." CLCWeb: Comparative Literature and Culture 1.3 (1999):

以上这些国际上不同学者的声音一则质疑中国比较文学建设的可能性，一则观望着这一学科在非西方国家的复兴样态。争议的声音不仅在国际学界，国内学界对于这一新兴学科的全局框架中涉及的理论、方法以及学科本身的立足点，例如前文所说的比较文学的定义，中国学派等等都处于持久论辩的漩涡。我们也通晓如果一直处于争议的漩涡中，便会被漩涡所吞噬，只有将论辩化为成果，才能转漩涡为涟漪，一圈一圈向外辐射，国际学人也在等待中国学者自己的声音。

上海交通大学王宁教授作为中国比较文学学者的国际发声者自 20 世纪末至今已撰文百余篇，他直言，全球化给西方学者带来了学科死亡论，但是中国比较文学必将在这全球化语境中更为兴盛，中国的比较文学学者一定会对国际文学研究做出更大的贡献。新世纪以来中国学者也不断地将自身的学科思考成果呈现在世界之前。2000 年，北京大学周小仪教授发文（*Comparative Literature in China*）[22]率先从学科史角度构建了中国比较文学在两个时期（20 世纪 20 年代至 50 年代，70 年代至 90 年代）的发展概貌，此文关于中国比较文学的复兴崛起是源自中国文学现代性的产生这一观点对美国芝加哥大学教授苏源熙（Haun Saussy）影响较深。苏源熙在 2006 年的专著 *Comparative Literature in an Age of Globalization* 中对于中国比较文学的讨论篇幅极少，其中心便是重申比较文学与中国文学现代性的联系。这篇文章也被哈佛大学教授大卫·达姆罗什（David Damrosch）收录于《普林斯顿比较文学资料手册》（*The Princeton Sourcebook in Comparative Literature*，2009[23]）。类似的学科史介绍在英语世界与法语世界都接续出现，以上大致反映了中国学者对于中国比较文学研究的大概描述在西学界的接受情况。学科史的构架对于国际学术对中国比较文学发展脉络的把握很有必要，但是在此基础上的学科理论实践才是关系于中国比较文学学科国际性发展的根本方向。

我在 20 世纪 80 年代以来 40 余年间便一直思考比较文学研究的理论构建问题，从以西方理论阐释中国文学而造成的中国文艺理论"失语症"思考

---

22 Zhou, Xiaoyi and Q.S. Tong, "Comparative Literature in China", Comparative Literature and Comparative Cultural Studies, ed., Totosy de Zepetnek, West Lafayette, Indiana: Purdue University Press, 2003, 268-283.

23 Damrosch, David (EDT)*The Princeton Sourcebook in Comparative Literature*: Princeton University Press

属于中国比较文学自身的学科方法论，从跨异质文化中产生的"文学误读""文化过滤""文学他国化"提出"比较文学变异学"理论。历经 10 年的不断思考，2013 年，我的英文著作：*The Variation Theory of Comparative Literature*（《比较文学变异学》），由全球著名的出版社之一斯普林格（Springer）出版社出版，并在美国纽约、英国伦敦、德国海德堡出版同时发行。*The Variation Theory of Comparative Literature*（《比较文学变异学》）系统地梳理了比较文学法国学派与美国学派研究范式的特点及局限，首次以全球通用的英语语言提出了中国比较文学学科理论新话语："比较文学变异学"。这一新概念、新范畴和新表述，引导国际学术界展开了对变异学的专刊研究（如普渡大学创办刊物《比较文学与文化》2017 年 19 期）和讨论。

欧洲科学院院士、西班牙圣地亚哥联合大学让·莫内讲席教授、比较文学系教授塞萨尔·多明戈斯教授（Cesar Dominguez），及美国科学院院士、芝加哥大学比较文学教授苏源熙（Haun Saussy）等学者合著的比较文学专著（Introducing Comparative literature: New Trends and Applications[24]）高度评价了比较文学变异学。苏源熙引用了《比较文学变异学》（英文版）中的部分内容，阐明比较文学变异学是十分重要的成果。与比较文学法国学派和美国学派形成对比，曹顺庆教授倡导第三阶段理论，即，新奇的、科学的中国学派的模式，以及具有中国学派本身的研究方法的理论创新与中国学派"（《比较文学变异学》（英文版）第 43 页）。通过对"中西文化异质性的"跨文明研究"，曹顺庆教授的看法会更进一步的发展与进步（《比较文学变异学》（英文版）第 43 页），这对于中国文学理论的转化和西方文学理论的意义具有十分重要的价值。（"Another important contribution in the direction of an imparative comparative literature-at least as procedure-is Cao Shunqing's 2013 *The Variation Theory of Comparative Literature*. In contrast to the "French School" and "American School" of comparative Literature, Cao advocates a "third-phrase theory", namely, "a novel and scientific mode of the Chinese school," a "theoretical innovation and systematization of the Chinese school by relying on our *own* methods" (*Variation Theory* 43; emphasis added). From this etic beginning, his proposal moves forward emically by developing a "cross-civilizaional study on the heterogeneity between

---

24 Cesar Dominguez,Haun Saussy,Dario Villanueva Introducing Comparative literature: New Trends and Applications，Routledge,2015

Chinese and Western culture"（43），which results in both the foreignization of Chinese literary theories and the Signification of Western literary theories.）

法国索邦大学（Sorbonne University）比较文学系主任伯纳德·弗朗科（Bernard Franco）教授在他出版的专著（《比较文学：历史、范畴与方法》）*La littératurecomparée: Histoire, domaines, méthodes* 中以专节引述变异学理论，他认为曹顺庆教授提出了区别于影响研究与平行研究的"第三条路"，即"变异理论"，这对应于观点的转变，从"跨文化研究"到"跨文明研究"。变异理论基于不同文明的文学体系相互碰撞为形式的交流过程中以产生新的文学元素，曹顺庆将其定义为"研究不同国家的文学现象所经历的变化"。因此曹顺庆教授提出的变异学理论概述了一个新的方向，并展示了比较文学在不同语言和文化领域之间建立多种可能的桥梁。（Il évoque l'hypothèse d'une troisième voie, la « théorie de la variation », qui correspond à un déplacement du point de vue, de celui des « études interculturelles » vers celui des « études transcivilisationnelles . » Cao Shunqing la définit comme « l'étude des variations subies par des phénomènes littéraires issus de différents pays, avec ou sans contact factuel, en même temps que l'étude comparative de l'hétérogénéité et de la variabilité de différentes expressions littéraires dans le même domaine ».Cette hypothèse esquisse une nouvelle orientation et montre la multiplicité des passerelles possibles que la littérature comparée établit entre domaines linguistiques et culturels différents.）25。

美国哈佛大学（Harvard University）厄内斯特·伯恩鲍姆讲席教授、比较文学教授大卫·达姆罗什（David Damrosch）对该专著尤为关注。他认为《比较文学变异学》（英文版）以中国视角呈现了比较文学学科话语的全球传播的有益尝试。曹顺庆教授对变异的关注提供了较为适用的视角，一方面超越了亨廷顿式简单的文化冲突模式，另一方面也跨越了同质性的普遍化。26国际学界对于变异学理论的关注已经逐渐从其创新性价值探讨延伸至文学研究，例如斯蒂文·托托西近日在 *Cultura* 发表的（Peripheralities: "Minor" Literatures, Women's Literature, and Adrienne Orosz de Csicser's Novels）一文中便成功地将变异学理论运用于阿德里安·奥罗兹的小说研究中。

---

25 Bernard Franco La littératurecomparée: Histoire, domaines, méthodes，Armand Colin 2016.

26 David Damrosch Comparing the Literatures,Literary Studies in a Global Age,Princeton University Press,2020.

国际学界对于比较文学变异学的认可也证实了变异学作为一种普遍性理论提出的初衷，其合法性与适用性将在不同文化的学者实践中巩固、拓展与深化。它不仅仅是跨文明研究的方法，而是一种具有超越影响研究和平行研究，超越西方视角或东方视角的宏大视野、一种建立在文化异质性和变异性基础之上的融汇创生、一种追求世界文学和总体问题最终理想的哲学关怀。

以如此篇幅展现中国比较文学之况，是因为中国比较文学研究本就是在各种危机论、唱衰论的压力下，各种质疑论、概念论中艰难前行，不探源溯流难以体察今日中国比较文学研究成果之不易。文明的多样性发展离不开文明之间的交流互鉴。最具"跨文明"特征的比较文学学科更需要文明之间成果的共享、共识、共析与共赏，这是我们致力于比较文学研究领域的学术理想。

千里之行，不积跬步无以至，江海之阔，不积细流无以成！如此宏大的一套比较文学研究丛书得承花木兰总编辑杜洁祥先生之宏志，以及该公司同仁之辛劳，中国比较文学学者之鼎力相助，才可顺利集结出版，在此我要衷心向诸君表达感谢！中国比较文学研究仍有一条长远之途需跋涉，期以系列丛书一展全貌，愿读者诸君敬赐高见！

曹顺庆

二零二一年十月二十三日于成都锦丽园

目

次

绪论　脱颖而出的世界华文文学学科

　　40 多年来，世界华文文学学科在前沿批评、史料挖掘、地区和国别华文文学史的编写、学科论著的发表与出版，以及研究方法的更新方面，都发生了深刻的变化。这不但改变了世界华文文学在各学科的地位和影响，而且使其成为新世纪的一门显学。其中《世界华文文学概论》、《世界华文文学学科史》、《世界华文文学新学科论文选》三本书的联袂出版，便是这门学科呈葳蕤之貌的标志。尤其是"世界华文文学学科史"的编写，是前人没有做过的工作，系"初写"、"试写"，其中有几个问题必须厘清：

　　所谓"世界华文文学"，首先是指"世界"的，包括中国陆台港澳和海外；"华文"是指华语或汉语写作；"文学"，是将用华文书写的考察报告、

计划书这类应用文文体排斥在外。可有人认为"世界华文文学"是指"世界各地以华文创作的有关华人世界的作品"[1]，其实作品的内容不关乎华人生活和华人世界，但只要是用华文创作的作品，就是世界华文文学。简言之，"世界华文文学"是指全球作家用华文创作的作品，是一个遍及世界五大洲，又有着五千年历史的文学现象，它包括中国大陆。但具体研究起来，其研究对象主要是指中国大陆以外有着离散创伤、漂泊体验、文化差异的海外华文文学，台港澳地区的文学也不能忽视。

"世界华文文学"不是"比较文学"的一部分，也不是缺乏异域文化碰撞的"中国现当代文学"在海外的延伸。"世界华文文学"亦不同于缺少文化归属与身份认同的"世界文学"。前者是属概念，后者是种概念。即前者范围小于后者。后者通常是指不用华文写作的文学，作者多为非华裔的外国人。当然，前者也不是无所不包的"巨无霸"式的学科，其文学语言限定在华文，作者亦多为华人。华人用外语写的作品，一般不认为是华文文学，但两者的界线也不可能区分得如楚河汉界那样清楚。模糊性、交叉性，本是文艺新学科的一个重要特征。

"世界华文文学"亦不同于"海外华文文学"。前者着眼于"世界"，后者则从中国本位着眼。它"关系着经济、政治、历史、国别、种族、文化等各种共通与差异，生发出来的关于语言与生存、漂泊与离散、抵抗与认同、边缘与中心、民族性与世界性等丰富多元的话题"[2]。华文文学与"世界汉学"还有重叠之处，即是说，华文文学是国际汉学之一种，所不同的是前者研究范围小，而后者研究的范围大——不局限于文学作品。即使以"文学"而论，研究华文文学不应将汉学家对华文文学的耕耘视而不见，不能将华文文学的"华文"与中华文化划等号，以免缩小华文文学的版图。必须把越南政治家胡志明、美国汉学家葛浩文、韩国华文作家许世旭等人用汉语书写的作品包括在世界华文文学之内。他们创作的华语作品虽然不是中国文学，但肯定是华文学，再如美国当代汉学家宇文所安的品唐诗，对中国古典文学研究、中国文化的海外传播作出了突出贡献。

正是在"华文"与"华人"观念的纠葛中，在"华语"与"汉语"命名

---

1 杜国清：《世界华文文学的概念与定义》，载公仲、江冰主编《走向新世纪：第六届世界华文文学国际研讨会论文集》，人民文学出版社，1994年，第23页。
2 汤俏：《北美新移民文学30年》，中国社会科学出版社，2020年，第9页。

的尴尬中，在学科定位的困窘中，给人提供了更广阔的研究空间和学术视野，在困扰中、在争议中"世界华文文学学科"脱颖而出，已经成功地建立。

众所周知，一门新学科的建立，无非是要有相应的理论支撑，有一支稳定的、优秀的研究队伍，著名大学开这门课，召开过多次国际研讨会，有自己的刊物，有自己的学会，有这门学科的带头人，有自己的学科著作和教材，有自己的研究年鉴，还要有这门学科的论文选。所有这些，"世界华文文学学科"完全具备。以开课而论，它不再是少数学者"闯关东"，在中国大陆已有北京大学、复旦大学、武汉大学、南京大学、厦门大学、暨南大学等近百所高校开这门课，有的学校还招了博士生。国际研讨会也召开了将近二十次，走出了"赶集式"的浮浅，每一届都有厚重的论文集问世。

此外，"中国世界华文文学学会"早在 2002 年就在广州建立，这对中外的文学交流和华文文学的发展繁荣，具有划时代的意义。《华文文学》杂志坚持了近四十年，《世界华文文学研究年鉴》也出版了将近十大册，教材和著作方面有《海外华文文学教程》、《当代台港文学概论》、《世界华文文学概论》，研究队伍方面有以刘登翰、黄万华、饶芃子为代表的老中青相结合的研究队伍。刘登翰从事华文文学研究时间比黄万华、饶芃子早，他的研究覆盖面巨大，尤其是主编三种台港澳文学史为世人所瞩目。这位华文文学研究"专业户"的论著，至今还成为后学的重要学术资源；而黄万华著作多、覆盖面比刘登翰更大。他也有台湾、香港文学史及《百年海外华文文学史》，另还有学科理论探讨的《百年华文文学史论》。和刘登翰不同的是，他的"三史"均是私家治史。至于以扶助新人著称的饶芃子，以海外华文文学和比较文学研究独树一帜，在学会的组织工作方面做了许多工作，可惜因病使其"余热"未能充分发挥出来。

除上述三人外，其他学者在华文文学的命名、世界华文文学空间的界定、世界华文文学历史与现状、区域性特色的诠释、海外华文文学的本土性与世界性、台港澳作家如何入史等问题做了探索。在华文文学研究著作出版方面，获得了空前丰收，有花城出版社出版的"世界华文文学研究文库"二十八本。这是中国当代文学学会和中国比较文学学会难以比肩的。这些事实充分说明，"世界华文文学学科"建立有雄厚的基础，更不用说有相当丰富的研究资源，全球有众多的华文文学作品做这门学科的"垫底"。仅新移民文学就有 2006 年成都出版社出版的、由少君主编的海外新移民文学大系《北美经典五重奏》，2007 年又推出按海外华文文学社团结集的七卷本《新移民文学社团交响曲》。

特别值得一提的是《世界华人周刊》张辉总策画的"世界华人文库"系列丛书已出版了三辑，包括小说、散文、诗歌、随笔、作品评论等多种文类的作品集、选集共五十多本，是迄今为止规模宏大、品种多样、汇集作家最多的大型新移民文学丛书。[3]

关于"世界华文文学学科"建立的时间，一般认为是以广东《花城》创刊号所刊登的曾敏之《港澳及东南亚汉语文学一瞥》为标志，具体时间是 1979 年 5 月。但这门学科有生成前史，即 1975 年夏天旅美华人所开展的小规模认同新中国文艺运动。在 70 年代后期，从美国赴祖国大陆访问的於梨华、聂华苓、叶嘉莹等人为世界各地华文作家的汇合做过架设桥梁的工作。还有 1979 年在美国爱荷华大学召开的"中国文学前途座谈会"，以及聂华苓伉俪所共同创办的"国际写作计划"。正如沈庆利所说："华文文学研究的学科建构，是海内外学界和华人作家持续联动、互动的结果，由此也决定了该学科融纳国际性、移动性、本土性和边缘性于一体的学科特色。"[4]

"世界华文文学学科史"的分期，大体上可分为四个阶段：从 1979 年 5 月到 1982 年"首届台湾香港文学研讨会"的召开，为酝酿时期。1983 年到 1993 年在庐山召开的"世界华文文学国际研讨会"，为成长时期。从 1994 年到 2001 年"中国世界华文文学学会"的建立，为壮大时期。2001 年至当下，为丰收时期。《世界华文文学学科史》基本上不按时期写，而按问题设章。

---

3 江少川：《新移民文学经典与经典化的思考》，《南昌大学学报》，2015 年第 1 期。
4 沈庆利：《"海纳百川"之后，应如何？——刍议古远清先生的华文文学观及其新著〈世界华文文学概论〉》，《华文文学》2022 年，第 3 期。

　　陈思和说：世界华文文学"可以成为独立的学科"，但"不要成为孤立的学科"。[5]为了不使这门学科成为"孤立的学科"，学科史主要是对学科内部的研究历史的评述与外部即与周边学科关系进行梳理。这评述和梳理，少不了严格审定一批较有代表性或影响力的如夏志清、王德威、朴宰雨、王润华等研究名家，和将林语堂、金枝芒、白先勇、哈金等作家的作品经典化。所谓"经典化"，是指"经典"不是一般具有原创性的优秀之作，而是影响大、传播广；作品自身的审美素质不同凡响，作品不会因时间的消逝而失去其艺术魅力，能传世的作品。这种作品不仅中国两岸三地有，而且海外也有。这种经典化的工作，过去还没有人做过。本书所做的这项工作尤其是所开列的名单，具有挑战性和争议性。

　　必须打破成见，认为"世界华文文学学科"没有走出它的幼年期，还不成熟，不值得写史，更不应该将其经典化。其实，经典化离不开"实在本体论"与"关系本体论"："从'实在本体论'与'关系本体论'两个维度来理解经典。'从实在本体论角度来看，经典是因内部固有的崇高特性而存在的实体'；'从关系本体论角度来看，经典是一个被确认的过程，一种在阐释中获得生命的存在。'而同时文学经典亦是属于时代（即一定的历史坐标系中）与特定地域的。"[6]按照这个标准，完全可以将在北美最有实力、最有后劲，在华人世界中知名度极高的严歌苓这类作家的作品从"实在本体论"和"关系本体论"两个维度加以经典化。为了未盖棺能先定论，今天在场的人就要有火眼金睛辨识和肯定的目光，有不做事后诸葛亮的大胆判断、作经典化的勇气。所谓时间老人的筛选，固然必要，但这不应当成为逃避经典化责任的借口。盲目经典化固然不可取，但否定经典化，不让散发出淡淡幽光的一块美玉发掘出来，也不一定是正途。大家知道。"世界华文文学学科"风风雨雨已走过四十多年，它处于动态的建构之中，不能稳定后再写史。对作家不一定要去世了才能定论。至于通俗文学如以写武侠小说著称的金庸和以写言情小说成名的琼瑶，不能上文学史，更不能封为经典作家，这同样是一种偏见。通俗文学有广大的读者群，它并不因为高雅文学的竞争就被排挤了出去。严肃文学读者有限，而通俗文学可以走向民间，况且有时雅与俗也很难区别。谁也不能保证通

5　颜敏访谈陈思和：《有行有思，境界乃大》，《当代作家评论》，2013年第3期。
6　黄曼君：《中国现代文学经典的诞生与延传》，中国社会科学出版社，2004年3月，第149-159页。

俗文学没有雅的成分，金庸一类的优秀作品未来不会上升为高雅文学。

学术界多次呼吁撰写《世界华文文学学科史》，如陈辽在《我与世界华文文学》的前言中说："20世纪'五四'以后，过了30年，我国有了现代文学史；新中国成立后30年，1979年有了中国当代文学史；那么，我们完全可以预期，到2009年以后，《世界华文文学研究史》将会出现。"[7]可这种"研究史"千呼万唤不出来。于是陈辽又在2002年6月第十二届世界华文文学国际学术研讨会上再次提出撰写《华文文学研究史》。考虑到撰写学科史的难度比编著华文文学创作史还要难上十倍。故一直只有"访问记"、《刘登翰对话录：一个人的学术旅行》[8]一类的回忆录和单篇文章，也有个别专题学科史，如《台湾香港文学研究述论》[9]、《台湾文学研究35年》[10]，但缺乏更系统更完整的整体性观照。但这不应成为我们漠视世界华文文学学科存在的一个理由。世界华文文学学科的危机在于缺乏文化自信和学术自信。世界华文文学学科的建立，不在于完美无缺，也不惧别人说三道四，而在于科学地总结世界华文文学所走过的道路。这种自信，昭示出我们不是虚无主义者，没有逃避学科建立的艰难与责任。在对当下华文文学创作与研究的实践中，通过世界华文文学的经验总结，去建设一个我们所珍惜所守护的华文文学世界。

7　香港：昆仑制作公司，2002年，第3页。

8　刘登翰自印，2021年。

9　王剑丛、汪景寿、杨正犁、蒋朗朗编著，天津教育出版社，1991年10月。

10　曹惠民、司方维著：《台湾文学研究35年（1979-2013）》，江苏大学出版社，2015年。

　　作为"孤独的个人"，笔者在生命的严冬撰写既有客观性、可证性又有个人风格的这部学科史，肯定有不周全之处。本来，学科史能否为学界所认同，关键不全在于学科史内容是否科学，是否经得起当代人认可，而主要在于这种学科史叙述是否符合华文文学特定的知识体系及与华文学者、作家创作出现的思潮、现象之间的协同关系。学科史写作应允许个人化、主观化、多元化。当然，这"三化"并不是无边际的，而是受制于一定的知识共同体。应该说明的是，本书没有"一锤定音"的历史宏愿，对丰富复杂的研究未能全面系统地做出历史清理，远未达到自己预定的"锋颖精密"、"义贵圆通"目标，欢迎识者另写一部学科史与之"竞争"。

第一章 世界华文文学的界定

第一节 是华文文学还是华人文学

　　"华人"一词最先出现在 1500 多年前的南北朝[1]。华文文学在 19 世纪之前的日本、朝鲜、越南等"汉语文化圈"就零零星星出现过。后来华文文学不仅在亚洲，而且在世界各大洲遍地开花。到了 20 世纪 50 年代，东南亚的新加坡华人正式创造了"华文文学"的称谓。之所以不称中文，而称华文；不称汉语，而称华语，为的是表明新加坡人不是中国人，他们说的话不是中国话和汉语，而是华语。这个"华文文学"，便是指全球不论何种国籍的作家，用汉语创作表现华族或其他民族生活的作品。这是一种从语言、文字方面进行规范的语种文学，其内涵比中国文学广泛，即中国文学除用维吾尔文、藏文等少数民族语言创作的作品外，它单指中国大陆及台港澳作家用汉语创作的文学，而华文文学却包括中国文学之外的海外华文文学。

　　研究华文文学，必须认清这门学科不同于中国现当代文学的地方。华文文学拥有"双重他者"身份和位于"多重场域"的这种特殊命题，"其中身份的归属、多元性与对话性、民族性与世界性"[2]构成了世界华文文学的特殊性和价值所在。具体说来，有下述十一个问题：

　　　　关于华侨、华人、华裔、华族等概念的形成和差异及其对文学

1　见南朝宋谢灵运《辩宗论，问答附》："良由华人悟理无渐而诬道无学，夷人悟理有学而诬道有渐，是故权实虽同，其用各异。"
2　艾尤：《华文文学共同体：一种研究新路径》，《中国现代文学研究丛刊》，2022 年第 9 期。

创作与研究的影响；

关于从中国"移民"到移居地"公民"的身分转变；

关于身分认同、国家认同和文化认同的一致性和差异性；

关于华人的跨国离散生存和中华文化全球性的网状散存结构；

关于落叶归根、落地生根和灵根自植的华人生存方式的多元选择和变化；

关于华人为何文学和文学如何是华人文学；

关于华人的世界性生存体验和母国人生回眸；

关于华人移民双重经验的跨域书写；

关于作为华人文化政治行为的华文文学与华人族群建构；

关于华文文学与"华人性"的文化表征；

关于华文文学的文本价值、历史价值、政治价值和审美价值……等等。3

这里讲的身份认同问题，包含创作者的身份。"华人性"，则与中华文化分不开。

中国新文学当然是由中国陆台港澳作家创作，而华文文学作者却不一定是中国公民，也不一定是华人或华裔，因而华文文学并非像有的学者所定义的

3　刘登翰：《华文文学理论建设的几个问题》，《文艺报》2019 年 7 月 27 日。

"华人作者为华人读者创作有关华人世界的华文作品"[4]。华文文学也有非华人作者，这主要是汉学家和政治家，如韩国的朴宰雨、德国的马汉茂，还有越南的黄文欢、日本的山本哲也、苏联的费德林。尽管这些人写的文章不一定反映华人的生活而是住在国的社会面貌、人文自然景观和特有的生活习俗，但由于它以汉语作为表达思想感情的工具，哪怕其内容并无中华民族意识及其乡土情结，当然也更谈不上海外华人的归属感，仍应看作华文文学。有人将华文文学的"华文"等同于中华文化，这就缩小了华文文学的版图，势必把上述葛浩文、许世旭等人用华文书写的作品剔除出去。

作为另一种概念的华人文学，其华人在种族上系泛指炎黄子孙后代，文化上则是指享有相同的思想文化资源及其历史记忆、文化风俗的族群，创作者的国籍及族别是界定它的标准。和华文文学比较，华人文学是一棵大树，华文文学是它长出的枝叶，或者说华文文学是华人文学的一个分支。

具体来说，华人文学由两大部分构成：一是指海外华人用华语创作的作品；二是指海外的华人用英文、荷兰文、法文、马来文、印尼文、西班牙文、韩文、日文等书写的文本。这类作品有前行代林语堂用英文创作的《京华烟云》《唐人街》。虽说作者不用华文，但仍在惯性的轨道上滑行，将海外生活套入海内故事，充斥着"月是故乡明"的感叹。这类作品表面上写的是海外，其实表现的还是东方之子的情怀。后来者有美国汤婷婷的《女战士》、谭恩美的《喜福会》、哈金的《等待》，加拿大李群英的《残月楼》、郑蔼龄的《妾的儿女》，荷兰王露露的《莲花剧院》，英国张戎的《鸿》，法国戴思杰的《巴尔扎克与中国小裁缝》，等等。这些作者大多数不是第一代移民和受过系统华文教育的华侨后代，而是掌握了移民国语言的土生华裔人士。据美国华人学者王灵智的介绍，华人文学还有许多处女地有待开垦，如中国、秘鲁混血作家佩特罗·S·朱伦的诗歌，菲律宾的知识分子作家们的"革命书写"，还有欧亚混血作家"水仙花"（伊迪丝·伊顿）用轻快的笔触书写 19 世纪华美移民满含血泪的故事[5]。至于《雪花秘扇》的作者 Lisa See 根本不会说中文也不会写华文，但会讲中国故事。这些作品当然不能划入中国文学的版图，它们具有独立自主的品格。

不可否认，华人文学与华文文学的关系时有交叉或重叠的地方，但两者仍

4 杜国清：《世界华文文学研究方法试论》，载第八届世界华文文学国际研讨会论文选《世纪之交的世界华文文学》，《台港与海外华文文学评论和研究》增刊，1996 年。

5 蒲若茜译：《"开花结果在海外——海外华人文学国际研讨会"综述》，《华文文学》，2003 年第 1 期。

有自己的楚河汉界。从文本角度来说，华文文学不需查户口国籍，只要作家以汉语为书写工具就认可，这是从语种文学入手。而华人文学，是指散布在世界各地的华人，既用中文又用母国以外的不同语言文字书写的篇章。它从作为创作主体的华族血统的身份出发，其种族血缘关系"认同"是最重要的依据。

作为一门新兴学科，世界华文文学中的华文文学与华人文学，有互相渗透、互相联结和综合、交叉、分化的趋势。这种趋势造成对它的命名在世界各地出现的情况不甚相同，如华人文学，在美国称为"美国华裔文学"，还有的将 Chinese American Literature 译为"华裔美国人文学""华裔美国文学"和"美国华裔英语文学"等。较为科学的说法应该是"美国华裔文学"，因为在这一概念中它首先强调的是美国文学，然后才加以限定，即华裔文学是整个美国文学的一个组成部分。另外，按照华语的表达习惯，应该是涵盖面大的位于前列，首先强调的内容在前，因而 Chinese American Literature 的中文译名应是"美国华裔文学"，这和广泛流行的译名"美国犹太文学""美国黑人文学"相一致，各属于作为一个整体的美国文学的组成部分[6]。

美国的华人文学，最著名的作家是第二代移民出身的汤婷婷与谭恩美。她们不生于中国，在美国接受系统的教育，用英文写作可谓是轻车熟路。她们的作品多以家庭为单位，从中表现不同人群的行为举止所折射的文化异同。其中常出现讲中国神怪故事包括《西游记》的母亲形象。这类作者始终不忘中华文化，但又不囿于中华文化，跳出了以中国人为背景的世俗写法。

作为不是华文文学而是华人文学的作家，著名的不是很多，但也有新出现的任璧莲。她于 1991 年出版了 Typical American（《典型美国人》），用幽默诙谐的笔调，反映出中国移民在双重文化身份的转换下追求"美国梦"的艰难历程，其中有美国族裔双重价值标准的撞击和折衷，对美国主流社会有关族裔的本质论重新做出了解构。

如果不扩大华文文学的文化研究内涵，或漠视华人文学的存在，或用"一刀切"的二分法，那就忽视了这些华裔文学所成长的中华文化土壤，也忽略了海外华人的种族认同，漠视了他们的创作成绩，这在客观上会挫伤海外华人创作的积极性[7]。

6　王理行、郭英剑：《论 Chinese American Literature 的中文译名及其界定》，《外国文学》2001 年第 3 期。

7　梁丽芳：《扩大视野：从海外华文文学到海外华人文学》，《华文文学》2003 年第 1期。

第二节　是世界华文文学还是海外华文文学

海外华文文学的"海"在古代中国除指海洋外，还特指"荒远之地"，在今天来说，"海外"是指中国本土之外的地域，"华文"指汉语，"文学"则是表现现实生活的一种样式。

海外华文文学从何时开始算起？不妨从晚清的王韬算起，他当年游览了英、法、俄等十多个国家，于 1873 年出版有《漫游随录》等作品。什么时候出现华人文艺的概念？在美国，至少在 1944 年就出现了首份华文文学杂志《华侨文阵》，明确提出与中国新文学不同的美国本地华人文艺的概念。

第一次世界大战引发了中国的五四运动，发生了打倒文言文的文学思潮，影响和催生出以南洋为主的第一波海外华文文学。那些外交官与羁旅者为海外华文文学增添了新体诗歌、新体散文。在第二次世界大战后，殖民地国家纷纷独立，与中国的联系不再像过去那样紧密的"化外之民"，时刻关注旅居他乡的华人生存困境。他们的"冷战"思维方式，为海外华文文学建立了复杂多变的关系，其作品注入了移民史、生存史、奋斗史等多种因素。中国的近代华文文学创作则有著名的海外游记：《癸卯游行记》（1903）和《归潜记》（1910）。此外，梁启超的《夏威夷游记》（1899）、马建忠的《马氏文通》（1898）和容闳的《西学东渐记》（1909）等，留下了中西文化碰撞与融会的痕迹。他们"不是为写作去关注当地、关注身边，而是为生存而关注。写作只是这种生存的衍生物、副产品"[8]。

海外华文文学概观

穆伯撰

8　张奥列：《海外华文文学该姓啥？》，《文学报》，2019 年 3 月 28 日。

　　海外华文作家后来写的作品，不再像梁启超等人那样具有强烈的中国性。他们与中国作家的不同之处在于具有"他者"的双重身份。相对于中国作家来说，他们的作品是海外华人文化的载体，而不是母国文化在海外的单纯移植。这种与中国文学的异质性或曰差异性，对母国文学而言，无疑是"他者"。而相对于住在国的主流文学而言，作家用异民族的文字即华文写作，这种外在的、另类的"客体"，同样属"他者"[9]。他们写的是具有异国特色的混合性作品，因而海外华文文学不能简单地看作中国文学的留洋和外放，而应视为住在国也就是外国文学的一部分。海外华文文学在海外的获奖情况，就可以说明这一点。如哈金曾获一九九九年美国"国家书卷奖"、二千美国笔会／福克纳基金会所颁发"美国笔会／福克纳小说奖"，成为第一位同时获此两项美国主流文学大奖之中国移民作家。此外，哈金的《等待》和《战争垃圾》曾在二〇〇〇年与二〇〇五年两度入围普利策奖小说类决赛名单。二〇〇〇年诺贝尔文学奖获得者也是法国华人作家高行健。严歌苓根据小说《少女小渔》改编的电影获亚太国际电影节等六项大奖，《小姨多鹤》获全球首个华侨文学最佳作品奖，《天浴》英译版获哥伦比亚大学最佳实验小说奖，张翎的小说曾获加拿大袁惠松文学奖，虹影曾获纽约《特尔菲卡》杂志"中国最佳短篇小说奖"，二〇〇五年获意大利"罗马文学奖"。陈河长篇小说《沙捞越战事》获第二届中山杯华人华侨文学奖的最佳作品奖。李彦的《红浮萍》曾获加拿大一九九六年全国小说新书提名奖，同年获加拿大滑铁卢地区"文学艺术杰出女性奖"。有的作家获奖不限于居住国，而带有国际性，如刘荒田获二〇〇九年首届中山杯华人华侨文学奖散文类首奖。章平曾获中山杯华人华侨文学奖诗歌奖。更不用说中国大陆的著名文学期刊《人民文学》、《收获》、《十月》、《江南》等著名文学刊物的大奖，新移民作家都一一斩获。在中国小说排行榜上，新移民小说的长中短篇，多次与中国当代著名作家"同台竞技"，榜上有名，并几次夺冠。[10]

　　不可否认，海外华文文学的命名是从中国视角或曰从中国本位出发的。新加坡一位学者在出席深圳大学举办的"第三届全国台港与海外华文文学学术讨论会"时，就针对"海外华文文学"明确提出意见，理由是：以这一名称来称呼中国以外的华文文学，有"以中国为唯一中心之嫌"。这种命名，的确内

9 刘俊：《从台港到海外》，广州：花城出版社，2004年。

10 江少川：《新移民文学经典与经典化的思考》，《南昌大学学报》，2015年第1期。

含了内 / 外、中心 / 边陲的二元对立。这不仅与地理因素有关，也与价值观念相连。在许多人看来，作为海外的"他者"，永远是绿叶，是中国文学这朵大红花的陪衬。为了改变中国文学是主力军、海外华文文学是同盟军这种传统观念，有的东南亚学者提出"多元文化中心论"[11]，详见本书第三章第五节。

海外华文文学创作可分三个阶段：一是第二次世界大战期间出现的华侨抗日文艺，二是上世纪六十年代，不少台湾作家移民美国，三是八、九十年代，中国大陆移民涌入西方。这三个阶段出现了有时代特色的文学作品。

无论哪个阶段，自觉放弃华夏本位观念的海外华文文学创作，都有两种文本：一是通过个人遭遇反映社会生活的具有历史文化价值的文本，它反映了华人在国外艰辛的奋斗历程，可作为历史教科书的补充。二是具有文化意义的文本。这类作品比前一种艺术性高。它不是一般的写 IT 精英、硅谷和华尔街的"纪录片"，而是"艺术片"，作者用生动的情节讲述了以移民为主题的"海外中国故事"。

海外华文文学同时具有历史文献价值、文化价值和审美价值的作品不是很多。无论是用母语还是像哈金、李彦、巫一毛用英文书写的文本，都存在有文化差异、语言不通、生存压力。海外华文作家所感受到的东西方两种不同文化的交会，完全相异的价值观的撞击，炎黄子孙为融入社会在陌生国度所产生的心灵落差及情感转化，都是东方经验在海外社会的一种反映。这一反映来之不易，因作家的创作得不到住在国官方乃至财团的支持，出版社对他们也没有多大兴趣，娱乐机构对这些患有"边缘人综合征"的华人作家，更无视其存在，故他们的作品只好出口转内销，返回中国大陆或台港澳地区发表和出版。即使这样，相对"海内"而言的这种外来文学，仍应将其和中国文学严格区分开来。这一"区分"对东南亚华文文学和中国台湾地区文学来说，环保意识的觉醒比中国大陆早，这与经济蓬勃发展所带来的问题有关。在文学制度上，海外华文文学均没有统一的或官方色彩的作家协会，当局对华文文学普遍不资助任其自生自灭。此外，由于媒体的推动特别是社会的发展、生活节奏的加快，"闪小说"和"闪小诗"在东南亚一带非常流行，如泰国有"小诗磨坊"。中国大陆当然也有微型小说和微诗，但远未像东南业那样形成大气候。他们的写作，多属"玩票"性质，多半是自娱自乐或娱乐他人，而不似中国大陆体制内

---

11 王润华：《从新华文学到世界华文学的大同世界》，载《从新华文学到世界华文学》，新加坡潮州八邑会馆丛书，1994 年版。

的作家有自觉的社会担当及严肃的使命感。

"没有本土，何来海外？"世界华文文学包括中国华文文学——主要是指中国境内的台港澳文学，以及海外华文文学。陈映真不这样看，他认为"'世界华文文学'似乎应该指涉及中国大陆本部——包括台港——以外地区的华人或华裔文学作家，以汉语=华语书写的文学"[12]，这就是说世界华文文学等于海外华文文学，这是缩小了世界华文文学的研究对象。

在中国大陆，有不少媒体包括一些重要的核心期刊在设置"海外华文文学"专栏时，把中国台港澳文学也涵盖了进去。这是混淆了"海外"与"海内"或"境外"与"境内"的区别，是不严谨、不规范的，因为"海外华文文学"，通常是指国外文学，而从政治和法理的角度看，中国台港澳文学则是"海内"文学。

有人认为，如果使用包括中国台港澳文学在内的"世界华文文学"概念，而不把它与"海外华文文学"相区隔，作为一门独立学科就很难存在。其实，把台港澳文学包括在"华文文学"或"世界华文文学"之内，可强化学科的内涵，更有利于学科的独立。因为当下中国的当代文学研究，通常是不包括台港澳文学的。把台港澳文学乃至大陆文学加入进去，正可增强"世界华文文学"这门学科的独特魅力。当然，加入中国大陆文学并不是认为作为世界华文文学主体的大陆文学是我们的研究重点和方向，研究方向毕竟不同于概念内涵。界定的标准是华文，而不在于地理范畴。[13]

海外华文文学现状

潘亚暾

---

12 陈映真：《世界华文文学的展望：关于世界华文文学的历史与特质的一些随想》，《世界华文文学论坛》1998 年第 1 期。

13 汤俏：《北美新移民文学 30 年》，中国社会科学出版社，2020 年，第 6 页。

第三节　是世界华文文学还是世界汉语新文学

2010 年 4 月，一本全新的《汉语新文学通史》问世。此书不按流行说法称为"中国现当代文学"、"中国新文学"、"20 世纪中国文学"或"台港澳暨海外华文文学"，而用新建构的"汉语新文学"去整合这些混沌的、撮合的、嘈杂的概念，显示其学术整合的力度与气派，其长处在于不再有"中国现当代文学"这些临时性的缺乏学术归宿感的毛病。

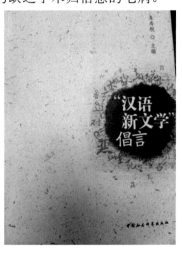

在力倡"汉语新文学"概念的朱寿桐看来，"汉语文学研究有着悠久的历史和辉煌的积累，其中新文学研究经过近百年的建构、开拓与发展，亦以其不断扩大的规模与日益充实的内蕴，成为当今世界文学研究的学术格局中颇为活跃的部分以及颇具潜力的学科。令人遗憾的是，这样的学科目前尚无法得到有力、有效乃至有准备、有意识的整合"。[14]要"整合"，就必须充分注意到无论是中国大陆的文学创作，还是台港澳地区的文学生产，乃至新加坡等东南亚以华人为主或有众多华人作家参与的文学创造，都离不开汉语，其书写工具均是中文，"可暂且不论在时代属性上是属于现代文学还是当代文学，也暂且不论在空域属性上是属于中国本土写作还是海外离散写作，都可以而且应该被整合为'汉语新文学'。"为促进这一学术领域和学科健全、科学、有序地发展，朱氏认为有必要作出相应的学术努力，尽可能科学、缜密地进行这样的学术概念和学科名称建构，"以便在明确学科构成性的前提下对应有的学术内涵与规范进行富有范导性的探索。"[15]

14　朱寿桐主编：《汉语新文学通史》，广东人民出版社，2010 年，第 1 页。
15　朱寿桐主编：《汉语新文学通史》，广东人民出版社，2010 年，第 2 页。

　　"中国现当代文学"的说法流行已久，它还长期出现在官方的学科目录中，但流行的不见得就是合理的，因这种概念过于稚拙，缺乏学术的严谨性。不论是在内部关系上，它均"缺乏概括力度和及延展的张力"。[16]就内部关系而言，中文写作一统天下而忽视了少数民族的非中文、非汉语写作。在中华民族中，汉族固然是主力军，但还有藏族、维吾尔族等，他们均不用汉语写作，故朱寿桐认为"华文文学"、"中文文学"、"中国现当代文学"不如改称为"汉语新文学"来得名正言顺。

　　"汉语新文学"的"汉语"，源远流长。汉唐盛世的"汉"，声名远扬，不仅在中国，而且在日本、琉球、朝鲜、韩国、越南等国，是使用汉语进行创作最多的国家，作品包括诗、词、赋、散文、笔记、小说等，数量十分巨大。近人语言学家王力也喜欢使用"汉语"，他所著的书均以"汉语"为名，如《古代汉语》、《汉语诗律学》。在中国台湾的日据时代，"汉文"、"汉语"、"汉诗"更是屡见不鲜的说法。胡秋原要把"汉诗"改为"国诗"一类的名词，吴浊流坚决不从。受中国文化影响的韩国文化，也有"汉语"、"汉诗"（其首都以前则称"汉城"）的标准用语。中国大陆改革开放后，与台湾一起出版了一些海外汉文学作品集，比较系统的有上海古籍出版社出版的"域外汉文小说大系"（包括《越南汉文小说集成》、《朝鲜汉文小说集成》、《日本汉文小说集成》和《传教士汉文小说及其他》）。与此同时，海峡两岸又举办了一系列海外汉文学以及域外汉籍的学术研讨会，标志着海外汉文学已日渐得到中国学术界的研究和重视。朱寿桐认为，"'汉语新文学'这个概念的最大优势是'超越乃至克服了国家板块、政治地域对于新文学的某种规定和制约，从而使得新文学研究能够摆脱政治化的学术预期，在汉语审美表达的规律性探讨方面建构起新的学术路径'"。[17]以作家的归类为例，小说家白先勇在大陆出生，后到台湾上学，又曾在香港"侨居"，最后在美国发展的时间还比较长。将这位作家定位为台湾作家或海外华文作家，均无歧义，但如此分类，过于繁琐，如改称其为"汉语作家"，就可以实现跨地区乃至跨国的整合。施叔青也有类似的情况，她淡江大学外文系毕业后，赴美专攻戏剧，返台后曾回母校淡江大学任教。1977 年赴港任香港艺术中心亚洲艺术节目策划部主任。1994 年返台，长居美国后晚年又回到台湾。像她这

---

16 朱寿桐主编：《汉语新文学通史》，广东人民出版社，2010 年，第 5 页。
17 朱寿桐主编：《汉语新文学通史》，广东人民出版社，2010 年，第 8 页。

种曲折的经历，可从区域上定位为中国台港以及美国华文作家，但这样做过于琐碎，而将其定位为"汉语作家"，作品为"汉语新文学"，的确既明了又贴切，从而具有朱寿桐所说的统合意义。

"汉语新文学"虽然有跨越国族、地域、种族、政治立场的长处，但使用的人并不多。在大陆，更习惯于用"华文文学"或"海外华文文学"、"世界华文文学"这类概念去评说白先勇这类作家。这是因为"汉语新文学"过分突出"汉"字，有"汉民族中心"或曰"中国大陆中心"、"现代汉语中心"之嫌，更何况"汉语新文学"的"新"排斥了鲁迅、郁达夫、聂绀弩等人写的旧体诗词。另方面，"华文文学"的"华"比"汉语新文学"的"汉"包容性更大：不仅指汉族，还包括其他少数民族。这就是为什么在北美华人社会和东南亚一带，凡与华侨、华人、华裔相关的事物均用"华"字打头，而没有或很少有"汉侨"、"汉人"、"汉裔"的说法。故是使用"汉语新文学"还是"华文文学"或"世界华文文学"，更多的学者倾向于后者，因为它包括狭义的中国地缘政治之外的华语群体，同时包括中国大陆内部的藏族等非汉族书写，从而构成一种跨越国族的多语言多声音的华语世界。朱寿桐也认识到这一点，他后来写的文章中坦陈"汉语新文学概念无能力也无必要取代现存的各种学科概念，只是这一概念的出现和运用为相关学科的学术发展提供了一个富有学术优势的参照"。[18]

第四节　是世界华文文学还是华语语系文学

有一位长期在台湾受中文教育的女学者，其母语其实是韩语。在大学求学时则从事英语研究，此外，她还有第二、第三外语如日语、法语。通晓各种语言的她，自然对语言的交会现象特别关注。她觉得生育她的土地海岛台湾，一直没有受到大国学界的青睐。她不甘心让台湾成为美国的附庸或作为中国的替身，这使这位女学者产生一种远离中心的焦虑。

"华语语系"（Sinophone）便是在这种背景下，由时在美国加州大学洛杉矶分校东亚系任教的史书美，在 2004 年发表的用英文书写的论文《全球文学与认同的技术》中提出来的。后来在 2007 年出版的英语世界第一本以专著形式将华语语系形诸文字的著作 Visuality and Identity: Sinophone Articulations

18　朱寿桐：《汉语新文学：作为一种概念的学术优势》，《暨南学报》，2009 年第 1 期。

Across the Pacific（《视觉与认同：跨太平洋华语语系的表述与呈现》）中，作者提出作为"华语语系"的主体，没有必要永远在"花果飘零"情结里自沉，而应该从叶落归根改为落地生根。这位学者不像某些人那样言必称"离散"，而是提倡"反离散"。正是在"反离散"框架上，她提出的"华语语系"这一理论范畴，系专门指称发生在中国大陆之外的华人用华语在文学乃至电影、美术等方面的创作实践。用这位女学者的原话说，是指"在中国之外以及处于中国边缘、在数百年的历史中被不断改变并将中国大陆文化在地化的文化生产网络"[19]。

乍看起来，史书美是在借鉴西方学界通用的 Anglo-phone（英语语系）、Francophone（法语语系）、Hispanophone（西语语系）、Lusophone（葡语语系）而提出来的，但这并不纯粹是语言和文学方面的探讨，在学术诠释里包含着"去中国化"的意识形态。这具体表现在史书美对所谓的"本质化"的"中国性"，及其派生出的"离散中国人"（Chinese diaspora）等概念的重新解释和颠覆。本来，史书美一直把自己创造的"华语语系"概念看作反叛这一本质化的"中国性"的重要理论支柱："华语语系更多时候是一个强而有力的反中国中心论的场域。"[20]史书美以台湾著名导演李安的《卧虎藏龙》等文艺作品为例，说明"华语语系"是可以成功操作的。她还通过这些作品的分析去破除人们习以为常的"指向一个'永恒的中国'或'本质中国性'（essential Chineseness）的幻象"[21]。

史书美的"华语语系文学"研究，是一种跨界研究，其中混杂有文学地理学的研究方法。她关注马来西亚及中国台湾等不居于中心地位的文学交流和汇合，扩大了汉语文学的研究空间，这的确有一定的新意。

自史书美提出"华语语系文学"一词并在 2006 年进入中国大陆以后，引起一波未平一波又起的论争。值得重视的是经过王德威等学者的鼓吹和充实，美国主流学界也是以极大的热情给予了相当的关注，给人有向学科化方向发展趋势之感。但无论是史书美还是王德威，其洞见中均有偏见。比如这位女学者自称是台裔美国人，受"台湾意识"还有"西方中心论"的影响，使她对中国充满了误读，由误读、偏见还产生出一种敌意。她在台湾地区和西方所认知

19 Shu-Mei SHIH, Visuality and Identity: Articulations Across the Pacific, (Berkeley & LosAngeles: University of Califonia Press, 2007), p.4.
20 Ibid, p.31.
21 Ibid, p.3.

的中国，显然不是来自自己的真实感受，而是用一种意识形态所做的塑造。她号称提出"华语语系"是为了批判"中国中心论"，可她始终未能对自己凌驾在"中国意识"之上的"台湾意识"进行反思。

抛开政治偏见不谈，来自后现代主义、后结构主义、后殖民主义、文化研究等在内的西方当代批判理论组成的"华语语系文学"，至少概念不够严谨。史书美以这种概念指称中国之外的华语语言文化和群体，以及中国大陆的少数民族群体，可人们要问："华语语系文学"到底是指华文作家的华语创作，还是华文作家的英语（日语、法语）创作？是指少数民族作家的华语创作，还是原住民作家的民族语言创作？是指华文作家的方言写作，还是外国作家的华语创作？这是一笔糊涂账。如果这些创作可通通算作"华语语系文学"，那岂不蜕化为大家可以言说而大伙又不甚明确所指的概念？[22]当不同立场的研究者把自己认可的代表性的作品往"华语语系"这个大箩筐塞时，这个概念的科学性、规范性必然大幅缩水。王德威也十分清楚这样做所造成的无所不包的混乱，但抵抗"中国性"，是史书美与王德威的共同目标。这与他们的海外生活经验分不开，可正是这种经验，使他们对中国做出曲解乃至反叛。而要反叛强大的中国及其繁荣昌盛的中国文学，要排除中国之外另立体系、另立山头，谈何容易。香港地区作家黄维樑就指出："华语语系文学"的"语系"一

---

22 参看霍艳：《另一种"傲慢与偏见"——对"华语语系文学"的观察与反思》，《文艺报》，2017 年 5 月 31 日。

词是多余的，只会引起不懂汉语或粗糙地说华语的人误解[23]。史书美和王德威所倡导的"华语语系文学"，其针对性本是所谓中国大陆的"文化和政治霸权"，这已脱离了学术讨论的范围。

如果说史书美和王德威在"巧立名目"，也许会把复杂的问题简单化。作为美国中国文学研究中最有权威的学者之一王德威，对史书美有关 Sinophone 的定义，他没有"照着讲"，而是"接着讲"，表示自己不同意将中国大陆文学排除在"华语语系"之外，他本人的学术研究范围也一直将中国大陆文学视为华文文学的主体，但在立场与知识谱系上，王德威与史书美"心有灵犀一点通"，他所做的只是"补苴罅漏"的工作。认为"华语语系"即"华夏的声音"的王德威，所看重的对象不是着眼在民族意义上的"现代中国"，而是由马华作家温瑞安在台湾提出的有五千年光辉历史的"文化中国"[24]。据此王德威将神州大地以外的华语文学诠释为"花果飘零，灵根自植"[25]。在他看来，"道统外移"造成了台港澳文学分流出去以及海外华文文学四处撒播的碎片化"中国"。他用"后学"观点指出："华语语系文学与以往海外华侨文学、华文文学最不同之处，就在于反对寻根、归根这样的单向运动轨道。"[26]反对寻根、归根，其潜台词是"华语文学"要与中国文学"断奶"，这是不切实际的。刘俊也认为，无论是"华语语系"或者"华语语系文学"这一名词借鉴了"英语语系"和"法语语系"的构词法，但忽略了语言的成因和历史文化背景，本身就是有问题的。

"华语语系文学"研究给中国大陆学者的启示，正在于不能把"中心"绝对化，以免忽略了离散华人的本土经验，弱化了他们的主体意识。中国大陆学界与史书美和王德威的分歧，虽与政治有关，但更多的是学术争鸣。他们充分肯定海外学界提出的"关注边缘"的思考，当然也无法苟同从"抵抗中心"产生出的分离主义思潮。只有努力展开与海外学者的沟通与境外学者的对话，不全盘汲取别人的观点，有所扬弃有所保留，继续使用"世界华文文学"这一概念才能使中国大陆的文学研究上升到一个新的层次。

---

23 黄维樑:《学科正名论: "华语语系文学"与"汉语新文学"》，香港，《文学评论》，2013 年 8 月，第 27 期。

24 王德威:《中文写作的越界与回归——谈华语语系文学》，《上海文学》，2006 年 9 月号。

25 王德威:《华语语系文学: 花果飘零，灵根自植》，《文艺报》，2015 年 7 月 24 日。

26 王德威:《中文写作的越界与回归——谈华语语系文学》，《上海文学》，2006 年 9 月号。

第五节 是语种的华文文学还是文化的华文文学

有识之士无不认为应对过去的研究进行深刻的反思，不宜再满足于文学现象的描述、区域文学史的编纂，外加作家作品评论，而应有人花大力气去探讨这门学科的基本观念、研究方法和存在的理论基础问题。在这种背景下，汕头大学一群青年学者写了《我们对华文文学研究的一点思考》[27]，感到他们有开阔的理论视野，有批判的实践精神，这充分说明世界华文文学学科的理论意识在增强。

"我们"一文拥有灵活的分析方法，也附属有一种以文化做介人的权宜策略——至少"文化的华文文学"这个新铸造的术语值得争议，其学科的规范性质让人质疑。如此文把"华文文学"所包括的台港澳文学排斥在外，大谈特谈海外华文文学作家的生命、文化、生存，以及文化学领域内的喜怒哀乐。这样一来，概念前后就不甚周延了。如"我们"一文认为华文文学是一种"独立存在的自足体"，其创作不是他属的。华文文学既然包括台港澳文学在内，这台港澳文学就不可能是"他属的"，其存在的理由就更不可能"不被归于辉煌伟大的中国文化"。就是部分海外华文文学，如旅美的作家白先勇、於梨华、欧阳子等人，其"创作尊严"无疑有一部分甚至一大部分"得自遥远的母

---

27 吴奕锜、彭志恒、赵顺宏、刘俊峰：《华文文学是一种独立自足的存在》（此文其实为彭志恒一人所写），《文艺报》2002 年 2 月 26 日。

国文化的恩赐"。白先勇的《台北人》，就是大家熟知的例子。故笼统地谈"华文文学是一种独立存在自足体"，未免过于宽泛。"我们"论海外华文文学尤其是东南亚华文文学时，还存在谈个性远多于共性的毛病。其实，共性是一种强大的存在，是回避不了的。以台港澳文学来说，"文化不确定性"的现象虽然有，但台港澳文学再怎么不同，仍与中国大陆文学同根同种同文。

应充分肯定，"文化的华文文学观念"的提出有一定的理论性，它对改变语种的华文文学观念的一统大下，尤其是改变目前世界华文文学研究停留在浅层次上，只满足于对华文文学的外况做判断和乱贴标签（如把华文文学创作中存在的乡愁、寻根当作"放之四海而皆准"的真理到处宣扬、鼓吹），以致使华文文学研究水准难以提升，是有启发意义的。但文章作者在质疑"语种的华文文学"这一观念时，也留下了不少盲点。比如华文文学的存在与华族、华人生存状况之间的关系到底应如何理解？作者们认为，华文文学的出现、存在、发展乃至最终在某一区域内消亡，"其根据全在文学本身"，即文学本身存在的危机造成的，这里有把"内部"与"外部"原因割裂之嫌。其实，"内部"危机往往离不开"外部"原因，如社会的或族群存在的问题。试问：如果在某地区华人锐减，新移民又不断返回中国，这华文文学还存在得下去吗？反过来说，是华人作家在异国他乡艰苦创业，融化于当地社会以致脱掉侨民的帽子成为该国公民的历程，决定着华文文学的独立价值取向和生命、生存与文化的原生状态的发展前景。这样思考问题，不是文化民族主义膨胀，而是因为皮之不存，毛将焉附？如果华文作家不努力融入当地社会，总以漂泊者、过客、局外人自居或华族本身都不存在了，那这个地区的华文文学肯定会消亡。故单纯从内部规律做解释，就难以说清华文文学与海外华人作家命运息息相关的互动关系。

应该承认，我们对世界各地文化有着千差万别的华文文学的内在本质研究得太少，有的甚至还没有入门。但不能由此反过来，为了研究内在的本质特征，就把外在的种族问题完全抛开。华文文学或曰世界华文文学，决定其存亡最终起作用的还是外部原因。如印尼华文文学十年来陷入困境，比新马泰华文文学发展严重滞后，这不是印华作家不努力，或印华作家未按文学规律从事创作，而主要来自种族歧视，来自印尼当局长期压制华人，扼杀华文文化。这样说，绝非把民族主义的文化因素和时代情绪不恰当地强化和情绪化，而是因为作为一种特殊的少数民族族群文学，华文文学的发展不能不受大环境的制约。

新加坡华文文学算是例外，它不属少数民族族群文学，但它的创作远不如过去活跃，以致作为新加坡公民与作家的方修研讨会要到马来西亚去召开，这在一定程度上与新加坡当局不重视乃至压制华文教育有一定的关系。用内部规律去解释这种现象，就难以服人。

中国大陆的世界华文文学研究，其成绩大家有目共睹。但这门学科在整个学术界、思想界乃至在中国现当代文学学科中，与我们的期望仍有差距。这里有不少理论问题值得探讨。人们也的确不应陶醉于原有的成绩，应有学科建设的紧迫感与危机感。但探讨时最好让不同的学科观念展开竞赛。以"我们"一文来说，作者们在质疑"语种的华文文学"时，认为这种"观念充其量只是一种常识化的观念"。其实，"文化的华文文学"本身也是从人们过去十分熟悉的文艺社会学（即从社会文化历史的背景中来审视和考察文学现象、文学作品）中衍生或改造过来的一种观念，并不比"语种的华文文学"观念高深多少。作者们主张"文化的华文文学"，其初衷是把华文文学放在文化的大视野中去审视，可这种从流行的文化思想史走的研究思路，并未对这种观念存在的现实基础及其特性，以及发展变化轨迹做进一步深入的论述。尤其使人不满足的是，它未充分突出华文文学的根本特征，因英语文学或别的语种文学，无不是该民族"以生命之自由本性为最后依据的自我表达方式。""我们"一文只说到了共性，未涉及或很少涉及个性，而要从个性上区分，只有从表现工具这一最明显的特征入手，才能理解"语种的华文文学"这一观念为什么会流行、为大家所接受的主要原因。

"我们"一文的作者为了摆脱世界华文文学的研究困境，提高学科的研究水平，更重要的是为了使自己的理论体系严密，将"文化的华文文学"与文化批评区别开来，这是必要的，因后者是具体操作方法，前者却是一个全新的观念，但有观念必然有相应的批评方法，而"文化的华文文学"这一观念正来源于文化批评方法，故实际运用起来，两者恐怕是同多于异。何况文学自身的基本问题，文化研究固然可以扩大文学理论的版图和疆界，但它却无法取代文本的研究。

"我们"一文作者多次表示自己不存在有"偏狭心态"，可行文中却企图以自己提出的"文化的华文文学"去取代"语种的华文文学"，要大家放弃"语种的华文文学"观念，走向"文化的华文文学"，这未免性急了些。还是先不要"放弃"、取代，至少让两种观念共存互补，互相竞争。

第二章　世界华文文学与周边学科

第一节　世界华文文学与中国文学

中国文学包括古代、近代、现代、当代这四部分。其中现代、当代文学地位显赫，在世界华文文学还未成为独立学科之前，世界华文文学挂靠在中国现当代文学学科之中。可"现当代文学"属拼车式命名，钱理群、黄子平、陈平原等人便提出"二十世纪中国文学"的新观念。这个新观念系从时间维度上着眼，而"世界华文文学"却从空间上立论。后来人们越来越感到具有"混血"特质的中国以外的华文作家，其躯体离散，身体迷失，定义含混不清，可自始至终不变的仍是对中华文化的思念，但不应由此将他们包括在"二十世纪中国文学"即现当代文学之内。

关于世界华文文学与中国文学的关系，曾发生过一场论争。中国大陆学者陈思和认为，有三个标准可界定两者之间的关系：首先就是语言（中文），其次是审美情感（民族性），最后是所表述的内涵。这最后一条标准其实并不重要，因为外国作家也完全可以描写异国题材。同时还有三条外在标准，即这些创作是在什么地方发表、哪些人群阅读，以及影响所及的主要地区。从这些综合的因素来判断，陈思和认为第一代移民作家（即旅外作家）的文学创作，应该属于中国当代文学的一部分。当然，文学是属于精神财产而不是物质财产，无所谓国界的分别，徐学清从加拿大的华裔文学系统来研究，自然也可以把第一代移民文学归之于加华文学或者华裔文学的新生力量。陈思和认为这两种归属没有什么根本的冲突，完全可以在不同研究领域同时存在。陈思和站在中国当代文学研究者的立场上强调旅外作家的创作属于中国当代文学一部分，只是为了更加有利于旅外作家在中国的发展。[1]

加拿大学者徐学清不同意这种看法。她引用大陆学者黄万华的"第三元"论观念[2]，认为"第三元"是百年海外文学经典性所在。从旅法学者、作家程抱一对道家传统的"三元论"的分析、阐述得到启发，黄万华把此观念引用到华人文学研究中。"三元论"从道德经中的"道生一，一生二，二生三，三生万物"的思想提炼出"第三元"。黄万华"从一元跳到三元"，既是对一成不变的颠覆，也是对文化原乡／异乡二元对立的解构。"第三元"论强调华人作家的文化根源和在地国文化现状之间的既对立又互相调和的关系，它是二元之间的冲突、对话、互动，以后也就是黄万华说的嬗变物或者是超出物。因其是二元结合的衍生物，它便不再是二元的各自再现，而是超越二元之外的有其独特禀性的第三元。而不同地理区域的华文文学因其在地国政治、文学、历史的特殊性和离散移居者在当地社会的个体经验都是个性化的第三元，从而形成"三生万物"的众声喧哗、多彩多姿的世界华文文学的景观。"第三元"的论点点与王灵智的"双重统合结构"（the structure of dualdomination）论不谋而合，王德威"一方面关注离散景况里华人应该保有中国性，一方面又

1 陈思和：《旅外华语文学之我见——兼答徐学清的商榷》，《中国比较文学》2016 年第 3 期。
2 黄万华：《第三元：百年海外华文文学经典化的一种视角》，载李诠林、刘小新主编《学术史视野中的华文文学——第十七届世界华文文学国际学术研讨会论文集》，海峡文艺出版社，2014 年。

强烈地意识华人必须融入新环境，并由此建立其（少数族裔）代表性"。[3]

　　徐学清提到痖弦对黎锦扬作品的关注，他关注的是黎锦扬的作品与中国文学不同的特殊性，该特殊性表现在作者以特殊的角度、在特殊的地点、特殊的时间描写特殊人物的特殊人生经历。"这种特殊性就源于体验疆域跨越、文化交叉和政治碰撞时所激发出来的创作灵感。这种灵感的发生条件和场景，决定了作者所描写的角度、知觉、阐释的个体性。海外华人作家在这一点上有着共同性，他们共享有离散、客居、移民的经历，经验着在多重文化冲突的夹缝里的彷徨和徘徊，从边缘向中心转移的努力，在性别、种族和阶级关系之间的抗争和斡旋，以及在抵制和被同化之间的挣扎。这里移民的心态和创作来源，中国大陆作家是不具有的，差异是很明显的。加之，这样的生活经历必然给作家带来方法论和认识论上的变化，和从单一到多向的视角的变位。"[4]

　　徐学清进一步指出：这种变化的轨迹也反映在作家自己的表述中以及创作实践中。加拿大华人作家张翎对自己创作的定位颇令人深思："我从异国所书写的故土，似乎更像是两个国度中间的第三个国度，这个国度是我的想象世界，是真实的记忆在时空的间隔过程中所发酵衍生出来的东西。它是我个人版本的故土，虽出于无奈，我却希望我的视角由此而不同。"从台湾到加拿大的洛夫在谈到自己"二度流放"的心境时，发现自己虽然有着强烈的"自我存在"意识，却也感觉自己的"定位是如此的暧昧而虚浮"，"生命中认同的对象，起焦点已日渐模糊不清了。"他的长篇诗作"《漂木》表现出来的对生命哲学的探究，对文化的反思，对精神家园的追寻，无不反映出诗人在域外漂泊生涯中产生的对自己定位的焦虑，以至于'在路上踽踽独行的是我对诗艺的追求'。洛夫这种灵魂深处的感悟与张翎'个人版本'故土的想象有着异曲同工之韵：'寻找一种只有自己听懂的语言／埋在心的最深处／原乡。'洛夫这次认知即是对第三国度的文学想象。"[5]

　　徐学清认为从故土家园到居住国，进而到文学想象中的第三国，在逻辑上

3　徐学清：《多元文化语境中的华文文学杂糅——与陈思和商榷》，《中国比较文学》
　　2016年第3期。本文吸取了她的观点。

4　徐学清：《多元文化语境中的华文文学杂糅——与陈思和商榷》，《中国比较文学》
　　2016年第3期。

5　徐学清：《多元文化语境中的华文文学杂糅——与陈思和商榷》，《中国比较文学》
　　2016年第3期。

和黄万华的"第三元"理论相符，也是"第三元"论在书写实践上得到的呼应。以加拿大华人作家陈河的小说《西尼罗河症》和其续作《猹》为例，这两部作品从不同的角度描写了主人公们在逐渐融入加拿大的社会、人文环境过程中的日常生活体验，都涉及到人与鸟和其他动物之间的关系。中国的读者、评论家感到非常新颖、独特，对此高度赞扬，《猹》由此而获得二〇一三年度《人民文学》优秀中篇小说奖。当然作品获奖与作者的黑色幽默和反讽技巧的精湛运用不无关系，然而，作者陈河发现国内读者的阅读欣赏角度和他美学创作心态并不符合，他注意到读者认为他"把人和动物的关系拉平了看是一种难得的高度"，然而，他在写作时，"倒是一点没有觉察到这是个问题"，因为"在加拿大，人和自然的关系比较融洽，人和小动物们似乎有一种相互尊重的默契"（陈河），这是一种生活的常态。小说的要旨在于具有象征意义的二十世纪初的"闰土"与同样具有象征意义的二十一世纪的"猹／浣熊"持久战似的博弈，表面上是人兽之战，"其实是文化之相互消长。小说最亮的看点其实是在结尾处，主人公惊讶地发现报警电话号码中的一个居然是他自己家的这一细节上。这一意味深长的细节暗示着主人公家庭内部成员在加拿大人文环境中正在完成文化观念、意识从二元到三元的递进，主人公意识中根深蒂固的闰土形象受到法制观念的解构，主人公自己的闰土行为也被家人以加拿大人的行为所消蚀。作者主观创作意图和国内读者解读的分歧，恰恰表明作品本身对二元对立的超越，成为多元中的一个成员。"6

海外华文文学／华语语系文学在世界性的文化地理位置上，各自呈现文化原乡／异乡的杂糅，由丰富的第三元组成万物众生象。正如张错指出，"在同一语言底下，它们个别衍生，而成一树多枝的多元体系，互相平衡发展，互相交错指涉，互相影响或拒绝对方。"7

中国大陆学者刘俊也不认为新移民文学是中国现当代文学的支流。在他看来，新移民作家的"生活环境、文化背景、文学观念、创作形态，与生活在中国大陆的作家有所不同，因此他们在文学诉求、情感表达、主题关注、创作自由度、艺术理念等方面，也逐渐地形成了他们自己的特点，与中国大陆当代文学，形成了既有相似之处，也有不同之点的独特性。它事实上是个跨区域跨文化存在的

---

6 徐学清：《多元文化语境中的华文文学杂糅——与陈思和商榷》，《中国比较文学》2016 年第 3 期。

7 徐学清：《多元文化语境中的华文文学杂糅——与陈思和商榷》，《中国比较文学》2016 年第 3 期。

文学世界。说它跨区域，是指它实际'存在'于中国大陆和海外的'两边'，既寄生于中国大陆当代文学之'内'，又独立在中国大陆当代文学之'外'；说它跨文化，是指它看上去似乎与大陆当代文学的'文化'气质相仿（"新移民作家"基本上都是在中国大陆的文学环境下成长起来的，与同龄的大陆当代作家有一种"同根性"），但它毕竟是'生产／生长'在异质文化环境之下，直接受到异质文化的影响和熏陶，因此，它在文学写作的纯粹性和自我要求方面、在文学写作的超然态度和大胆突破方面，在异质文化对文学观念的渗透和体会方面，'新移民文学'都自有一种有别于大陆当代文学的文化特性。"[8]

总之，中国文学尽管是世界华文文学的一个重要组成部分，但中国以外的文学即通常所说的海外华文文学，并不能简单认为是中国文学的支流。中国现代文学馆专门设立海外文学藏书部分，会使人误认为海外华文文学是中国文学的一部分，这牵涉到民族身份认同和国别主体的确定。如果把凡是用华文写作的作品都归入中国文学，会引发不必要的文化冲突乃至国际政治的混乱。中国现当代文学出身的学者可以去研究海外华文文学，但不宜一概纳入中国新文学的版图。至于"世界华文文学"，尽管一般不包括中国大陆文学在内，但包括中国的台港澳文学。有人认为港澳已回归祖国，其文学没有必要单列出来，其实港澳文学尽管与内地文学同根同种同文，但其表现形态及文学制度与内地不甚相同，仍有其单列出来的必要。有论者认为，世界华文文学就是海外华文文学，南方某大学无论是学术机构的命名还是编教材、出版研究丛书，均高扬的不是"世界华文文学"而是"海外华文文学"旗帜，而有意"遗漏"台港澳文学，这不仅缩小了世界华文文学的范围，而且有"易帜"的嫌疑，完全不符合世界华文文学学科建立的初衷。

第二节　世界华文文学与外国文学

1905 年，王国维在《论近年之学术界》中有云："外界之势力之影响于学术岂不大哉！……佛教之东，适值吾国思想凋敝之后。……自六朝至于唐室，而佛陀之教极千古之盛矣。此为吾国思想受动之时代。然当是时，吾国固有之思想与印度之思想，互相并行而不相化合；至宋儒出而一调和之。此又由受动之时代出，而稍带能动之性质者也。自宋以后，以至本朝，思想之停滞略

---

8 刘俊：《世界华文文学：历史·记忆·语系》，花城出版社，2017 年，第 163 页。

同于两汉，至今日而第二之佛教又见告矣，西洋之思想是也。"9

王国维在纷纭复杂的文化交流中，突出中古时期的佛教"入侵"与20世纪初西学东渐并将两者并列在一块，指出它们为发展中华文化做出了不可磨灭的贡献，显示出这位学术大师恢弘的气度和犀利目光。翻开世界文化交流史，外来文化与本土文化的碰撞与交汇，是提高本土文化的一个巨大推动力。上世纪70年代末兴起的世界华文文学，亦是在借鉴他山之石展开的。那时，中国国门开启，"思想之停滞"结束，涌现了传播主义、功能主义、结构主义、文化模式论、多元化主义等各种思潮，给"思想凋敝之后"出现的世界华文文学研究提供了丰富的养料，成为影响中国现当代文学学科开辟新领地的重要因素。在世界华文文学进程四十年里，在历时性上与传统对话，在共时性上与外来文化对接。世界华文文学与老旧学科世界文学如何对接，两者关系如何看待，也就成了华文文学研究不可绕开的话题。

毫无疑问，世界华文文学是世界文学的一部分。只有在与英语语系文学、法语语系文学等文学的比较中，才能找到它的独特之处。更重要的是，作为接受主体的世界华文文学在选择和引进外国文学资源时，外国文学也在不同程度上影响了世界华文文学。这种互动在厘清两者之间的关系中，首先要明确的是外国文学与世界华文文学的关系。

外国文学通常是指研究世界各国或地区用不同语言创作的文学作品，外国文学又称世界文学，是一种包含各个民族、不同国家、不同语言的一种文学综合体，带有大同世界、平等相处的理想，用中国儒家的话来说是"四海之内皆兄弟"，不存在着种族歧视及带来的文学的优劣等级。具体来说包括英语文学、法语文学、德语文学、韩语文学、日语文学、葡萄牙语文学等等。这些语种文学之间的关系有如"多个部分重叠的椭圆"，椭圆的特点在于它并非如圆形只有一个中心（圆心），而是具有不止一个的"焦点"10。各国作家用华文书写的作品尤其是华裔文学，亦成为外国文学研究的一个学术生长点，只不过它只是聊备一格而已。而世界华文文学虽然也有国际性，即它跨国家和跨地区、跨语言，但其研究的主要是用华文写作的文学作品，其范围远比外国文学小。

---

9 王国维：《静庵文集》，见于《王国维遗书》第五册，上海古籍书店1983年9月版，第94页。

10 方维规：《起源误识与拨正：歌德"世界文学"概念的历史语义》，《文艺研究》，2020年第8期。另见朱双一：《"世界华文文学"定义再辨析》，《华文文学》，2021年第1期。

华文文学之所以有别于外国文学，还在于它研究的是不同于外国文学中的那种华文作家的特殊身份，以及由这种身份所带来的海外华人从事文化交流时产生的中西文化冲突，以这种冲突再进行不同国家和地区文化及文学的融合，从而获得不同于"老外"的精神支柱的特殊遭遇和经验。

海外华文文学作家写的，本是他们在海外的生存状况，这种题材外国文学中也有。唯一不同的是，他们是用华文书写。即使像程抱一那样用居住国语言写作，也会留下中华文化的烙印。就是作品中有中国台湾、香港和大陆的时代背景，亦会掺入他国尤其是西方的视角和经验。这种视角与经验，包括对中华文化的强烈思念，以及双重身份的尴尬，从华族角度关注或比较居住国的文化与生存经验，是它区别于外国文学的一个重要特征。

华文文学在外国文学研究中，存在着一些误区。据郑南川观察，这种误区有四个方面：

第一，在中国的外国文学基本理论体系中，"华人文学"这一板块，几乎不存在，潜意识中也不属于研究部分。外国文学的主导基础，通俗地说，是以华裔文学作为界定，依据对"华裔"概念去认识。所谓华裔，可以是指华人，也可以指华人的后裔。华裔作家与评论家弗兰克·陈（Frank-Chin）曾以美国为例，主张惟有那些在"美国生、美国长"的才是华裔作家；美国华裔文学的写作，应该是指用英语写的作品。在加拿大，这样的概念同样存在。这就排除了那些用华文写作、同时又用本土文（外文）写作的华裔作家。这便是外国文学长期以来的研究思路，也是长期存在的研究事实。"华人文学"的研究，事实上成了架空的概念，或简单地划在了华文文学的领域，存在着片面研究的现象。

第二，从中国与外国文学相关的研究与教学机构来看，也存在着严重的不合理现象。在传统高校文科类别中，有一种是以"中国语言文学"学科为主体的外国文学，属于中文系；另一种是以"外国语言文学"学科为主体的、外语系的国别文学。这样，一直以来就存在两种不同的"外国文学"。一般而言，所谓国别文学，就是不以服务母语文学为第一要义，而将对象国文学作为客体，研究者与之保持学术距离，从外部作为对象研究。它要求研究者全面掌握对象国知识，视角区别于广义文学，国别意识重于文学意识。另一方面，研究的作家对象也应该具备这个"客体"的特征，他们是有意识的本土理念，作为本土国民一员对国家的关切，当然也是用本土文字的表达与抒发。这被认为是外国文学研究的前提条件。华人文学只是"华文文学"和"华裔文学"形式上的称谓分类，写作的双语、文化认同及文学思想的特征，被挖空后便忽略了。事实上，华人文学，它的本质特征存在于在华文文学与本士文学中的徘徊，这正是"文化的华人文学"的另一类，即中华文化意识和本土生活经验的重合。不过，在具备同样中华文化情结的外国文学研究学者的心目中，一般不能划为外国文学研究的范畴。这样一来，华人文学就像文学的"私生子"，客观上受到了另眼相看。

第三，作为外国移民史的发展，华人移民史的成长在海外仅仅百余年。华人的"集聚"与"圈子"文化（比如中国人的"唐人街文化"等）与早期移民身分的原因，在语言、教育层次和历史认知等方面，未形成一种认同的"作家群"氛围。欧洲、南美和非洲国家的移民与之不同，一是移民历史远远早于中国人；二是他们的语言、文化和历史更易融合于主流社会。以主体国家精神和意识从事写作，成为本土国家文学的一部分，甚至主导了某些时期的"主体"文学方向（如一些移民作家获过诺贝尔奖）。郑南川说：我们不否认把华人文学作为整体现象，在走向本土化的进程中，远比"华文文学"早。有学者曾指出，华人文学在北美，二十世纪五十年代呈现了本土化，到八十年代，文学作品的本土化日趋完善。但作为群体现象，一直不明确。在华裔文学大概念的遮蔽下，华人文学处在十分尴尬且"蹩脚"的位置。

第四，在中国文学的大框架下，海外华人作家的写作存在质疑。郑南川将争议的问题归纳为：华人文学是否应该属于中国文学的范畴，或者是中国海外文学、中国文学的"海外部分"、"移民文学"或"世界华文文学"等。一个重要的根据是，他们的写作更多地出自母语，即使用英文写作，在文化意识、创作思维和方法上承载着强烈的中华文化的色彩和情结，表达着华人生活故事的大范围。郑南川进一步指出：有学者忽略华人文学的多样性，和移民几十年生活经验的时空概念，以"旅外文学"代之华人文学，肯定"中国大陆或香港地区的第一代海外移民作家，属于中国当代文学中的旅外文学，他们的写作还没有融入在地国的文学体系；他们用华语写作，创作内涵是从母国带来的生活经验，发表作品的媒介基本上是在海峡两岸的范围，主要的读者群也是来自两岸"。陈思和这种看法是一种较偏向"武断"的结论，受到了徐学清等人的强烈质疑。[11]

总之，研究世界华文文学与外国文学的关系，必须走出郑南川以上说的四大误区。

第三节　世界华文文学与比较文学

作为重视研究文学关系的学科，世界华文文学具有前述的跨国界、跨种族、跨语言这种国际性、开放性的特点，因而与比较文学不少地方有交叉之处，比如这两个学科均是趁改革开放的东风发展起来的。不过，这发展的速度有所不同。说早一点，王国维曾是比较文学的开山祖。该学科在20世纪20-30年代更是明确出现过，如清华大学曾开设过《比较文学》、《中西诗之比较》、《中国文学中的印度故事的研究》等课。后因抗战爆发，比较文学课无法进行下去。一直到80年代，才重新出发。而世界华文文学，一切均是白手起家，不似比较文学有深厚的学术积淀，有国际上的经验可供参考，也缺乏一批学养深厚的老一辈学者，故发展起来比较缓慢。尽管比较文学首次研讨会迟到1983年才召开，比起华文文学1982年就在广州召开过研讨会整整迟了一年，但它这个从事国别、地域比较的国际上的老牌学科，在中国发展迅速，到现在几乎每个重点大学都有比较文学教研室，可华文文学至今还未有一所大学设有华文文学教研室。尽管比较文学学科的知名度远远超过世界华文文学，上海的《中国比较文学》亦比广东的《华文文学》更具权威性。但不可否认，这两门学科仍有重叠的地

---

11 郑南川：《海外华人文学在外国文学研究中的定位与误区》，《燕山大学学报》2021年第3期。本文吸收了他的研究成果。

方。这种现象的出现，不能简单地说为学科增加了研究内容，而应看作是一场科学研究发展范式的深层变革。已有人尝试让这两个学科接轨，这既可扩大比较文学的学术版图，为它的理论探讨提供新的角度和内容，又可深化世界华文文学研究。具体来说，世界华文文学要研究海外华文文学与中国文学的关系，台港澳文学与大陆文学的关系；东南亚华文文学与世界华文文学的关系。这些研究，包括"同时同地的比较，同时异地的比较，异时同地的比较，异时异地的比较……"[12]但不能由此说世界华文文学与比较文学性质相同，或说世界华文文学是比较文学的一个分支。比较文学毕竟是研究不同国家、不同地区所使用的不同语言及其文化的相互关系和影响，虽然它也讨论本土文化与外来文化的关系，探讨异质文化背景下的华人文学，但这不是它的重点。研究中外文学关系也就是国与国之间、民族与民族之间的比较文学，一言以蔽之为"国际文学关系史"。其研究视角有从中国出发，或从英国出发、西班牙出发，而世界华文文学没有这多变的视角。它只是研究全球使用华文创作的文学，是与英语文学、法语文学、日语文学等并列的一种国际性的汉语（即华文）文学。它从事的并非如法国学者进行的英美文学关系研究、德美文学关系研究、日美文学关系研究、印俄文学关系研究。比较，只是研究中的一个重要方法。

饶芃子 著

比较文学与
海外华文文学

Comparative Literature
and Studies of Cultural "Variant"

复旦大学 出版社

---

12 杨际岚：《从"完整"出发——关于世界华文文学研究的一点思考》，载陆士清主编：《新视野，新开拓——第十二届世界华文文学国际学术研讨会论文集》，复旦大学出版社，2002 年，第 22 页。

　　总之，世界华文文学是一种世界性的语种文学，是一种国际性的文学现象。它和英语文学、法语文学、西班牙语文学、阿拉伯语文学一样自成体系。其研究对象是以新加坡等国的东南亚华文文学，以日本、朝鲜、蒙古国、韩国等国的东亚华文文学，以澳大利亚、新西兰为代表的大洋洲华文文学，还有北美华文文学和欧洲华文文学以及中国的陆台港澳文学。

　　关于比较方法的运用，不妨以中国文学与东南亚华文文学的比较为例。东南亚华文文学包括下列国家：新加坡、马来西亚、泰国、菲律宾、印尼、文莱、越南、缅甸、老挝。这些国家的华文文学，与中国的台港澳文学，有许多相似之处，如从微观上来说，新加坡文学与香港文学着重城市题材，作者多走文商结合的道路。从宏观上说，这些区域的作者均为华人，作品用中文写成，和中国的中原文化有割不断的联系。也就是说，汉语所固有的文化底蕴，对这些不同区域的作家形成了共同性规范。但由于文化交流、传播演变所形成的各种复杂原因，致使这些国家和地区的文学呈现出不同的风貌。用比较方法研究东南亚华文文学与台港澳文学的差异，可以更好地探索这些国家和地区文学发展的脉络，明确不同文化撞击和认同的过程与规律，从而使我们对东南亚华文文学和台港澳文学各自的存在方式认识得更加全面和深刻。

　　东南亚华文文学各国具体情况不尽相同。新加坡华人占多数，尽管华文教育在 1984 年后因政策的调整而发展缓慢，以致南洋大学被解散，华文成了第二语文，但华文文化并没有走入绝境，仍在发展。近年来，新加坡当局对华文教育不再采取歧视态度，并推行双语教育方针，使华文文学改变了在夹缝中生存的面貌，成了国家文学之一种。马来西亚华人由于生活在马来人占主导地位的国度，马华文学没有像新加坡那样幸运。马华文学已有近 80 年的历史，但一直在步履蹒跚中前进。不错，马华作家做出了优异的成绩，得到国际华文文坛的重视，但马华文学仍不能与马来语文学一样，被纳入国家文学的主流。泰华文学的命运也好不了多少。20 世纪 50 年代末至 70 年年代初期，泰国政府与中国关系恶化，导致限制华侨、华人活动。华校华报面临政治压力和经济困境，也只好纷纷停办。在这种情况下，泰华文学无法得到蓬勃发展。进入 80 年代后，由于国际形势的影响和中泰关系的改变及中国大陆所推行的改革开放政策，使泰华文学的发展有了转机·如各地华文报纸纷纷复刊，泰华作家也建立了自己的组织，并出版了一批优秀作品。即便这样，泰华文学仍被官方视为"移民文学"而排斥在"国家文学"之外。印尼华文作家的遭遇较惨。众所周知。1965 年印尼国内局势的急剧变动带来中印（尼）关系的全面恶化，华人社团、华校、华报遭取缔，使印尼华文文学陷人空前的困境。对他们来说，不是能否成为国家主流文学的问题，而是争取印华文学的合法地位问题。而台港澳文学的情况与东南亚华文文学不一样。通常说的"台港澳文学"，就是现代汉语文学即华文文学。台湾、香港、澳门是中国领土的一部分，台港澳作家均是中国作家，他们的作品自然是华文作品。尽管有一部分台湾本土作家不承认自己是中国人，而是什么"台湾人"，但他们吃饭用的是筷子，过的节日是端午和中秋，所写的又是中文，故他们的作品仍属中华文学无疑。香港的情况有些特殊，英国人在那里统治了一个半世纪，但那里并未由此生长出用英语创作、为港英政府服务的文学队伍。澳门的情况与香港倒是不同。葡萄牙人在澳门统治了 400 年，澳门有土生葡人的葡文创作，但数量有限，且局限于土生葡人中间流传，而澳门华人作家没有一个懂葡文，更谈不到用葡文写作。故在澳门文坛，华文文学一直居主流地位，当局想抹杀也抹杀不了，只好采取睁一只眼闭一只眼的态度任其发展。不资助的情况是有的，但澳葡当局不敢不承认澳门华文文学的合法存在，这是台港澳文学与印尼、文莱等地的东南亚华文文学的不同之处。和是否成为主流文学问题相联系的是东南亚各国华文文学与中国文学是两国文学的关系，而台港澳文学与中国文学是种与属的关系，而不是"两国"文学，它是中国文学的一个有机组成部分。

台港澳文学与东南亚华文文学这种发展情况相反。拿台湾文学来说，并不像某些评论家所强调的台湾新文学与中国新文学毫无联系。这些论者，夸大台湾新文学受日本影响的部分，而忽视五四新文学理念对台湾产生的巨大影响。

东南亚华文文学除新华文学外，大都是"在贫瘠的土壤上开放的野花"[13]。由于当局不重视华文文学和推行种族歧视政策，再加上把文学视为生命的华文作家占少数，发表园地稀少，读者面局限在少数文化层次较高的华人。由于东南亚华文文学先天不足，文学发展举步维艰，故他们那里较难产生大师级的作家和不朽的传世之作（个别的例外）。

总之，使用比较方法，对某一问题或华文文学现象，如台湾的"张（爱玲）腔胡（兰成）调"，在不同文化语境中进行对比与阐释，可以使华文文学研究吸取别的学科如比较文学的长处，显得更开放和丰富多彩。

---

13 陈贤茂主编:《海外华文文学史（第一卷）》，鹭江出版社 1999 年版。

第三章 世界华文文学学科发展历程

第一节 世界华文文学学科生成前史

在 70 年代后期，由于中国大陆文艺政策作了调整，不再没有文艺作品，或者只有八个样板戏的局面开始改变，旅美华人由此开展了规模不大的认同新中国的文艺活动。他们除观看从祖国带回的《东方红》、《草原英雄小姐妹》、《白毛女》、《小八路》等影片外，还在美国华人社群中出现自己演出祖国大陆的剧作《雷雨》、《日出》、《阿庆嫂》、《海峡两岸是一家》的话剧或歌舞剧。这场"认同"运动，包括 1975 年 8 月 2 日美国《华报》访问祖国观感座谈会，出席者有叶嘉莹、於梨华以及从各地赴会的文艺界朋友共四、五十人。座谈会的内容主要是有关社会见闻，同时也涉及了祖国大陆文艺近况。值得重视的是于 1975 年 5 月初至 6 月访问大陆的於梨华，其足迹遍及大半个中国，历经广州、北京、南京、上海、杭州，回到其故乡宁波，然后到桂林，再回到广州、香港。

1970 年发生的保卫中国领土钓鱼岛运动，后来转化为统一运动。1971 年 9 月，在密执安州安娜堡举行了"国是会议"，这个"国"就不再是"中华民国"而由"中华人民共和国"来代表了。由此海外保钓运动在向左转化，使这个较为单一的爱国运动带上左翼色彩。那时海外知识分子分为三派：除右派和中间派外，另有同情或认同社会主义祖国的左派，计有刘大任、郭松棻、聂华苓、陈若曦、於梨华、李渝、李黎。其中刘大任等人信仰社会主义，认为"真理就在海峡的那一边"，接着便在 70 年代访问中国大陆。郭松棻和夫人李渝也于 1974 年踏上神州大地，陈若曦伉俪干脆留在南京任教。同年，诗词研究专家叶嘉莹从海外回大陆旅游探亲，后写了一首长达 300 行的《祖国行长歌》发表，在台湾岛内引起一场政治风浪。右翼文人认为叶嘉莹回大陆是一种"叛逃"行为，台湾当局便将其列入黑名单，不准她再回台湾。

列入"警总"黑名单的海外华人作家，在此之前或之后，都有禁书的遭遇，如聂华苓 1970 年在《联合报》副刊连载的《桑青与桃红》，就因为色情描写还有影射等原因而遭腰斩。1972-1974 年，聂华苓和其夫君安格尔合译《毛泽东诗选》，分别在美国和法国出版。台湾当局看到这本书的英译本后，在禁止该书入台时将聂华苓列入黑名单，不许她返台[1]。刘大任的小说《红土印象》，是因为著者与陈映真有亲密关系而遭查禁。其实，这本书的内容并没有任何地方违反台湾的所谓《出版法》。

这里，最值得一提的是於梨华。白先勇在《流浪的中国人——台湾小说的放逐主题》中，称旅美作家於梨华为"没有根的一代"的代言人。她的长篇小说《又见棕榈，又见棕榈》，充分体现了这位作家"觉得别人都是有家可归的，而我永远是浪迹天涯"的这一创作特征。

於梨华

其实，於梨华还是有根的。她原籍浙江省镇海县，于 1931 年 11 月 28 日出生于上海一个书香门第。在抗战的动乱年代里，她随全家流浪，后来从事写作，还被改编为电视剧播映，由此一举成名。那时她在台湾文坛的影响，有如电影明星李丽华在影坛。可她于 1974 年在台湾大地出版社出版了长篇小说《考验》之后，突然销声匿迹了。即使有作品也改在香港出版。为了使读者对

---

1 莫詹坤、陈曦、钱林森：《我的跨文化写作与人生旅程——聂华苓访谈录》，《当代作家评论》，2020 年第 5 期。

这位曾是家喻户晓的作家有新的认识，正在台北主编《书评书目》杂志的书评家隐地，在该刊 1977 年 2 月号（总第 46 期）上发表了一篇来自香港的稿件《於梨华的新书》，介绍她在香港出版的散文小说集《新中国的女性及其他》和游记《谁在西双版纳》。这些作品有歌颂新中国的内容，尤其把普通劳动妇女写得那样富有精神和朝气——这与她过去写的生活在异国的寂寞女性形成鲜明的对照；她还歌颂祖国大陆少数民族的新生。

　　於梨华 1975 年怀着一颗赤子之心回到阔别 20 多年的祖国大陆，1977 年后又多次回国观光、学习、探亲，她显然受了大陆意识形态的影响。不然，她就不会由此在创作中实现一次质的飞跃，贯穿着对美国幻灭、对台湾失望而对祖国大陆却多有认同的线索。正因为如此，当局不许在报刊上宣传於梨华，凡赞扬她的杂志将遭查封。

　　这种冷冻於梨华一类的"奇形怪状的事"，在戒严日子里真是多得数不清。比如旅居法国的学者、诗人胡品清，应"中国文化学院"创办人张其昀的邀请，于 1962 年 10 月上旬来台，出任文化学院法文研究所所长。台湾最大的文艺组织"中国文艺协会"，准备为她举行盛大的欢迎会，可在文晓村等作家准备前往时，欢迎会被临时取消了。原因是胡女士一来台，就有人检举她在法国出版的法文本《中国当代新诗选》，收了毛泽东的《沁园春》。那怕资深的张其昀以人格和生命担保胡品清的"忠贞"没有问题，还是遇到了麻烦。

　　除於梨华外，本书《绪论》中所说的聂华苓也为世界华文文学学科的建立做过铺垫。众所周知，从 1949 年底起，两岸作家互不往来，不通音讯。如往来，台湾作家便会被人戴上红帽子，聂华苓就有过这种"受伤"经历，这种经历从反面促使她下决心要把两岸作家聚集在一起。经过艰难的努力，这种理想终于实现：1979 年 9 月 15-17 日，由安格尔和聂华苓共同主持的爱荷华大学"国际写作计划"（又称"国际作家工作坊"），邀请了世界各地华文作家，举行"中国文学创作前途座谈会"。其中最引人注目的是来自大陆的萧乾、毕朔望，台湾的高準，香港的戴天、李怡，以及从台湾地区到美国定居的作家叶维廉、陈若曦、於梨华、李欧梵、郑愁予、刘绍铭、欧阳子等人。另有香港《明报》特派记者也斯、台湾《中国时报》特派编辑金恒伟、香港三联书店经理蓝真等。

　　这是一次纯文学会议，会议的关键词为"在一起"，潜台词是"文化统一中国"。要让具有不同政治背景的作家平等地"在一起"，谈何容易。原邀请了痖弦、王拓，台湾当局不放行。至于高準能准时赴会，是因为他持的是旅游护照，早先已办好。

这次座谈会结束后未发宣言，也没有做出结论。作为世界华文文化史上的标志性的会议，这个"中国周末"不仅有政治意义，而且有重要的文化史、学科史意义。首先，"中国周末"让两岸及香港文学重新秩序化，推进了中华文化的接续与整合的双向过程。在确定两岸及香港文化同属中华文化的前提下，通过打破政治的封锁寻求历史转折的契机，以海外会议的形式，创造两岸及香港作家交流的机会。其次，对"中国文学周"会议的定位，不能局限于美国，而必须放在更开阔的视野中：一方面考察它与早期寻求两岸文学整合的关联性，另一方面衡量它时，充分肯定政治统一文化先行的开拓之功与历史影响。出席此次会议的人民文学出版社萧乾在 1979 年 9 月 7 日给出版社汇报的信中说："我认为我们社现代部应有专人去研究港台、美作家及其作品，外文部第三组应有专人研究东盟的用中文写作的人及作品，这又是新形势下的新任务。"

作为新中国文学与台港文学交流的先行者的聂华苓，另一贡献是和其夫君共同创办前面所述的"国际写作计划"项目。截至 2018 年，已有 150 多个国家和地区的 1400 多名作家和诗人受邀参与，其中改革开放后来自中国大陆的有艾青、徐迟、王蒙、张贤亮、冯骥才等 50 多人。

和"中国周末"相似的会议还有 1986 年，德国汉学家马汉茂和美国学者刘绍铭在德国的莱圣斯堡举办国际性的现代中国文学会议，其目标是把分离的台湾文学和大陆文学相提并论，另把"香港、马来西亚、新加坡和菲律宾等地的华文作家，一并列入节目表内作为现代中国文学一个流派（不是支流）"加以讨论。该会议题目为"The Commonwealth of Modern Chinese Literature"，但很难用贴切的词译成中文。在海外教学多年且英文娴熟的刘绍铭，这次却自寻烦恼："不知怎么翻成贴切的中文"。因为英语中的"commonwealth"一词有"政治实体"与"联邦"之类的意思，如直译为"联邦"，与会议发起者的意图不符，也难为广大华人读者所认可。刘绍铭自己将其译为"灵根自植"，乃取"commonwealth"词的引申意义，是说漂泊到海外的华人作家虽然有"花果飘零之感，但如果不因水土不服而枯萎，日后也会自成花果"。可见当时的刘氏只强调华文文学独立发展、"自成花果"，还没有被后来的学者们反复强调的全局化的"世界性"意识；直到会后，有学者提出一个非常"贴切的"中文译名——"中国文学的大同世界"，才首次以"世界"一类的字眼修饰"中国（华文）文学"，而"世界华文文学"这一概念的雏形，已隐现其中。[2]

这次"现代华文文学的大同世界"的研讨会，从世界各地邀请了约六十位华文作家及学者，共同讨论当代华文文学在世界各地区的发展与成就。很多西方学者，在这次会上首次认识到华文文学在东南亚尤其是在新加坡、马来西亚、菲律宾也有长远的历史，20 世纪二十年代以来就呈生气蓬勃状。这次会议结束后，中国大陆和台湾、香港以及新加坡、马来西亚、菲律宾的代表，于 1987 年底由台北的时报出版公司出版了《世界中文小说选》。这本书分别由台湾的王德威、大陆的李陀、香港的黄维樑及马来西亚的姚拓、菲律宾的施颖洲、新加坡的王润华负责编辑、解说，附有刘绍铭、马汉茂的序文。它共收 52 篇小说，其中大陆和台湾平分秋色，各选十篇。这表面是为了对等，可大陆作家多、作品多，如何可以"对等"？这种"对等"，是对有许多优秀作品的大陆文学的不公，是一种新的不平等。至于新加坡入选作品有 9 篇，比大陆和台湾还多了一篇，这种以"世界格局"的名义选稿，其本质是在与中国文学争中心地位。

沿着"去中国大陆中心"的思路，也为了加强世界各国学者对东南亚华文文学的注意，新加坡的歌德学院与新加坡作家协会，于 1988 年 8 月在新加坡举办第二届华文文学大同世界国际会议，主题为"东南亚华文文学"。明确指出"华文文学"概念大于"中国文学"。与会的美籍华人学者周策纵更提出了破除"一元论"的迷思，树立"多元文化中心论"的观点。他的学生王润华则做出深入阐发："华文文学，本来只有一个中心，那就是中国。可是自从华人移居海外，而且建立起自己的文化与文学，自然会形成另一个华文文学中心……因此，我们今天需要从多元文学中心的观念来看世界华文文学，需承认世界上有不少的华文文学中心。"这种既有"世界性"眼光又有"多元化"的观点，确有新意。这种观点首先传播到台湾岛内，并激起岛内作家与学者的共鸣。这次会议把中国台湾香港与欧美及东南亚学者作家邀请到新加坡，与本地区作家们一起讨论华文文学创作，缩小了学者与他们所研究作家的距离，这有助于华文文学向前发展。"1992 年 11 月，在台北举办了'世界华文作家协会第一届大会'，来自欧美、大洋洲、东南亚和韩国等地的 150 多位华文作家参加了这

---

2 沈庆利:《"世界华文文学"论争之反思》，载陆卓宁主编《和而不同——第十五届世界华文文学国际学术研讨会论文集》，2008 年，第 13 页。

次大会。这次会议的最大成果，就是确立了'世界华文文学'的名称。"3

通过这两次会议的梳理可以看出："'世界华文文学'的提出与被普遍认可，始终是与台湾、新加坡、北美等地的华人作家与学者们不甘于'边缘'、'支流'的地位，而联手'破除中国（大陆）文学中心'的努力不可分割。笔者发现，对'中国大陆文学中心'的抗拒，以及认定这一'中心'遮蔽了台港暨海外华文文学的'光芒'，已是很多台港暨海外华人学者不能化解的一个'心结'。这不仅在刘绍铭先生的一系列文章中表现得淋漓尽致，还从台湾著名作家余光中提出的华文文学被分成三个'世界'的感叹（中国大陆文学为'第一世界'、台港澳文学为'第二世界'、海外华文文学则为'第三世界'），从王润华等学者反复强调的'最优秀的华文文学作品未必产生在中国本土，而很可能出现在本土以外的华人作家笔下'的系列观点得到印证。"4

这些海外作家认同新中国及其文艺路线的活动，以及在海外数次把世界各地华文作家聚集在一起讨论文学问题，虽然没有打出"世界华文文学"旗号，但作为世界华文文学学科生成的"预热"与"前戏"或者说是"前史"5，还是值得重视的。

第二节　世界华文文学学科生成背景

从 70 年代末到 80 年代初，中国的大门打开，文化交流增多，结构主义、功能主义、传播主义、文化模式论、多元化观念均进入封闭的中国。在信息、资本、经济全球化的时代，中国文学研究在更新方法，从而使华文文学研究出现了不少新质：从前期作家作品的微观研究，由文学史向文化史、民族史、国际关系史方向发展，使这一学科不再是从个人兴趣出发和各自为战的状态，"初步建立起比较规范的研究体系"6。这里说的"比较规范的研究体系"，包括超

3　沈庆利：《"世界华文文学"论争之反思》，载陆卓宁主编《和而不同——第十五届世界华文文学国际学术研讨会论文集》，2008 年，第 14 页。

4　沈庆利：《"世界华文文学"论争之反思》，载陆卓宁主编：《和而不同——第十五届世界华文文学国际学术研讨会论文集》，广西人民出版社，2008 年，第 14 页。

5　朱双一：《"世界华文文学研究"学科创立前史——"保钓"后旅美华人的"新中国"认同热潮与文学交流》，载《世界华文文学论坛》2017 年第 3 期。本节吸收了此文的研究成果。

6　许翼心、陈实：《作为一门新学科的世界华文文学》，载《世界华文文学论坛》1996年第 2 期。

越种族、宗教、国家界限的华文文学边缘性，这正是华文文学生成的一个背景。

华人离乡背井到海外漂泊，相伴的是他们的精神支柱首先是华族文化，尤其是华文。哪里有华人，哪里就有华文。不甘压制只好远走他乡的华人，无论是漂泊在富得流油的西方国家，还是受英国殖民的马来亚等经济上还未飞腾上升的国家，他们在居住国均无法进入上层世界，其社会地位相当于"少数民族"。在强势的西方文化面前，那怕汉语和朝鲜语、越南语一样是大语种，使用的人口也很多，但华族文化仍无法昂首挺胸。在各类语种中，英文总是在"执牛耳"。

走遍世界各地，很容易找到"唐人街"。在"唐人街"，有的作家做出"告别母语"的痛苦抉择而用居住国语文书写，许多情况下是被迫的，无奈的。这是为了谋生，为了取得主流社会的认可。这是21世纪"新华人"的一种退路，或曰出路。"出路"其实未必。作为不易脱胎换骨、不易被同化的族群，即使在殖民者撤退后，华人文学不仅会留下后殖民的图谱，更会打上中华文化的烙印。

唐人街

边缘地位源于政治地位和文化身份。如位于婆罗洲岛西北部的文莱，马来语和英语是官方语言，而华语属弱势文化，故用华语创作的作品，在文莱这个"和平之乡"一直处于支流的地位。再以马来西亚为例：1957年马来亚宣布独立，其宪法规定马来语是马来西亚的国语，只有用马来语创作的文学，才是国家文学，而用华语写作的文学，只能是地方性文学，也就是边缘文学。

在边缘文学方面，林幸谦是一个不可复制的个案。以出生地而论，他虽然吃马来米长大，但说的却是汉语，写的又是中文，其祖籍为中国福建省，故大马的胶园棕榈并不是他真正的故乡。至于他生活过的台湾，现在的工作地香港，并非是中国的主体，而是境外，这就使他的创作注定要被边缘化。在这种"双重边缘"的情况下，林幸谦自然信仰"本体论的流放"：人类原本就没有家乡，乡园只是一种无可理喻的幻影。不承认有实体的土地可指认的家乡梦土，这梦土历来比地理学上的乡土更具有激动人心的魅力。正是林幸谦一类的华人在居住国属外来者身份，以及华人难以与西方人竞争的情况，这就决定了华文文学在海外是一种边缘存在。

边缘文学不仅出现在海外，也产生在"海内"。如从地理位置上看，相对于内地，香港还算不上是政治中心；从文化上看，香港的中华文化来源于内地的中原文化。处于边陲地位的香港，历史上还是放逐文人的理想地方。在战火连天时，香港则属内地文人的"避风港"。如果不是怀着中原心态，认为内地文学是天然的华文文学中心，相形之下说香港文学是另一种中外文化交流的文化中心，也说得过去。

海外华文文学不仅在西方文学中经常处于边缘状态，而且某些带有交叉特点的作品在中国文学排行榜中往往也排在后面。这好像对边缘文学不尊重，其实边缘并不是人为的，而是一种客观存在。也正因为不占主流地位，也就有可能发挥它的特殊作用：反映了跟主流不同的价值观，显示出不随大流的独特品格，从而形塑出海外华文文学的主体性。尽管它不存在"惊涛裂岸"的壮观局面，但涓涓细流自有其存在的意义。这种存在无论是对西方文学还是中国文学，都是一种补充，有其特殊的价值。

总之，"边缘文学"系和华文作家居住国的"国家文学"相对而言，另方面与他们始终生存在两种乃至多种文化的夹缝有关。也可以说，华文文学的边缘性与移动性是一对"孪生兄弟"。移动的原因离不开战乱、经济滞后和政治压迫。移动的特殊状况，引伸出边缘性问题。这是一种因果关系，是构成世界华文文学这门新兴学科产生的重要背景之一。

跨国界、跨文化、跨语言，同样是世界华文文学学科生成的条件和背景。这三种"跨"，使世界华文文学不同于中国文学，而具有突出的国际性。

国际性是世界华文文学本质特征的重要体现和内在要求。世界华文文学的生产，本是一项国际性的事业，也是由其作品所体现的普世价值及涵盖的广阔性的精神气质所决定。国际性，理所当然是世界华文文学所追求的一项重要价值体系。

　　决定国际性成为世界华文文学本质特征的因素，主要来自作家们的创作不局限于某国某地区。追求国际价值，原是世界华文文学产生和发展的内在驱动力。世界华文文学的本质是由华夏文化的传存及其变异所组成，而这传承与变异均是无国界的。各国的华文作家，一直在致力于文化的发展与创造，促进世界各国读者对中华文明的了解。华文作家原本关注的是整个世界。正因为如此，中国学术界从"台港文学"、"港澳台文学"、"台港澳文学"、"海外华文文学"、"台港澳暨海外华文文学"、"大陆外华文文学"、"海外中国文学"、"海外汉语文学"，还有"华文文学"、"华人文学"、"华裔文学"、"中文文学"、"华语文学"、"华侨文学"、"侨民文学"、"离散文学"、"流散文学"、"流亡文学"、"移民文学"、"新移民文学"、"汉语新文学"、"20 世纪汉语新文学"、"20 世纪汉语文学"、"华语语系文学"、"跨区域华文文学"等概念中提炼出"世界华文文学"这一新的观念。有人认为，既然有这多种说法，可见这门学科还不能定格。其实，中国现代文学是用"中国新文学"还是用"民国文学"的概念，至今争论不休。同样，"当代文学"也有"大陆文学"、"新中国文学"、"二十世纪中国文学"、"共和国文学"、"新时期文学"、"新世纪文学"等等不同说法。至于"当代""当"到何时，谁也不知道。这一点也不奇怪。在人文学科中，观念的不固定经常发生，对这种现象既无需嘲弄，也无需惋惜。因为名词术语的变化有利于学科的发展和更新。如今对世界华文文学的发展有不同意见并不影响它们成为一门独立学科。"世界华文文学"毕竟从各种概念中走了出来，使华文文学研究在思想上和研究方法上，都带来根本性的变化。这些变化对中国现当代文学、比较文学、世界文学的研究，均产生了重大的影响。

第三节　世界华文文学学科生成基础

　　世界华文文学学科生成基础，离不开世界各地的华文文学创作，是这种多不胜数的作品，为华文文学学科的生成打下深厚的基础。在中国，华文文学学科的生成，则离不开福建、广东及上海、北京等地的华文文学的发表园地。

　　随着改革开放政策的实行，中国文学走出去的机会越来越多，国际间文化交流愈来愈频繁，各个地区的文学交流同样水涨船高，日益增强。这时中国台港澳地区和海外华文文学作品的介绍与出版，引发了内地从事现当代文学研究教师的兴趣。1984 年夏天，"台港文学讲习班"在广州举办。授课者有香港的曾敏之、梁羽生、黄维樑、小思（卢玮銮），以及内地的潘亚暾、翁光宇、许翼心等人，他们对台港文学的分类作了专题讲授，还辅之以电影欣赏与参考资料。后来任《台港暨海外华文文学评论与研究》负责人的汤淑敏，还有王宗法、樊洛平等人都是学员。这个学习班的举办，与台港文学逐渐进入大陆有关。据朱双一统计："到了 80 年代初，已有数量可观的台港与海外华文文学作品进入大陆——除了最早的《台湾小说选》（1979 年 12 月）、《台湾散文选》（1979 年 12 月）、《台湾诗选》（1980 年 4 月）等多人作品集外，仅 1980 年，就有聂华苓的《三十年后：归人札记（1978 年 5 月 13 日-6 月 19 日）》《台湾轶事：台湾小说选》《失去的金铃子》《桑青与桃红》，於梨华的《又见棕榈，又见棕榈》，白先勇的《白先勇小说选》，李黎《西江月》等个人作品集在大陆出版——并伴随着对它们的介绍和研究，大学里的相关课程和研究机构纷纷出现，甚至掀起了一波'台港文学热'[7]"，既然是一股热流，就要有资料做基础。暨南大学便通过曾敏之在香港采购了一小批台港文学书。1980-1981 年，南京大学叶子铭去美国和中国香港访问时，买了不少台港书和海外华文文学作品给学校。他们的研究方法，不再局限于政治学、社会学、历史学、美学来评价台湾文学，也从人类学、民俗学、文化学、语言学、心理学以及现代后现代还有后殖民以及存在主义、形式主义、结构主义、女性主义等新方法去研究台湾文学。1990 年上海辞书出版社出版的《中国现代文学辞典》，有 130 条台湾作家作品条目，由此催生了一支不同于大陆文学研究的学术队伍。老一辈的有张葆辛、流沙河、古继堂、陆士清、刘登翰、封祖盛、赖伯疆、张国培、黄重添、汪景寿、王晋民、潘亚暾、许翼心、陈辽、周文彬、庄钟庆、公仲、袁良骏、陈贤茂、汤淑敏、王宗法、白舒荣、施建伟、翁光宇、武治纯、赵遐秋、林承璜、饶芃子、杨匡汉、陈思和、江少川、张超、龙彼德、秦家琪、杨振昆、杨际岚、黄万华、曹惠民、蒋述卓、钱虹、沈奇等人。其中为这一学科献出生命的有汪景寿、武治纯、王淑秧、蔡洪声、秦家琪、张超、黄重添、林承璜、顾圣皓、王晋民、赖伯疆、封祖盛、庄明萱、陈辽、曾敏之、流沙河、潘亚暾、许翼心、王剑丛等。

在研究队伍建设上，一度出现青黄不接的现象。为了培养研究人才，从 1997 年和 2001 年先后在福建召开过"青年学者座谈会"和"中青年学者论坛"。在

---

7 朱双一：《"世界华文文学研究"学科创立前史——"保钓"后旅美人的"新中国"认同热潮与文学交流》，载《世界华文文学论坛》2017 年第 3 期。

两次会议之前和后来，华文文学研究领域涌现了中青年学者有徐学、朱双一、樊洛平、喻大翔、刘俊、王金城、赵稀方、庄伟杰、赵庆庆、萧成、郭惠芬、吴奕锜、钱超英、刘红林、庄若江、陆卓宁、方忠、沈庆利、张羽、刘小新、白杨、陈涵平、蒲若茜、朱崇科、李凤亮、池雷鸣、龙扬志、温明明、凌逾、赵小琪、戴瑶琴、陈庆妃、王艳芳、戴冠青、金进、张福贵、计璧瑞、陈国君、艾尤、陈娟、锺晓毅、庄园、彭志恒、向忆秋、马峰、徐诗颖、梁燕丽、古大勇、朱立立、朱文斌、程桂婷、胡德才、刘红英、颜敏、朱巧云、易淑琼、张清芳、李亚萍、计红芳、张重岗、李娜、王澄霞、贾颖妮、欧阳光明、汤俏、赵皙、陈铎……等经过严格学术训练、充满生气和活力的众多新人。是这些新人，有效地改变了呈老态龙钟的知识结构。未来的学科建设，历史地落在他们身上。

在资料建设上，也取得了一系列引人注目的成果。仅辞典在中国大陆就出版有《台湾新文学辞典（1919-1986）》、《台港澳与海外——华文文学辞典》、《台湾文学家辞典》、《台湾散文鉴赏辞典》、《台湾新诗鉴赏辞典》、《台湾港澳暨海外华文作家辞典》、《世界华人新诗鉴赏大辞典》、《台湾小说鉴赏辞典》、《台港澳暨海外华文新诗大辞典》、《台港澳及海外华文作家词典》、《台港澳暨海外华文文学大辞典》。这其中有不少重复劳动，但也有少数富于独创性。作家传记方面有《柏杨传》、《三毛传》、《张我军评传》、《余光中评传》、《陈映真评传》、《曾敏之评传》等。这些评传，多半为传主说好话，有的还请研究对象审阅，评论家的主体性由此丧失殆尽。资料索引稀少，但台湾有规模宏大内部出版的《中国大陆台湾文学研究目录》，大陆则有《港澳台暨海外华文作家笔名通检》等。

刊物方面，有长盛不衰的《华文文学》、《世界华文文学论坛》以及《世界华文文学研究》、《华文文学评论》、《粤港澳大湾区文学评论》。以刊登创作为主的则有《台港文学选刊》、《四海》等。在年鉴方面，有 2013-2021 年的《世界华文文学研究年鉴》。

研究机构方面，被过去避之唯恐不及的台港文学让其正式登堂入室，从 80 年代起陆续有些机构成立，如暨南大学的台港文学研究室（1980 年 9 月）、厦门大学的台湾文学研究室（1983 年 5 月）、汕头大学的台港及海外华文文学研究中心（1984 年 2 月）、复旦大学的台港文学研究室（1987 年 11 月，另创办有 1990 年停办的《台港文潭》刊物）、中国社会科学院文学研究所的台港文学研究室（1989 年 3 月），全国性的有 1981 年 3 月成立的中国当代文学学会台港文学研究会，2002 年有成功地注册为国家一级学会的中国世界华文文学学会。省级的有于 1988 年成立的"福建省台湾香港暨海外华文文学研究会"，以及 1989 年 7 月成立的"安徽省台港暨海外华文文学研究会"、1989 年 12 月成立的"江苏省台港与海外华文文学研究中心"等组织。

教材方面，没有统一组织编写，多半是自发行为，其成果稳定性多于创造性，以集体编著为主，这方面有《台港文学导论》、《台港澳暨海外华文文学教程》、《台港澳文学教程新编》、《海外华文文学教程》。唯一例外的是"独行侠"古远清一人完成的《当代台港文学概论》等。

从人类文化、世界文化的宏观角度研究学科基本原理的专著少之又少，但仍有《世界华文文学概要》、《海外华文文学知识谱系的诗学考辩》、《世界华文文学概论》等。

　　个人著作方面，有"中国世界华文文学学会"主办的"世界华文文学研究文库"1-3 辑，重要的有《海上文谭》、《世界文坛的奇葩》、《华文文学的大同世界》、《离散与文学》、《世界华文文学研究的前沿问题》等。这些著作，系中外文化的交流与对话、华文文学的探索与思考，学术典藏的呈现与积淀，体现出多元语境中趋异与共生的独特文学研究风景。

　　高等学校开设华文文学课完全是一种自下而上的行为，主要看有无师资力量，不属"计划教育"性质。从 80 年代末起，各校根据自己的实际情况陆续开设与台湾香港文学相关课程的有中央民族学院、北京广播学院、北京大学、复旦大学、南京大学、武汉大学、暨南大学、厦门大学、中山大学、同济大学、山东大学、西南大学、四川大学、苏州大学、陕西师范大学、福建师范大学、中南财经大学等近百所高校。其中复旦大学、暨南大学、中山大学的中文系开设台湾小说和台湾文学方面的选修课程。复旦大学、中山大学、中央民族学院、北京大学等院校还招收了攻读台港文学研究方向的研究生[8]。南京大学较早设有华文文学的博士点。

　　获取国家社科基金重大项目并不能视为代表学者水准的唯一标志，但这对高校评职称和学校升级有重大作用，因而吸引众多学者投标，被命中的前后有《百年海外华文文学研究》、《华文文学与中华文化研究》、《华人学者中国文艺理论及思想的文献整理与研究》、《两岸现代中国散文学史料整理研究暨数据库建设》、《百年台湾文学中的中华民族叙事研究》等。国家社科基金重点或重大课题有《近五十年台湾文学思潮的变迁》、《中国文化中的台湾文学》、《百年海外华文文学（整体）研究》、《华侨华人与百年中国文学的海外传播》、《香港报刊文学史》、《百年台港澳及海外华人作家传记中的集体记忆与民族叙事研究》、《香港当代报章文艺副刊整理与研究（1949-2022）》。这些项目的标题，动辄带有"研究"二字，有相当的八股味，但上面强调规范性，这种"项目体"写作创造性居于次要地位。相对来说，一般课题较有自主性，这方面中标的项目就更多了，不再列举。

　　国家社科基金后期资助项目是指将近杀青的书稿，这没有命题作文的弊端，且能体现学者的主体性和独立性。这方面中标的有《当代香港文学跨界现象研究》、《两岸"文艺大众化"的民族叙事研究》、《中国小说在美国的译介研

8　钱虹：《从"台港文学"到"世界华文文学"——一个学科的形成及其命名》，《学术研究》，2007 年第 1 期。本节参考了她的研究成果。

究》、《马华文学的跨族群书写研究（1990-2019）》、《美国汉学家康达维的辞赋翻译与研究》等等。

西部项目带有"照顾"性质，这方面有《台湾少数民族小说创作乡土审美研究》、《海外回族文学研究》等。青年项目有《当代海峡两岸的小城镇小说》、《民族主义与台湾文学》、《留英美中国人英语文学与"东学西渐（1877-1954）"》等。

比国家社科基金低一层次的教育部课题资助金额较少，但并未与国家社科基金形成竞争，它只是按照自己的宗旨坚实地执行，这方面有《东南亚华文文学论》、《华文文学专题研究》、《中国留学生小说史论》、《20 世纪世界华语散文概述》等。

有了这壮观的研究队伍、不同类型的课题及优秀的研究著作和工具书，世界华文文学新学科的建立便有了雄厚的基础。

第四节　世界华文文学学科生成历程

1979 年 5 月，曾敏之所写《港澳与东南亚汉语文学一瞥》，向读者介绍了香港的两份严肃文学刊物《海洋文艺》、《当代文艺》以及办纯文艺刊物在香港之不易。接着，在对东南亚的新加坡、马来西亚和泰国的华文创作、刊物和出版状况介绍时，突出今天看来在华文文学发展史上并没有什么地位，但却能给读者一新耳目的新加坡南洋大学中国语文学会出版的《北斗文艺》、《新生》，新加坡大学中文学会出版的《激风》月刊；"反映了当代马来西亚文艺动态"的马来西亚的华文刊物《赤道诗刊》、《大学文艺》等；泰国的《泰华月刊》，"它发表小说、散文、诗歌创作，也发表旧的诗词作品"，其文艺思想，曾敏之引用这份刊物所说的"在观念上接受祖国的文学思潮所影响，但也把创作植根于客观生活现实"，希望侨居泰国的文艺工作者要反映当地的现实面貌。这些国家的华文创作虽不是该文重点，但仍提到新加坡谷雨的长篇和周颖南的杂文集自费出版的情况。而马来西亚的华文文学的发展历程，则向读者推荐方修的《马华新文学简史》。在当时，华文文学概念对内地学界来说尚属陌生，故文章使用的是大家较易接受的"汉语文学"概念，体现出中国世界华文文学研究初期的探索状况。也许有人认为，把曾敏之介绍性的文章当作华文文学学科的起点，是降低了自己的身份，但起步总是青涩的。不可否认，并非高头讲章的这篇随笔，是中国大陆学界首次出现的倡导关注大陆以外的汉语文学的文章。该文不是学术论文，只是介绍性的"一瞥"，涉及的作品或刊物水准也不高，且只限于香港及与香港联系紧密的东南亚华文文学的一些近况，"却无疑向被封闭了数十年之久的内地读者敞开了一扇了望香港和南洋文学世界的窗口，让人们知道了在大陆以外的另外一片虽然生存不易却丰富多彩的华文文学天地。"[9]

早在1978年初，在广东作家座谈会上，曾敏之就作了"面向海外，促进交流"的发言，向大家郑重提出不妨将眼光注视到港、澳、台和海外华文文学。他在分析港澳和东南亚汉语文学的基本情况后，着重阐述了三点："要拨乱反正，文学交流最能见成效；要打通内外交流的管道，文学交流最容易被接受；港澳回归，台海统一，要从文学、文化交流着手。"[10]这里又是"回归"，又是"统一"，说明作者很注意政治性，这是因为当时境外文学尚属敏感区域。曾敏之时任香港左派报纸《文汇报》代总编辑，故他很注意舆论导向。他发表在《花城》上的文章，正是根据这个讲稿整理和充实而成。

由于政治、历史的原因，海外华文作家对中国文学分流成陆台港澳四大板块，均有一种焦虑感。他们希望这四大板块从分流到整合，让这些文学分而不离，合而不并。文学家能做到的是建立华文文学的大同世界，让"文化统一中国"成为不同立场的中国作家的认同对象。如前面所述从大陆到台湾再到美国的聂华苓等海外作家，就在这方面作了有益的尝试。

华文文学不限于某一区域，它是所有文学爱好者所共享的精神场域。不可否认在中国大陆出现的华文文学，首当其冲是台湾作品。之所以如此，是因为台湾文学披着一层神秘的面纱，所以许多大陆刊物都愿意选载台湾文学作品。还在1979年3月，《上海文学》第3期发表了聂华苓的短篇小说《爱国奖券——台湾轶事》，同年第4期又发表了另一海外华文女作家於梨华的短篇小说《涵芳的故事》。此外，在1979年还有北京的《十月》（第三期），上海的《收获》（第五期和第六期），湖北的《长江》（第六期），安徽的《清明》（第二期）和《安徽文学》（十一月号），吉林的《新苑》（第三期），向大陆读者介绍了几位从台湾赴美的作家十多篇作品，形成了大陆对台港澳文学研究的起步阶段。这里要特别提出的是为配合曾敏之文章的发表，《花城》同期首次刊登香港作家阮

---

9 钱虹：《从"台港文学"到"世界华文文学"——一个学科的形成及其命名》，《学术研究》，2007年第1期。

10 陆士清：《曾敏之评传》，香港作家出版社，2011年。

朗（严庆澍）的小说《爱情的俯冲》，在目录页上特别注明"短篇·香港来稿"之后，从第 3 期始，干脆开辟了"香港文学作品选载"专栏。在同年 7 月问世的人民文学出版社主办的《当代》创刊号上，同样开辟了"台湾省文学作品选载"栏目，首先发表的是白先勇的小说《永远的尹雪艳》。这等于宣告了台湾文学开始"回归"大陆，难怪编者按云："以后，本刊拟陆续刊登一些台湾省文学作品。"这转载，限于当时的条件，不可能得到作者的授权，因而白先勇向刊登者提出"抗议"，这是一种"姿态"，因而他怕背上通"共匪"的罪名。后来他态度有所转变，只希望给点稿费。大陆能登他的作品，其内心还是很高兴的。由此萧乾建议出版社直接联系白先勇本人。其实，不管是刊登者还是被刊登者，心中都明白，索要稿费是一种借口，两岸由此产生破天荒的交流，才是大事。既然是大事，《当代》很快在第 2 期刊载了另一台湾乡土作家杨青矗的小说《低等人》，从第 3 期起又发表了旅美作家聂华苓的《珊珊，你在哪儿？》、阮朗的《玛丽亚最后的一次旅行》等作品，并将此栏目改为"台港文学作品选"。按钱虹的说法"'台港文学'这一新概念从此进入了大陆的文学界。"[11]1979 年 12 月，广东的《作品》杂志又发表白先勇另一篇作品《思旧赋》，与北方的杂志形成南北呼应的局面。1980 年第 2 期的《当代》"港台文学作品"一栏还发表了另一位从台湾赴美作家於梨华的《雪地上的星星》等作品。

---

11 钱虹：《从"台港文学"到"世界华文文学"——一个学科的形成及其命名》，《学术研究》，2007 年第 1 期。

　　从对白先勇、聂华苓、於梨华等人的介绍中不难发现，当时没有"海外华文文学"概念，故他们都被视为"台湾作家"；而无论在台湾还是大陆，白先勇又是当然的"中国作家"。正是由于这些被中国大陆文学界首先注意到的飘洋过海生活在异国的作家身份的复杂性，台港文学与海外华文文学从一开始的命名就有所重叠和交叉，但当时都被笼统地认为是"台港文学"。

　　这时研究台湾作家的文章也开始出现，如 1979 年 3 月，邱铸昌在《中山大学学报》第 1 期发表了《抗敌的鼓角，血泪的诗篇——读丘逢甲的诗》；同月，《上海文学》第 3 期发表了北京学者张葆辛的《聂华苓二三事》。另有武治纯的《吴浊流及其作品》[12]、萧乾的《台湾文学》[13]、周青的《也谈台湾文学》[14]、聂华苓的《海外文学与台湾文学现状》[15]、王晋民的《台湾现代文学和乡土文学述评》[16]等。这里要特别提到 1983 年 1 月 3 日，萧乾、秦牧、姚雪垠到新加坡出席金狮文学奖颁发仪式。在此之前，姚雪垠负责征文中的小说部分，秦牧负责散文部分，萧乾负责报告文学。这大概是中国大陆改革开放后最早到东南亚进行文学交流的动人的一章。也就是这一年，陈贤茂在 1983 年 3 月间从报刊上读到萧乾的两篇文章，一篇是《救救新马文学》（载《羊城晚报》），一篇是《为新马文学呼吁》（载《时代的报告》）。正是这两篇文章，仿佛在陈贤茂面前打开了一扇窗户，使他能约略窥见外面的世界，知道在新加坡和马来西亚，还有许多人在用方块字进行创作。从事中国新文学研究的大陆学者，由此感到研究华文文学如果只把台港文学而不把海外华文文学包括进去，必然跛脚。1979 年开始接触境外文学的陆士清，便在《中国当代文学研究》1980 年第一辑发表了《於梨华和她的〈又见棕榈，又见棕榈〉》。为使境外文学不在新文学史中缺席，学界很快掀起了研究包括台港文学在内的华文文学的热潮，仅 1979 年，就有《战地赠刊》、《读书》、《书林》、《出版工作》、《作品》等刊物发表过台港文学作品。以致在 1981 年 3 月，南方的"中国当代文学学会"成立了以曾敏之为首的分支机构"台港文学研究会"，集合了封祖盛、许翼心、潘亚暾、王晋民、陈贤茂等中山大学出身的"五虎将"。

12　《读书》，1979 年第 5 期。

13　《出版工作》，1980 年第 7 期。

14　《文学研究动态》，1980 年第 20 期。

15　《河南师大学报》，1980 年第 4 期。

16　《中山大学学报》，1980 年第 4 期。

为了破除对台港文学的神秘性与风险性，加强中国境外文学研究，1982 年 6 月，在曾敏之的推动下，由这个新成立的中国当代文学学会台港文学研究会以及厦门大学台湾研究所、福建社科院文学研究所、福建人民出版社和中山大学、华南师范大学、暨南大学中文系等七个单位，在广州召开了首届台湾香港文学学术研讨会，与会者以粤闽两省学者为主，也有来自北京、上海、广西、四川、山东、湖北、吉林、甘肃的学者。境外代表多来自香港，另有一位台湾画家秦松。共收到 40 篇论文，其中台湾文学占了 37 篇。讨论的重点仍是台港文学，而没有海外华文文学。这次会议是大陆早期研究台港文学学者的一次集体亮相，刘登翰虽有出场，但未提交论文。参会的论文不多，高质量的少见，但作为一个开创性的会议意义重大。参会的代表一致认识到"台港文学是中国文学的一个组成部分，台港文学和她的母体文化之间有着不可割断的脐带血肉相连……在过去很长一段时期内，台湾文学和香港文学一直没有得到我们应有的关注，至今出版的所有中国现代和当代文学史，几乎没有一部论及台湾作家和香港作家的作品，这当然是不正常的。可喜的是这种现象已经结束"，"可以说，对台湾文学的关注，是新时期现代和当代文学研究工作中一项有突破意义的进展。"

中国对外交流在不断升级，海内外的作家交流也随之频繁起来，在 1981 年复旦大学开台湾文学课不久，旅美台湾作家第一个访问大陆代表团从北京到上海复旦大学。1986 年，白先勇到复旦大学讲学两个月。据公仲的统计，最先到中国大陆访问的作家有聂华苓、於梨华、陈若曦、施叔青、白先勇、杜国清、郑愁予、李欧梵、叶维廉、洪铭水等。欧洲和东南亚的作家也跟随而来，如陈春德（云里风）、尤今、戴小华、黄孟文、骆明、司马攻、梦莉、蓉子、赵淑侠、赵淑敏、林湄、郭名凤、池莲子、章平、池元莲、谭绿屏等[17]。大陆学者，由此关注中国以外的华侨、华人、外籍人士用汉语为表达工具，反映华人在其住在国生活或以祖（籍）国生活作为背景的作品。

世界华文文学学科的发展，所经历的有两个阶段：一是从中国境外文学向海外华文文学辐射；二是从着重政治功利向注重审美价值的转换。

80 年代的华文文学研究，除海内外作家学者相互交流所带来的华文文学区域介绍、评论，以及国际性的研讨会所发表的论文外，另有在影响力较大

---

17 公仲：《华文文学研究：筚路蓝缕 砥砺前行》，载《2019 世界华文文学研究年鉴》，香港华中书局，2020 年。

的期刊和《文学评论》上发表论文，和在沿海一带出版社出版研究专著。具体来说，有作家作品论，各地区、国家华文文学的概论、教程，有各种专著导论，有众多的论文集，有相当数量的文学通史、小说史新诗史、文学理论批评史，还有各种辞书。

研究者由此扩大视野，因而以心灵的漂泊、精神的离散、价值的缺失著称的"海外华文文学"的概念开始流行起来。1983 年 11 月，汕头大学"海外华文文学研究中心"筹建，1984 年 2 月正式成立，陈贤茂为主任，夏衍为名誉主任，赠了两百多本海外华文文学书籍给研究中心的萧乾等人为顾问。1985 年《华文文学》试刊号的问世，更是一个明显的标志。秦牧在《华文文学》试刊号上的《代发刊词》中，为华文文学释义云："华文文学是一个比中国文学内涵要丰富得多的概念。正像英语文学比英国文学的内涵更丰富，西班牙语文学比西班牙文学的内涵要丰富的道理一样。"也就是说，"中国文学"其范围只包括在大陆、台湾、香港、澳门地区的华文文学，而"华文文学"除包括中国的境内外华文文学外，还涵盖了中国以外用华文创作的作品。该期杂志末尾《编者的话》则认为华文文学包含三层含义："一、凡是用华文作为表达工具的作品，都可称为华文文学；二、华文文学和中国文学是两个不同概念，中国文学只指中国大陆、台湾和香港的文学；三、华文文学和华人文学也是两个不同概念，海外华人用华文以外的其他文字创作的作品，不能称为华文文学；但是，非华裔外国人用华文写的作品却可以称为华文文学。"这为华文文学的研究范围做出了科学的界说。

1984 年 4 月，在厦门大学举办了第二届"台湾香港文学学术讨论会"。这次和首届会议一样讨论的对象都是台湾文学、香港文学，其中提交大会论文共有 51 篇，香港文学的论文升至七篇，尤其是许翼心的《香港文学的历史考察》，带有"史"的意味。虽有个别海外的学者和作家参加此会，但未见有提交海外华文文学方面的论文。先后出版的两本会议论文集，也都命名为《台湾香港文学论文选》。

到了 1986 年 2 月，在北京出版的 1986 年 2 月出版的第 1 期《四海》上，中国大陆归侨作家秦牧再次打出"世界华文文学"的旗号。但对"世界华文文学"这个概念，学术界并没有马上接受。

1986 年 12 月由深圳大学发起，联合北京大学、中山大学、暨南大学、华南师范大学等国内多所大学，在深圳举办第三届有关台港文学学术讨论会，海外与会作家较多，如美国的陈若曦、於梨华、非马和东南亚的一些诗人和作家，还有少数学者，如当时在美国加州大学任教的陈幼石等。这次研讨会出现研究海外华文作家作品的论文有 15 篇，更鉴于陈茂贤 1985 年就在《华文文学》上首次倡议研究"海外华文文学"，因此有学者对研讨会原来的名称提出质疑，会议便正式更名为"全国台港与海外华文文学学术讨论会"。从此，"海外华文文学"的论文在研讨会上不断出现。此外，这次会议发表了不局限于作家个论的宏观论文：刘登翰的《特殊心态的显示和文学经验的互补——从当代中国文学的整体格局看台湾文学》和钟文的《中国当代文学中的台湾文学》。这两篇文章用整体的理性把握去代替孤立的感性描述，从而使研究工作迈进更加宽阔、严谨的学术境界。

1989 年 4 月，在上海复旦大学举办了第四届"台港及海外华文文学学术讨论会"，此会的内容没有质的变化。直至 1991 年，在广东中山市召开的第五届研讨会上，亦大体上沿用"台湾香港澳门暨海外华文文学国际研讨会"的名称，所不同的是比上一届多了"澳门"和"国际"二字。这是因为出席者有澳门笔会理事长陶里率领的五位澳门作家参与，并提交了有关澳门文学的论文的结果。澳门的加入，使中国境外文学完整了起来。这次会议首次出现了三篇以"世界华文文学"为题的论文：广东社会科学院许翼心的《世界华文文学的历史发展与多元格局》和赖伯疆的《世界华文文学的同质性和异质性》，另有新加坡王润华的《从中国文学传统到海外本土文学传统——论世界华文文学的形成》。这三位中外学者不约而同使用"世界华文文学"概念，说明各国学者企图建立一种世界华文文学的整体观。

台湾、香港的学者由于没有"大中原"心态的束缚，他们早就把"世界华文文学"作为一个整体来推介。1991 年 7 月，由香港作家联会、《香港文学》杂志、香港联合出版集团、香港岭南学院等单位在香港召开了"世界华文文学研讨会"；1992 年 11 月，台北还成立了"世界华文作家协会"。华文文学本已和英语文学、法语文学、西班牙语文学一样，在全球形成了一种体系，因而该会将新华文学、马华文学、菲华文学、泰华文学，甚至亚华文学、欧华文学、美华文学与作为母体的中国文学沟通起来的做法，是一种有益的尝试。

改革开放大潮在 20 世纪 90 年代汹涌澎湃，对外交流的窗口也越开越大，内地学者已开始注意到成立全国性学会的重要性。1991 年秋，古继堂策划的以艾青为会长的"台港暨海外华文文学研究会"在北京成立。1993 年，在庐山召开的第六届会议上，不再像古继堂那样将本属中国文学的台港澳文学与属外国文学的海外华文文学并置在一起，这次会议正式启用了"世界华文文学国际研讨会"的名称。这个会也带动了高校的台港文学热。并非华侨学府的华南师范大学，仅1993年就有20人以台港文学做学术论文，占该届毕业生总人数的百分之十。1993年6月，香港岭南学院和暨南大学在广州联合举办华文文学机构联席会议，进一步明确了这门学科，开创了从文学制度研究华文文学的新局面。

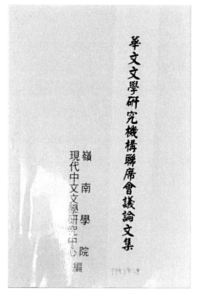 

北京《四海》杂志在1994年第一期《在京部分专家笔谈"世界华文文学"的概念与定义：先定位，再正名》，1994年11月在云南召开的第七届世界华文文学国际学术讨论会，以及1996年4月南京召开的相关会议，对"华文文学"的称谓有不同看法，争论的内容归总起来大约有两方面：一是保留"台港澳暨海外华文文学"的原名还是采用新名"世界华文文学"？这方面的争论主要体现在第七届云南年会的会间讨论上。林承璜等人认为还是沿用过去使用的"台港澳暨海外华文文学"这一名称更名副其实，因为在此以前的历届年会并没有把中国大陆的文学纳入会议的研究范畴。新加坡的陈剑认为"海外华文文学"是从中国大陆立场出发命名的，容易引起海外作家的误解。王一桃则以大陆长期出版的《世界文学》杂志并未包括中国文学为例，认为使用"世界华文文学"并无不妥。[18]通过讨论已逐渐明确了这个概念所建立的"世界华文文学"学科，

---

18 古远清：《世界华文文学的丰收季节——第七届世界华文文学国际学术讨论会纪实》，载《四海》1995年第1期，第123页。

是一个充满朝气的学科，一个有益于发扬中华文化的学科。为发扬中华文化，在华文文学领域至少要处理八大关系：在殖民主义和种族主义逼迫中，争生存求发展的关系；与故国母土民族文化传统的血缘关系；与居住国各兄弟民族的水乳交融关系；乘中国"改革开放"东风，谋求突破创新的关系；消除新殖民意识，越是民族的，便越是世界的关系；与"去国怀乡"这一永恒主题的关系；与原则立场、人生价值的关系；与中国文学的"胞波"关系。[19]

"世界华文文学"的命名不能片面地理解为原先名称的简化，因为这种命名提升了过去对台港澳暨海外华文文学研究的品位："它把台港澳暨海外华文文学，作为一种世界性的文化和文学现象，置诸全球多极和多元的文化语境之中，使'台港澳'暨'海外'的华文文学，不再只是地域的圈定，而同时是一种文化的圈定，作为全球多元文化之一维，纳入在世界华文文学一体的共同结构之中，使这一命名同时包含了文化的迁移、扩散、冲突、融合、新变、同构等更为丰富的内容和发展的可能性。以这样更为开阔的立场和视野，重新审视台港澳暨海外华文文学，便更适于发现和把握台港澳暨海外华文文学置身复杂的文化冲突前沿的文学价值和文化意义。世界华文文学的命名，体现了鲜明的学科意识，和对这一学科本质特征的认识。"[20]

在学界，有一些人认为应用"海外华文文学"取代"世界华文文学"，理由是世界华文文学包括的台港澳文学属中国文学，应和属外国的得到"天空"却失去"土地"的"海外华文文学"加以区分。可"海外华文文学"是从中国立场、角度出发和命名的，在海外华文学学者看来，这一定义未免"见外"，因为在马来西亚华文作家那里，马来西亚是当仁不让的"本土"，马来西亚以外的国家和地区包括中国在内反而成了"海外"，"很显然，如果本土学科以建立一个全世界各国各地区的华文作家同为平等主体的华文文学'大同世界'为目标，'海外华文文学'这一概念并不完全妥洽。这也许是后来'海外'二字为'世界'所取代的原因之一"[21]。第八届年会闭幕时，大家在求大同存小异的前提下，还是基本达成了共识，这体现在曾敏之在会议闭幕时代表会议筹

19 马阳：《论华文文学领域中的八大关系》，载陆士清主编：《新视野，新开拓——第十二届世界华文文学国际学术研讨会论文集》，复旦大学出版社，2002年，第55-62页。

20 刘登翰：《命名、依据和学科定位》，《福建论坛》，2002年第5期。本节吸收了他的研究成果。

21 朱双一：《"世界华文文学"定义再辨析》，《华文文学》，2021年第1期。

委会作总结发言时所说的"曾引起争论的世界华文文学的释名问题，经过讨论，一致认为'世界华文文学'这一名称早已沿用、风行，为海内外学者、作家所接受，今后仍应统称为'世界华文文学'。"可以说，大多数与会的代表对"世界华文文学"这一名称的使用，以及它作为一门新兴学科的存在是充满信心的。由许翼心和陈实撰写的、被学术界称之为世界华文文学学科"昭告世人的一篇宣言"的该届年会论文《作为一门新学科的世界华文文学》中，作者在对世界华文文学学科产生的背景的勾勒、学科发展过程的梳理和学科形成的条件、性质的分析之后，理由十足地指出："按照国际学术惯例，作为一门独立的文学学科，世界华文文学已完全具备学科成立的必要条件"，并且指出，将世界华文文学学科从其他学科中独立出来，"不仅扩大了文学学科的研究领域，而且对中国文学与世界文学的交流，对中国文化的建设有着直接的促进作用。"[22]

2002 年，大陆在相关研讨会的基础上，正式成立了以"世界华文文学"为名的学会即"中国世界华文文学学会"。这个学会尽管北京的古继堂、赵遐秋，上海的陈思和，厦门的庄钟庆，尤其是厦门市东南亚华文文学研究会与中国世界华文文学学会没有互动关系，但仍有广泛的代表性和权威性。这个学会把"中国"与"世界"并列，且"中国"在"世界"之前，由此有人认为这是明目张胆表明"中国"是世界华文文学中心。这种联想可谓大胆，却不符合该学会成立宗旨。前面加"中国"二字，不过是为了表明这个学会建立在中国而已，毫无把"中国"置于"世界"之上的意思。不管如何评论，这个学会的成立代表着研究领域人才的汇集、学科建置已逐步走向成熟，学科的研究工作已迈入一个新阶段。

作为一门学科的命名，不仅展示出长期被遮蔽的一种全球性的文学现象，而且启示人们无论是学术视野还是研究方法，都应大幅度更新，尤其注重审美价值。世界华文文学研究的方法本应多种多样：既可用社会学的方法，也可用历史学的方法；既可以是民族的，也可以是地域的；既可以是文学的，也可以从语言学角度入手。有不少人用文化视角去研究华文文学的文化身份，去探讨华文文学的文化旨归；或去研究华文文学作品中的漂泊者形象，把握华族文化与族文化在文学相遇的反差。有的则用符号学或结构主义的方法，去阐述海外

---

22 吴奕锜：《近 20 年来台港澳及海外华文文学研究述评——以历届学术年会及其论文集为例》，载中国世界华文文学学会编：《直挂云帆济沧海——世界华文文学研究三十五年论文集》，第 195 页。

华文文学创作的一些问题。

从中国现当代文学到"台湾香港文学"到"台湾香港澳门文学"，再到"台港澳暨海外华文文学"，直到"世界华文文学"名称的使用，标志着从课题性的命名到一门新兴学科的崛起。肯定它，需要胆识和勇气。总之，它不再是一门尴尬的学科，而是一门能不断触发新的文学话题，促进文学学科不断发展和繁荣的学科。

第五节　世界华文文学学科生成经验

20 世纪快要结束时，杨匡汉等北京学者在撰写《20 世纪中国文学经验》。这个选题很有开创性，但总结 20 世纪的中国文学经验，除"第一世界"的中国大陆文学外，"第二世界"的台港澳文学不能缺席，甚至作为参照系即与中国新文学有交叉的"第三世界"的海外华文文学也应有一席地位。

世界华文文学经验的总结是前人没有做过的工作，它的第一个经验是：华文文学是一种跨区域、跨学科、跨时代、跨文化的"文学共同体"[23]。跨区域，是指它包括海内的中国境外台港澳文学，另涵盖多描写游子思乡、文化冲突和生存压力的海外华文文学；区域主要是指北美、欧洲和澳洲华文文学、东南亚华文文学、东北亚华文文学以及中国的台湾、香港、澳门文学。跨学科，是指跨中国文学、世界文学和比较文学学科。跨时代是指从 19 世纪中叶华工的口头文学或 1910 年美国华工刻写在加州天使岛木壁上留下的汉语诗歌到 21 世纪的华文作家长篇、短篇创作。跨文化，是指华文文学研究包括作家的母国和居住国及其他不同文化背景的书写。跨文化研究本是世界华文文学最常用的研究方法，旨在研究华文文学作家创作的初衷，在两种或多种的文化冲突及交融的表现，简言之就是跨越不同国家、不同民族界线的文化。这里有文化认同问题，即作家对母国或居住国特定文化的归属和认定，它有中华文化尤其是中西文化价值的特定指向性。

第二个经验是"双重传统"。这是周策纵在 1988 年 8 月新加坡作家协会与德国歌德学院联合在新加坡主办的以东南亚华文文学为主题的国际会议上提出来的。任何有经典之作的国家，其文学都有继承性，都有来龙去脉，华文

---

23 刘俊：《世界华文文学跨区域跨文化存在的文学共同体》，载刘俊《跨界与交融》，人民文学出版社，2014 年。

文学也必然有自己的传统。在中国大陆，从《诗经》开始，到屈原，到唐宋，到明清，均有"文以载道"一类的文学传统。世界华文文学自然无法与"华"脱离关系，更不能与中华文化断奶。华文文学的"华"，不仅指华文，也指华人，这是华文文学赖以生存的命脉，是无法抛弃的。但华文文学尤其是海外华文文学，单靠这个"根"而没有居住国的本土经验，是无法开花结果的，正如王润华所说："因为海外华人多是生活在别的国家里，自有他们的土地、人民、风俗、习惯、文化和历史。这些作家，当他把各地区的生活经验及其他文学传统吸收进去时，本身自然会形成一种本地的文学传统（Native Literary Tradition）。"新加坡乃至整个东南亚地区的华文文学，据王润华的观察，"都已融合了'中国文学传统'和'本土文学传统'而发展着。我们目前如果读一本新加坡的小说集或诗集，虽然是用华文创作，但字里行间的世界观、取材、甚至文字之使用，对内行的人来说，跟中国大陆的作品比较，是有差别的，因为它容纳了本土文学传统的元素。一个地区的文学建立了本土文学传统之后，这种文学便不能称之为中国文学，更不能把它看作中国文学之支流。"[24]也正因此，周策纵认为应该建立起多元文学中心的观念。

和"双重传统"关联的是"双重视角"，如看待美国华裔文学代表汤婷婷、谭恩美的作品，不应在语言和华文、族群与华人之间打转，而应聚焦世界华文文学版图的延伸性："华人文学的形态，先天就带有某种混合性，故世界华文文学不应固守'华文'的疆界。华人文学作品不管有无中译本，都应作为世界华文文学的一种研究对象。这不仅可以扩展世界华文文学研究的版图，而且可以起到对照和互为补充的作用。"[25]

第三个经验是"多元文化中心论"[26]。中国大陆的华文文学拥有全球最多的作家队伍，最多的图书出版单位，最多的阅读人口，最广泛的文学市场，因而有人认为世界华文文学中心在大陆。我们不否认中国大陆华文文学的重要性，但华文文学的中心系相对而言，且不能认为只有一个中心，而应承认多元文化中心的存在。这多元文化中心，包括许多种文化区域，因文化背景差异，

24 王润华：《从"双重传统"、"多元文化中心"看世界华文文学》，香港：《文学评论》，2014 年 6 月。

25 刘登翰：《双重经验的跨域书写——美华文学研究的几个关键词》，载《文学评论》，2007 年第 3 期。

26 周策纵：《总评辞》，载《东南亚华文文学》，新加坡作家协会与歌德学院合编，1989 年，第 360 页。

出现各地的独特文坛状况。从上世纪 80 年代开始，无论是"西方中心论"还是"东方主体论"均在动摇，世界多元文化已成为大家的一种共识。以美国华文文学而论，不仅接受了光辉灿烂的中华文化，而且在空间认同、文化认同、身份认同的焦虑中担负着时代的文化命题。作家们从外地漂泊到美国后尽管各自人生经历不同，但离不开母国的历史传统，在这一基础上出现的华文文学，才能展现出各自的特色。"一方面，华人移民共同的民族属性和中华文化背景，规制了美国华文文学的族属性，使之不仅区别于美国的主流文学，也不同于美国其他少数族裔的文学，如非裔黑人文学、犹太裔文学、亚裔的其他族裔文学等；另一方面不同时代华人移民的历史际遇、文化背景、生存方式和人生经历，以及介入美国社会为方式与深度，在和西方文化的交会、冲突和融摄中，也发展出不同时期美华文学的不同形态和不同文化关注点，回应着他们对于故国母土的历史焦灼和自身生存的文化困惑。因此，美华文学文化主题的演化，既归根于移民在故国生存的历史文化背景和移出动因中的时代和环境因素，同时又是移民在所居国生存状态和文化适应的反映。"[27]也就是说，在多维文化视域中重审中国形象的当下美国华文文学，已走出放逐文学的模式，也不再重复"留学生文学"的写法，更不同于中国大陆文学的写法，而形成与加拿大华文文学、英国华文文学相似的那种既有独立性，又有自主性的文学。有众多华文报刊和华文作家组织、有哈金等人的优秀作品的美国，尤其是北美的华文文学突破了古代中国因位居"天下"的中心位置而以代表"天下"即"天下之中央"的局限，不妨也看作是中国以外的另一个华文文学中心。同样，东南亚华文作家有众多人不出生在中国，在心理上和社会关系、文化风俗上，距离华人的祖先渐行渐远。没有远涉重洋的他们，对自己的母国拥抱得更紧，其爱国主义的"国"也不是专指中国。在新的土地上，其爱的主题会发生变异，对新的国家的爱也会生根发芽长大。就是少数来自中国的作家，从叶落归根转换为落地生根，也就不可能完全按照中国经验写作。如果完全模仿中国作家，"就会令马华作品失掉创新性，令马华文学失掉主体性，成为在马来西亚的中国文学的附属，成为大中国文学中心的边缘点缀……"[28]这些来自"中国大陆的作家"或来自"中国台港的作家"，对异国文化的迷茫与刺痛，其在

---

27 刘登翰：《双重经验的跨域书写》，《文学评论》，2007 年第 3 期。

28 张光达：《九十年代马华文学（史）观》，《人文杂志》，2000 年 3 月号，第 114、115 页。

他乡行走所创作的文学，具有界域意识和认同焦虑的核心意识，这促使他们建立了一个不同于中国的华文文学中心。如五十年代美国的"白马社"人多势众，影响不可小视，因而自称为"第三中国文学中心"。对有人认为世界华文文学"中心"只有一个是客观存在，中国文学就是"中心"这一说，也就是赖伯疆说的："世界华文文学划分为一个中心，即中国（包括台港澳地区）；两个基地，即东南亚（包括东亚的日本、朝鲜）和北美；三个发展中地区，即澳洲、欧洲和非洲。"[29]痖弦不同意这种看法，他说得好："海外华文文学无需在拥抱与出走之间徘徊，无需堕入中心与边陲的迷思，谁写得好谁就是中心。搞得好，支流可以成为巨流，搞不好，主流也会变成细流，甚至不流。"[30]《新加坡作家报》也有人撰文认为各国华文文学是兄弟关系，而不是母体与子媳的关系。如果承认一个中心，就可能会出现狂妄自大与妄自菲薄两个极端。也就是说，如果有中心，也是多中心。对中国作家来说，不应以主流自居歧视别的国家的华文作家。别的国家的华文作家也不应以本土性为名完全脱离中华文学这个"根"。跨越族群、跨越语言、跨越身份的各国华文文学应互相取长补短，共同繁荣。承认中国中心、东南亚中心、欧美澳中心的多元文化中心，有助于建立一个华文文学的大同世界。这种多元文化中心论的出现，也使中国学者研究华文文学更谦和，更平易近人，更容易为对方所接受。杨松年如是说：华文文学"可以分成好几大块：中国大陆是一块，港、台、澳是一块，美、加是一块，欧洲是一块，东南亚又是另一块，近年来由中国大陆、香港移民的增加，澳、纽华文文学又形成新的一块。[31]"这每一块均有可能形成自己的中心。不过，应该说明的是，不管有多少个中心，中国大陆作为华文文学的"源头"和"母体"，这个中心就是以"大"著称，任何中心均无法取代它。

　　为了和"多元文化中心"相呼应，中国学者进入90年代后，以世界华文文学为整体观照的文学研究出现了一些新动向：1994年王一川等合编《20世

29　赖伯疆：《世界华文文学的同质性和异质性（摘要）》，转引自吴奕锜：《近20年来台港澳及海外华文文学研究述评》，载《直挂云帆济沧海——世界华文文学研究三十年论文集》，中国文史出版社，2012年。

30　转载自何与怀：《海这边，海那边——世界华文文学女作家掠影》，台北秀威科技出版公司，2011年，第242页。

31　何与怀：《海这边，海那边——世界华文文学女作家掠影》，台北秀威科技出版公司，2011年，第243页。

纪中国文学大师文库》[32]在"重写文学史",该文库分小说、散文、诗歌、戏剧等卷,其中以"小说大师文库"的排名最具争议:原来有定评的茅盾惨被除名,而取而代之的金庸名居第四。在排名者看来,当代文学也有"文学大师",但这"大师"不出在内地而出在香港,其取得成就的文类不是雅文学而是俗文学,这均显示了编选者研究百年中国文学中突破世界华文文学只有一种中心的局限,显示了文学的新视角。

百年来的中国文学研究,如不把考据算在内,其理论构架、研究方法,基本上都是从西方拿来的。"世界华文文学"的经验也有相当大一部分来自域外,这经验促使了文学研究者知识结构的变化。中国当代文学本是从中国现代文学分离出去不久的一门独立学科,对研究者的学识修养,要求并不很广很深。可自从 80 年代更新文学研究方法,尤其是提出"世界华文文学"的命题后,研究者仅知道大陆文学史,而不甚了解境外文学,不行了;或只知道境外文学,而对海外华文文学史知之甚少,也不行了。正是在更新文学研究方法的指引下,不少人打破专业分工限制,向中国大陆当代文学范围以外的领域进军。这在陈辽、曹惠民主编的《1898-1999 百年中华文学史论》中有所表现。该书突出了"变革"的观念,统摄包括大陆、台港澳文学在内的整个百年中国文学发展过程;不像过去那样强调政治因素,或反过来强调文学因素,而是强调文学形态或运动方式对文学发展的作用;对当代文学论争中的阐述,强调了政治与文化价值观念的碰撞,使这部跨区域文学史含有文化史的成分在内。

台港文学经验与海外华文文学经验同中有异,下面着重说"异":

台港文学本来就是一座重镇,在中国文学乃至世界华文文学地图上均占据有重要地位。它在参与建构中华文学中,作出了下列特殊的历史贡献:

丰富了中国当代文学表现生活的空间。台湾文学与大陆文学是在不同的两种社会背景和文化环境下产生的。祖国大陆文学所表现的多是神州大地风貌,很少有人反映宝岛的民俗和文化生态,而台湾作家作品均留下了台湾同胞独特的面貌。在对现代社会的批判、现代主义中国化及环保意识的觉醒,不同于大陆作家狭义的故乡情结的"乡愁"书写,还有"同志"书写和后现代、后殖民的书写方面,台湾文学均在不同程度上丰富、充实了中国当代文学的内容,使中国当代文学更加多元化和丰富多彩。

---

32 海南出版社,1994 年。

在文学理论及批评方法上，由于台湾开放比大陆早，接触西方文论与大陆的进程及角度不同，因而诸如比较文学批评、神话原型批评、结构主义、解构主义、后现代主义、语言行动理论等，较早就被台湾引进。这是他们的文论建树与大陆不同的地方，尤其是在 20 世纪中国没有真正开展起来的文本"细读"法以及新批评的诸种方法，还有叶维廉的诗学（无论是广义还是狭义），远离了长久以来形成的理论思维模式，具有一种异质性，有大陆文论家所没有的理论深度。1949 年以后在大陆中断的现代主义、自由主义、人文主义乃至批判现实主义，在台湾也得到了延续。

在六、七十年代，当大陆文学呈现一片荒芜景象时，这时台湾作家们没有被"下放"，文学团体没有被"砸烂"，他们仍然坚持创作，写出了像《将军族》（陈映真的小说）、《尹县长》（陈若曦的小说）、《乡愁》（余光中的诗）等一系列优秀的作品，填补了中国当代文学的大片空白。

在表现中西文化冲突的对峙方面也有自己的特殊经验。在二十世纪 60 年代，主要是如何处理西化与中化的问题。开始是西化占上风，如卡夫卡影响了台湾现代小说家，白先勇的《台北人》、王文兴的《家变》，均从伊乔斯的作品中得到启示。艾略特则影响了现代诗。后来从恶性西化走向善性西化，如受现代主义影响比白先勇多的王祯和，他晚年的作品所呈现的是现代主义与自然主义的奇异结合，其作品真正有价值的是自然主义感性所捕捉的东西。[33]

---

33 吕正惠：《战后台湾文学经验》，北京，三联书店 2010 年版，第 22 页。

台湾部分作家用闽南话、客家话的方言特质丰富了大陆文学国语的内涵，让"白话文学"的道路变得更加宽厂。

香港文学的经验与台湾文学不完全相同。

香港自 1950 年 5 月罗湖边境关闭从此与内地断裂后，作家们在外来者统治下从事创作，这种社会背景和文化生态造成与内地不同的特色，这特色表现在香港文学在时代的大动荡中历尽艰辛。这是一个寻找香港文化身份的过程，也是"南来"与"本土"作家从对峙逐步走向融合的过程。尽管没有出现更多大师级的作家和经典之作，但仍积累了自己的"香港经验"：自由身份。在东西方阵营冷战时期，港英当局的自由港政策，使香港文学不受或较少受政治干预，左、中、右可以同时在这里发声，甚至两岸均唾弃的托派在这里也可办刊物和出书，香港由此成为全球华人写作高度自由的地区。回归后特区政府也不制定应写什么不写什么的文艺政策，作家们均以个体为单位进行艺术创造。正是凭借香港作家的努力及其积累的香港经验，丰富和拓展了中国当代文学，使中国文学不致贫乏而真正成为多元共生、百花齐放的苗圃。

此外，还有边缘地位。无论从地理位置还是从政治上看，香港均属非中心地位，这便使香港成了陆、港、澳、台文学交流的纽带。那里人才来去自由，雅俗作品百花盛开，不论是现代主义"蝙蝠"或后殖民"蝴蝶"，都能在这里共存共荣。当然，边缘地位不等于香港文学是边缘文学，更不是边角料文学。在六、七十年代，内地众多作家停止了写作，可香港作家还在努力耕耘，出版了许多作品，它和台湾文学一起填补了中国当代文学的空白。

再是本土立场。所谓"本土立场"，就是不论在"纵的继承"还是"横的移植"中，保持香港本土的文化特色，恪守本土的文化身份——这不是拒绝普遍性或背向全球化，而是因为越有本土特色的文学，越能引起岛外的重视，越容易走向世界。本土立场也不等于局限于写香港的生活方式和地方文化，也可以写香港以外的事物。但不管是写外国还是写中国内地，处理题材时仍具有作者的价值取向和本土视角，融入港人的感受和识见，他们用"香港造"的本土作品去形成自己的写作中心。

华文文学生成的经验，还应包括澳门的文学经验。澳门以华文文学为主，但也有别的地区没有的"土生文学"，即加入了中国澳门籍的土生葡人用葡萄牙语写的文学作品，这又是一个另类中心。

第四章　世界华文文学组织机制

第一节　世界性的华文文学组织（一）

　　国际性是世界华文文学的一个重要特点，故其组织机制以国际性著称。国际性的作家组织重要的有"世界华文作家协会"。这是华文作家的国际性联谊社团。在各大洲先后成立华文作家协会的基础上，1992 年 11 月 22 日至 25 日，在台北举行首届世界华文作家大会。各洲华文作家协会的代表报告各地区华文作家协会的会务及文学活动情况，并通过大会宣言，"认为唯有华文作家以包容的、宽阔的胸怀，在世界各地互信互爱，团结一致，努力创作，才能让华文文学展现出中华文化的真善美，才能开创华文文学的新纪元。"大会选举理事会，并宣告成立。旨在"凝聚全世界华文作家的智慧，藉文学创作及文艺活动的推展，使华文文学能融和于全世界华文的生活之中，并鼓励创作风气，奖掖优秀文学作品，培养华文作家，整理华文文学史料，以使华文文学在全球华文作家的共同努力耕耘下，在世界文坛上，收获丰硕的果实，绽放出灿烂的光芒。"该会设有世界华文作家出版社，出版有张奥列《澳华文人百态》等作品。首任会长黄石城（中国台湾），秘书长为原亚洲华文作家协会具体负责人符兆祥（中国台湾）。

　　1995 年 12 月 20 日在新加坡举行第 2 届世界华文作家大会，来自 38 个国家和地区的 130 多人与会。融会各国社会的人文特色，将中华文化崇尚和平、尊重、包容、仁爱的精神，表现于文学创作中，以推展华文文学，发扬中华文化为此届大会主题。

这个协会的成立宗旨有"三不"；不谈政治，不谈宗教，不谈民族。实践起来谈何容易，如 2003 年台北举办的世界华文作家协会第五届年会闭幕式上，不同党派的两位领导人同场不同时出席致辞，就相当戏剧化。

世界华文作家协会历来给人的印象是以文会友、是给人带来快乐的联谊会。可当亚洲分会会长吴统雄宣布第五届新的会长人选时，陈月丽、简苑等资深会员提出抗议，她们认为既不是会员又不是作家而是不赞同中华文化的杜正胜，没有资格当选。

世界华文作家协会历届大会在台北、新加坡、洛杉矶、澳门、广州等地举行。至 2013 年止，世华作协在世界各国各地区已发展到 132 个分会，会员 4000 余人，是世界最大的华文作家组织。在广州暨南大学召开的世华作协第八届会员代表大会，系首次两岸共同举办。第九届代表大会于 2013 年在吉隆坡召开，两岸即台北"世界华文作家协会"与大陆的"中国世界华文文学会"合作不成功。乍看起来，是财务问题发生了纠纷，其实归根结柢是彼此互不信任，由意识形态所左右。这届会长为马来西亚企业家兼作家庄延波，2019 年在台北举行第十一届世界华文作家协会代表大会，符兆祥当选为会长。

此外，台湾另有林黛曼任理事长的"中华民国全球文艺协会"，香港则有"世界华文文学联会"。此会于 2006 年 12 月 2 日在香港成立。该会由香港文学界人士刘以鬯、曾敏之和潘耀明等联合发起，宗旨是弘扬中华民族文化传统，加强世界各地华文文学界的联系与交流，开展世界华文文学研究，繁荣世界华文文学创作，增强中华民族的文化凝聚力。王蒙、白先勇、金庸、於梨华、黄春明、陈若曦、陈建功、陈思和、邓友梅和聂华苓被提名为顾问，贝钧奇为名誉会长，刘以鬯、曾敏之为会长，潘耀明为执行会长，副会长为陶然（香港）、张诗剑（香港）、罗琅（香港）、骆明（新加坡）、戴小华（马来西亚）、贺朗（美国）、饶芃子（中国大陆）、舒婷（中国大陆）和陈浩泉（加拿大），监事长为张炯、严家炎、吴康民，副监事长为黄维樑、犁青和陆士清。该会出版有《文综》季刊。

作为国际大都市的香港，以"世界"为名的文学组织之多超过台湾。如香港另有"香港（海外）文学艺术家协会"。此会在香港回归祖国一周年之际，主办了"二十一世纪中华文化使命研讨会"暨"第一届中华文化艺术家金龙奖"颁奖典礼。邀请了内地、港澳台及世界各地数十位文艺家参与研讨。还邀请江西、山东、河北及广东的文学教授出席两场专题演讲及座谈。该会秘书长以搞活动著称、在香港作家协会任秘书长期间独揽大权，以致香港作协分裂为"拥谭派"与"倒谭派"的谭仲夏去世后，此会停摆。

"世界华文文学家协会"，原名世界华文文学学会，成立于 2000 年，名誉会长为季羡林等八人，顾问有贺敬之。该会会长为王一桃（香港），副会长为陈浩泉（加拿大）、王昭英（文莱）、陈博文（泰国）、林爽（新西兰）、池莲子（荷兰）、吴俊辉（中国）等。理事会由忠扬（中国香港）任理事长，监事会由骆宾路（新加坡）任监事长，会员分布于世界各地。世界华文文学家协会一直秉承弘扬中华五千年文化，团结世界各地文学家，在艰苦的条件下共同为繁荣当代进步文学而努力。坚持出版传单式的近乎油印的会刊《世华文学家》，同时编辑出版《世界华文文学研究书系》，先后推出袁少杰《文化巨子的真情悲剧人生》、施修蓉《台港澳海外华文文学论集》等 50 种著作。

于 2012 年 1 月 3 号在香港登记注册的世界华文作家联合会，英文名称为 World Federation of Chinese Writers，简称"世界作家联会"，它是世界各国华文作家自愿结合的群众性、学术性、非营利性组织。其旨在推动世界华文文化、团结世界华文作家、推陈出新，整理华文文学史料，弘扬华文优秀作品。该会本着以打造推介新一代文学精英，围绕小说、散文、诗词曲赋、文论、综艺等方面开展活动的原则，每年开展"世界十佳华文作家"、"世界十大爱心作家"等评选活动，以此加深华文作家在世界文坛的影响，开发和挖掘华文璀璨靓丽的闪光点，为发扬和光大华文文化贡献力量。该会主办有《世界华文作家》、《中外文艺报》、《新文学》月刊等，会长为蔡丽双。

以上说的是中国台港地区华文文学组织。在海外，也有民间的国际性华文作家机构，如新加坡有欧清池和吕振端于 2010 年在新加坡创立的世界华文文学研究创作学会。在定居香港的新加坡华人学者忠扬的建议和担任总策划下，欧清池生前邀集了一批年轻的新华文学研究者，展开"新华文学大系"的编纂工作。总编辑为欧清池和吕振端，此"大系"还得到新加坡新跃社科大学刚毕业的年轻人的协助。"大系"已出版有《戏剧集》（上册）、《中长篇小说集》、《短篇小说集》、《微型小说集》、《诗歌集》、《散文集》，其中《短篇小说集》集合 75 位作者的作品，由伍木担任主编：《诗歌集》汇集 156 位作者的 336 首诗歌，也是伍木主编。2001 年和 2008 年，欧清池等人先后创办学术刊物《新世纪学刊》和面向东南亚的刊物《新世纪文艺》。后者定位于"亚细安十国华社文教界有志之士共同拥有的发表园地。"

2018 年 12 月，世界华文文学研究创作学会在新加坡国家图书馆举行欧清池和中国学者李一平合著的 20 万字的《新加坡华人思想史（上册）》新书发布会，和 2019 年 10 月出版的《新世纪文艺》第 16 期为《新世纪学刊》与《新世纪文艺》合并后的第一期。世界华文文学研究创作学会会长在欧清池 2021 年去世后由符永明担任。"新华文学大系"仅剩《史料集》、《理论集》、《戏剧集》（下册）尚未出版。

在澳大利亚有"世界华文作家交流协会"，该会于 2010 年 11 月在澳大利亚维州墨尔本成立。宗旨为以文会友，为中、西文学交流搭建平台，推荐会员参加各国举办之文学奖、出席国际文学会议、推荐出版社出书。该会不设立理监事会，由秘书处统理会务。心水为秘书长。学术顾问有陈若曦、何与怀、黄孟文等。该会有分布世界四大洲的 88 位作家。2012 年五月在荷兰协办"中西文化研讨会"，数十位作家到欧洲参加；2014 年 3 月应邀到中国台湾交流一周暨召开会务会议。该会还组团到中国厦门、泉州等地观光及与闽南文化界交流。由于是民间组织，该会没有会刊。

第二节　世界性的华文文学组织（二）

在海外成立文学组织，不需要"上级"部门审批，只需要向有关单位登记即可，因而国际性华文文学组织呈百花盛开局面。比如以性别著称的文学团体有成立于美国的"海外华文女作家协会"。这是由一群移居海外并曾活跃台湾文坛的女作家所创立，是世界性以文会友的联谊组织。

1987 年 9 月，由美国华文女作家陈若曦和於梨华等发起筹备，邀请中国大陆、台湾、香港及各国华文女作家参加，经一年多联络和筹组，响应的女作家达 80 多人，于 1989 年 7 月 1 日至 2 日，在美国加州伯克利召开首届海外华文女作家联谊会成立大会，主题是："我作为海外华文女作家的体会。"

"女性文学"有别于"女性主义文学"。她们这个组织并非为提倡女性主义文学而设立，该会宗旨为团结各国华文女作家，联络感情，交换写作经验，促进文学交流与发展。首任正副会长为陈若曦、於梨华。决定每两年召开一次年会。1991 年 10 月 11 日至 13 日，在美国洛杉矶举行海外华文女作家联谊会第 2 届年会，主题是："为海外华文文学定位"。按照章程规定，於梨华自动升任会长，马来西亚戴小华被选为副会长。1992 年 9 月开始征集会员自选作品一篇，编成文集出版。第 3 届海外华文女作家协会年会于 1993 年 11 月 12 日至 15 日在马来西亚吉隆坡举行，年会议题是"海外华文文学的前途"。第 3 届会长为戴小华。第 4 届以后的会长分别为曹又方、喻丽清、简宛、朱小燕、赵淑侠、周芬娜、吴玲瑶、石丽东、林婷婷、张纯英、荆棘（朱立立）、姚嘉为。

新世纪以来，海外华文女性作者的作品受到关注和重视，许多重要文集相继出现，譬如 2006 年由周芬娜主编，上海三联书店出版的《旅缘》和台北唐山出版社出版的《旅味》，2007 年白舒荣主编的《环肥燕瘦》及 2011 年出版的《海海人生》，2008 年吴玲瑶和吕虹合编的《女人的天涯》，2009 年由加拿大华人文学学会策划、台湾商务印书馆出版、由刘慧琴和林婷婷合编的《漂鸟——加拿大华文女作家选集》及 2012 年的《归雁——东南亚华文女作家选集》，2010 年由石丽东主编、台湾九歌出版社出版的《全球华文女作家散文选》及"秀威"出版社出的《全球华文女作家小传及作品目录》，还有 2012 年会议文集《芳草萋萋——世界华文女作家选集》正简体两版等等，均展现了无论是生长在海外，或者是移民海外当代华裔女性作者们的丰富多元的创作，将她们不同时期的作品汇集，建立了颇富历史性的女作家文库，可以说为海外华文文学、女性文学和世界华文文学的比较研究提供了不断更新的重要数据。

2006 年 9 月 8-10 日，"海外华文女作家协会"第九届年会在上海复旦大学举行。陈若曦、赵淑侠、赵淑敏、曹又方、丛甦、周芬娜、吴玲瑶、简宛、石丽东、余国英等数十位海外女作家到会，大陆女作家王安忆、陈丹燕，评论家陆士清、白舒荣、陈思和、汤淑敏等也参与了盛会。此次年会会长为赵淑侠，周芬娜为副会长。2008 年 9 月，"海外华文女作家协会"在美国拉斯维加斯召开了第十届年会。第 11 届会长为美国石丽东，2012 年 10 月，海外华文女作家协会第十二届双年会在武汉东湖国际会议中心启幕。严歌苓、张翎、陈若曦、尤今、施叔青等 106 位海外华文女作家首度聚会江城。女作家们就"自媒体时代的女性文学创作"、"海外华文女作家和世界文学"、"跨文化背景与华文女性写作"等议题展开充分探讨。该会曾召开 16 届国际双年会，现任会长为张凤。创会 30 多年，会员已从 22 人发展到 200 多人。

以华文作家身份著称的组织有"国际华文新移民笔会"。

自 20 世纪 80 年代以降，中国大陆随着改革开放，掀起了一阵又一阵的移民海外浪潮。这股大潮不仅将中国重新和整个世界广泛地联结起来，也为"弄潮儿"带来了迥异的生命体验，提供了宽阔的文化视野，注入了崭新的思维元素。随着海外留学生、移民的不断增加，海外华文文学的创作逐渐繁荣起来，形成了北美、欧洲、澳洲、东南亚等几大各具特色的华文文学群体，出现了包括严歌苓、哈金、陈浩泉、张翎、虹影、少君、吕红、施雨、高关中等一批华文作家，成为华人文学队伍的重要力量。

在海外新移民作家尤其是大陆新移民作家日渐人数增多，创作成绩普遍提升，并为越来越多的读者所认知的现状下，国际华文新移民笔会于 2004 年在美国正式注册成立，少君被推为首任会长。第一届《世界华文周刊》华文成就奖在笔会开幕式后公布并举行了颁奖仪式，严歌苓、陈瑞琳、韩景龙等分别获得杰出作家奖和优秀作品奖。国际华文新移民笔会会刊《世界华文周刊》系由美国科发出版集团公司投资主办，2007 年 9 月创刊于美国芝加哥。该刊融合了纸质杂志、电子期刊和网站等不同的媒体形式，力求全面记录华人成长过程和弘扬中华文化。该刊在 2007 年举办了"世界华人故事"有奖征文，并主持第一届华文成就奖的评选，为海外华文创作提供了重要平台。

国际华文新移民笔会先后在西安、成都、福州、绍兴等地举办过笔会。

以文体为界的国际性华文作家组织有"国际华文诗人笔会"。这是华文诗人的世界性联谊社团，旨在加强国际华文诗坛的诗艺交流，促进华文诗人的联系与团结。它由 1993 年 4 月参加"惠州西湖之春国际诗会"的犁青、野曼、洛夫、张默、管管、杜国清、邹荻帆、白桦、曾卓、张志民、绿原、徐迟、邵燕祥、舒婷、傅天琳、李小雨、韦丘、向明（大陆）、陈剑、吴岸、岭南人、张诗剑、原甸、孟沙、西彤等海内外诗人签名发起，于 1993 年 6 月 25 日在香港注册，并于 1994 年 12 月 22 日在深圳市成立。

大会通过章程，推选邹荻帆（中国大陆）、洛夫（中国台湾）、犁青（中国香港）、陈剑（新加坡）、杜国清（美国）等 9 人为主席团委员，犁青为首届执行主席，张诗剑为秘书长，决定每两年举行一次大会。该会后更名为"国际诗人笔会"，已举办了多届盛会，先后有 20 几个国家诗人参与。该会创办有在香港出版的会刊《诗世界》，已停刊，另在广州出版有《华夏诗报》，此报嗜好"革命大批判"，先后批判过余光中、北岛、谢冕、顾城、王一桃、古远清、陈仲义等人。从第七届起该会颁发"中国当代诗魂金奖"，得奖者有艾青、臧克家、贺敬之、郭小川、曾卓等。另还颁发"中国当代诗人杰出贡献奖"，笔会主席野曼、犁青去世后，由香港诗人张诗剑接任。

影响较小的有"国际当代华文诗歌研究会"。此会于 2018 年 12 月 21 日在香港成立。该会宗旨是立足香港，面向国际华文诗坛，研究当代华文诗歌的状况，并致力推动华文诗歌的健康发展。研究范畴包括现代诗、近体诗、散文诗、诗歌评论等，设有"国际诗歌研究专刊"和"国际汉诗探索"微信专刊。2019 年 8 月 3 日在香港举办了"当下诗歌的担当"文学讲座。每年计划出版国际当代华文诗歌研究会诗人优秀作品选集和评论集。此外还会定期举办学术讲座和论坛。该研究会主席是沙浪，执行主席兼秘书长是周瀚。名誉主席是张诗剑。出版有《五洲华人诗刊》。

在海外，尤其是东南亚，微型小说或闪小说创作繁花似锦，因而有"世界华文微型小说研究会"的产生。

这个研究会 2001 年在新加坡注册，2002 年 8 月在菲律宾首都马尼拉召开的第四届世界华文微型小说研讨会上成立。该会宗旨：进一步加强各国华文微型小说界的交流与合作，促进微型小说的创作与研究，提升世界各地华文微型小说的地位以及繁荣文学事业。新加坡作家协会会长黄孟文任创会会长。研讨会每两年举行一次，先后在新加坡、曼谷、吉隆坡、马尼拉、万隆、文莱、上海、香港、上海召开世界华文微型小说研讨会，研讨主题有：微型小说的发展和演变、微型小说的内容和题材、微型小说的现代性和地方性、微型小说的走向和前景。

微型小说是一种新兴文学体裁，它篇幅短小，一般不超过 1500 字，迎合了快节奏生活中读者的阅读习惯，旨在以干练的笔法再现社会发展和人文风貌。世界华文微型小说研究会现任顾问为司马攻（泰国）等人。名誉会长为黄孟文（新加坡）、江曾培（中国）。郏宗培会长去世后，由原秘书长凌鼎年接任会长。

　　除文体的研究会外，另有专门研究某个作家的组织，如于 2011 年 9 月成立的"国际鲁迅研究会"，成员有来自中国、俄罗斯、印度、日本、韩国等地专家学者。该会除举行国际研讨会外，并出版研究专集，而平时则通过网络等途径交流合作。

第三节　各大洲华文文学组织

　　亚洲尤其是中国，至少有三个华文文学中心，一是大陆，二是香港，三是台湾。在台湾那里于 1981 年 11 月创办有亚洲华文作家协会，创会会长为陈纪滢。成立宗旨为：团结亚洲华文作家，发扬中华文化，推动各区文学发展，促进各地文学交流及文化合作，以提升人类文化生活。历任会长有黄石城、吴若、符兆祥、李必贤、林澄枝、杜正胜、吴统、林南、韦伯韬、庄延波、陈若莉、孙德安。

1984 年 7 月该会创刊了创作与评论并重的《亚洲华文作家》杂志，总编辑为符兆祥，执行编辑为林焕彰，出版有《新华新诗》等专辑。2001 年还设有"世华作家出版"的栏目，刊登有黄维樑等人的文章。该杂志于 2001 年 9 月出至 64 期后停刊。另设有亚华文艺基金会，会长为林忠民。该基金会于 1998 年在北京《世界华文文学》杂志设有"好书大家读"专栏。

亚洲华文作家协会第 13 届会员代表大会于 2013 年 6 月在泰国曼谷开幕，这是亚洲华文作家继 1990 年在泰举行第四届年会，23 年后再次在泰集会。出席年会的作家包括中国大陆、台湾、香港以及印度尼西亚、菲律宾、越南、马来西亚、新加坡、文莱、柬埔寨、日本等亚洲 25 个国家和地区约 90 人，同时邀泰国华文作家近 30 人与会，共襄盛举。

成立华文作家组织亚洲走在前面，欧洲也紧紧跟上。

20 世纪六七十年代以来，留学欧洲的中国人开始增多，法、德、英、荷、俄五国已有超过十万以上的华人定居。20 世纪 80 年代以后，随着赴欧洲留学生人数以及华人移居者的增多，德国（德语区）用母语创作的华文作家人数和作品逐年增加，并在海外华文文学领域逐渐扩大影响。据高关中介绍：这些欧华作家的特征是：教育程度、文化素质及文学修养普遍较高，且不少能用双语进行创作和发表作品，这与北美、东南亚等国的华文文学创作有显著的不同。但华文文学在欧洲各国的发展很不平衡。无论从作家的人数上，还是作品的质与量上，法国和德国（含法语、德语区，如瑞士、奥地利、比利时等国）无疑已成为当今欧洲华文文学的两大重镇。

　　1991 年 3 月，赵淑侠于巴黎创立了世界华文作家协会的分会：欧洲华文作家协会。刚开始创会会员共 64 人，他们来自瑞士、法国、德国、奥地利、英国、比利时等多个国家。他们几乎都不曾出版过专书。如今，他们中的很多人都已经是成名作家。

赵淑侠

　　欧华作协每两三年选择欧洲各大城市举办年会，历届年会在瑞士伯尔尼（1993）、汉堡（1996）、维也纳（1999）、苏黎世（2002）、布达斯（2004）、布拉格（2007）、维也纳（2009）和雅典（2011）举行。欧洲华文作家协会成立 22 周年暨第十届年会则于 2013 年 5 月底在德国柏林举行。大会开幕式由朱文辉主持。比利时作家郭凤西当选为新一届会长，捷克的李永华、荷兰的丘彦明与德国的谢盛友当选为副会长，奥地利的前力工当选为监事，德国的麦胜梅当选为秘书长，德国的黄雨欣、穆紫荆当选副秘书长，另有朱文辉、杨允达、高丽娟当选理事。新一届理事以源远流长的中华文化和华文为张本，立足欧洲，衔接原乡本土，以放眼全球的气度来进行文学交流，扩大书写使命和参与的深度广度。

　　在前任会长俞力工、朱文辉等人的主持下，该会会员已扩展到 19 个国家，掌握 13 种语言。出版有会员文集《欧罗巴的编钟协奏》和《欧洲华人作家文选：在欧洲的天空下》。

欧洲华文作家协会从 2010 年起在海峡两岸还先后出版了微型小说专辑《对窗六百八十格》、人文旅游专辑《欧洲不再是传说》、儿童教育专辑《东张西望看欧洲家庭教育》，及庆祝欧华作协 20 周年专辑《迤逦文林二十年》4 本集子。

欧洲另有 2013 年诞生的欧华文学会、2017 年创办的欧华笔会及 2020 年 5 月创办的欧华新移民笔会，以及章平等创办的荷比卢华文作家协会和池莲子创办的荷兰彩虹中西文化交流中心。此外，也有些没有加入作家团体的独行侠。

大洋洲华文作家协会于 1997 年成立，会员 3000 人。会长冼锦燕。仅新西兰华文作家协会就有接近 500 位的会员，大洋洲包括澳大利亚九个分会，新西兰有五个分会，美属萨摩亚、所罗门群岛等共 16 个分会组成大洋洲华文作家协会，其中经常写作的有 100 人左右。该会于 2010 年 2 月 28 日出版有《大洋洲第三届会员手册暨文集》，澳华作家庄伟杰主编的含小说卷、散文卷、报告文学卷、散文小品卷及诗歌卷 5 部。从 2002 年出版的《澳洲华文文学丛书》，以及 2000 年出版的张奥列所著《澳华文人百态》等资料来看，大洋洲华文作家人才辈出。

非洲华人少，作家更少，但仍有非洲华文作家协会，1998 年 7 月 5 日成立于南非约堡，召集人是南非华文媒体《华侨新闻报》发行人兼社长冯荣生，历任会长有黄淑丽、赵秀英等。2002 年 1 月 6 日，协会召开第一届会员代表大会，在南非共和国杉腾市举行。该会创会理事吴贤芳，是模里西斯共和国唯一写硬体诗的前辈。负责中英双语日报的《华声报》总编辑林友成，琴棋书画堪称一绝。此外，丘金莲、梁英盛、梁东升也经常发表散文，使非洲不再成为文化沙漠。

第四节　北美华文文学组织（一）

北美包括美国和加拿大，其中美国的华文作家组织有"美国华文文艺界协会"，即旧金山美国华文文艺界协会，简称"美华文协"，英语名称 Chinese-Literature & Art Association-in-America，简称 CLAA，系成立于 1994 年的非牟利的民间组织，现有成员是来自中国大陆、台湾、香港及东南亚等地的作家、画家、摄影家、书法家以及文艺爱好者。该会宗旨是：团结美华文艺界的创作者和爱好者，弘扬中华文化，开展各项文艺创作和文化交流活动。协会成立以来。会员出版了众多书籍、画集、书法集和摄影集等，举办了多次作品的研讨会、报告会、展览会和各种比赛，如与旧金山总图书馆、旧金山中华文化中心等单位联合举办作家新书发表会、作品研讨会及书画艺术展，并与加州柏克莱大学亚裔研究系联合举办了题为"开花结果在海外"的海外华人文学国际研讨会（2002 年）；与美国华人历史学会、旧金山州立大学联合举办了"美国华人发展研讨会"（2005 年）；邀请众多的中国作家和艺术家来美访问，为中美文化交流，为促进海外文学艺术创作与发展做出成绩。美华文协首任会长纪弦，第二任会长戈云，第三任会长黄运基，第四任会长刘荒田，第五任会长沙石，第六任会长吕红。

美华文协在历任会长带领下，老将新手携手并进，逐渐形成了一个和"留学生文学"群体、"台港文学"群体相异的"新移民作家"群体，共同打造美国华文文坛的新局面。文坛活跃作家包括刘荒田、沙石、吕红、王性初、李硕儒、程宝林等。他们以劳养文，孜孜不倦地从事写作，获得了中国世界华文文学学会的鼓励及专家学者的好评。该会出版有吕红主编的季刊《红杉林》。

此外，还有纽约华文女作家协会（The New York Association of Chinese Women Writers）。该会在顾月华的倡导下，由大纽约地区一群热爱文学和写作的女作家组成，是一个不涉及政治、种族、宗教与商业活动的非营利性文学组织。它于 2016 年 8 月在美国纽约注册成立，挂靠"世界华文文学联盟"。该协会旨在联合美国东岸的纽约、新泽西、康州等地区的华文女作家，以文会友，促进华文的文学交流和创作，并增强纽约华文女作家与世界其他地区华文文学界的联系。现有注册会员 25 位，顾月华任会长，梓樱、蓝蓝任副会长，唐简任秘书长。每两年进行理事会成员换届选举，在 2018 年 7 月 14 日的年会与换届选举中，会长顾月华连任，副会长取消，梓樱任秘书长，理事成员不变，并邀请赵淑侠、白舒荣、陈瑞琳、周励为顾问。

协会虽无自己的期刊，但在当地的《三州新闻》报刊上开辟了"纽约华文女作家协会专栏"。于 2017 年 12 月始，每月一期，推出协会会员的文学作品。作品主要以散文、诗歌为主。2017 年初，香港《文综》也开设了"纽约华文女作家协会专栏"，有十位会员的作品集体亮相。除此之外，会员的作品还散见于《长江文艺》《小说月报》《红杉林》《人民日报·海外版》《侨报》副刊等。

协会成立以来，一方面邀请作家、评论家与该会成员进行文学创作交流活动，对会员的新书进行发布、推介和研讨，先后举办了江岚的《合欢牡丹》等多场新书分享会。另一方面，协会成员也积极参加其他协会举办的华文文学交流活动。除了一年一度的年会之外，协会还不定期举办联谊会，以促进文化交流。

除上述两会外，另有"北美洛杉矶华文作家协会"。它成立于 1990 年，是隶属于世界华文作家协会及其下属的北美华文作家协会的地方性作家组织。该会宗旨为弘扬中华文化，不涉政治、宗教和种族问题。会长卢威，副会长黄宗之等。现任会长吴宗锦，副会长张凤等。该会每年发行纯文学刊物《洛城作家》。此外在《中国日报》和《台湾时报》上主办文艺副刊"洛城文苑"。另创办报告文学专版"洛城华人"。2008 年该会主办了"第一届美中华文文学论坛"，每年举办一次。该会还经常举办文学研讨会，如"五四运动与中国新文学"研讨会等，同时定期举办"文学沙龙"。该会每年组织对外交流活动，和中国作家协会的互访已达十六次之多。该会还配合会员新作出版，举办新书发表会和作品讨论会。

"芝加哥华文写作协会"在上世纪九十年代后期成立，顾问为诗人非马（马为义），会长为写评论、报道和散文的邱秀文（任远），创会时有 23 位会员，后来增加了许多。会员有从事儿童文学创作及散文、小说、翻译，其中有少数来自台湾。

美国的华文作家组织，因为财团不予支持，开展活动比较困难。此外，是圈子不少，这里从略。

第五节　北美华文文学组织（二）

加拿大是很适合华人居住的地方，"九七"前夕有不少香港作家移居于此。为了互相交流，便成立了一些民间性的文学团体，其中有加拿大华裔写作人协会，于 1987 年在温哥华成立，创会会长卢因，副会长梁丽芳。90 年代初易名为加拿大华裔作家协会，英文名称不变。该会宗旨是推动加华作家的创作与研究，促进加拿大华裔作家与世界各国的文学交流。先后任会长的有卢因、梁丽芳、陈浩泉、刘慧琴等。

自 1997 年以来，加拿大华裔作家协会与西门菲沙大学、大温哥华中华文化中心合办了多届座谈会和研讨会，邀请国内外作家共同探讨大家关心的文学问题。研讨会的召开不仅加强了海内外作家的交流与联系，也丰富了加拿大温哥华地区的文化生活。每届研讨会的召开都吸引了本地区的作家和文学爱好者积极参与，参加人数也由初期的二、三十人到最多时达到一百多人。2014年3月，方方等六位中国作家、学者与加拿大华裔作家协会进行交流。

陈浩泉

加拿大另有"中国笔会"（Chinese Pen Society of Canada，网址 www.epscnet.com），其前身是"天南海北笔会"，赵慧泉、胡清龙先后任会长。

在两岸交流之初，被萧乾认为在台湾作家当中，"最为反动的对我们党有杀父之仇是痖弦"（见萧乾 1979 年 9 月 7 日致人民文学出版社领导信，转引自陈铃《漫长的中国周末》，《新文学史料》2022 年第 3 期）其实，两岸交流深入后，痖弦的"反共情话"已经"痖"了，晚年到了加拿大更是如此。他任主任的加拿大华人文学学会没有任何政治色彩。此外，以"笔会"命名的还有"加中笔会"，于 1995 年 7 月 2 日成立于多伦多大学医学部，王兆军（1995-1996 年）、胡清龙（1996-1997 年）、洪天国（1997-2003 年）、孙博（2003-2009年）曾任历届笔会会长，现任会长为曾晓文。目前有近 100 名会员，以旅加大陆作家和学者为主要成员，吸收港台和东南亚移民，在世界华文文坛展现出一道璀璨夺目的文学风景。笔会会员在海内外发表了数百篇小说、散文、诗歌和评论，其中不少作品获奖；出版了数部小说集、诗集、散文集和纪实文学集，出版了十几部长篇小说，形成强大的社会效应，其中有些作品被选入大学教材，有的还被搬上银幕。

比上面几个协会影响更大的是北美洲华文作家协会，于 1991 年 5 月 4 日在纽约创立。以加强华文作家间的联系，交换写作经验，促进文化交流为宗旨，是世界华文作家协会下属的七大洲分会组织之一。历任会长为陈裕清、马克任、赵俊迈，现任会长吴宗锦，在美国和加拿大有 23 个分会，会员约二千余人。

北美作协 30 年的成长和海外环境的变化分不开，其中和世界华文作家协会总会与欧洲作协及北美作协相辅相成。30 年来，北美华人人口大量涌入，产生质的变化，欧洲和北美洲华文文学从留学生文学到新移民文学，该会一直勉励文友延续并发扬创会的五四精神，更上层楼。

第六节　亚洲国别华文文学组织（一）

亚洲华文作家团体全属民间性质，其中极为活跃的是新加坡作家协会，它成立于 1970 年 8 月 11 日。1975 年，黄孟文、田流等人通过努力改组协会，于 1976 年 5 月 2 日举行理事会议，选出新理事会，黄孟文任会长，协会易名为"新加坡写作人协会"。1984 年至 1989 年，王润华任会长。1987 年，鉴于其国际交流频繁、会员质量与创作水平不断提升，恢复原名即"新加坡作家协会"。从 1983 年起先后任会长的有郑亚本（杜红）、田流、黄孟文、艾禺、希尼尔、烈浦、林得楠等。

作为新加坡甚为活跃的文学团体，该会在 1999 年获得国家艺术理事会之协助，举办过各种文艺活动达数百次。出版有《新加坡作家》报，后更名为书籍型的半年刊《新华文学》。

和新加坡作家协会"对峙"的有成立于 1980 年 12 的新加坡文艺协会，该会宗旨为联络新加坡中文写作界，促进新华文艺的发展，并将新华文学推向世界。早在 1976 年，《新加坡文艺》创刊，由杨松年、王润华、谢克、杜珠成、陈川强、骆明（叶昆灿）出任编辑。为了适应社会环境的要求，在刊物的基础上，由这六位作家发起组织"新加坡文艺协会"，随即举行了"国际文学研讨会"，邀请白先勇、刘以鬯、痖弦、方北方等主讲。

骆明作为新加坡文艺协会的创始人和领导者，策划或主编的新加坡作家的各类图书为研究者提供了可贵的资料。骆明于经商之余出版了《游踪》、《九月进香》、《七月流火》、《边鼓集》等个人专集。

　　马来西亚的华人远未有新加坡多，但作家人数不少，他们成立有马来西亚写作人（华文）协会，于 1978 年 5 月 23 日获准注册，7 月 29 日在吉隆坡举行成立典礼。1985 年，改名为马来西亚华文作家协会。这个又名"大马华文作协"成立后，设法联络散居各处的作者，先后组成作协柔佛州联委会、作协马六甲州联委会、作协霹雳州联委会、作协北马联委会。这些联委会，分担母会的部分重任。会员分永久、普通及准会员三种，由开始的百多人，增至三百多人，其中大部分为永久会员。

　　"作协"五大宗旨是：一、通过筹募基金或其他合法途径，促进文学理论研究；二、联络本国的写作人，以促进马来西亚文学的发展；三、与其他语文源流写作人交换写作技巧和经验；四、与马来西亚当代写作人保持接触，以了解国际间的文学发展；五、维护会员的权益与福利。

　　稍后，国家政策较为开放，对社团约束放宽，大马华文作家协会与国外作家通过筹募基金或其他合法途径，促进华文文学创作及文学理论研究，与国内外写作人保持接触，以了解国际间的文学发展。

　　大马华文作协主办过多次的"文学之夜"，掀起华社对马华作家的认识与热爱的浪潮。作协除积极推动文学活动之外，亦协助华文报社与热心文艺的华团举办各类文体创作比赛，由理事或会员担任评审工作，或联办戏剧节、讲座会、研讨会、文艺写作营、作家会议。作协先后组团到过新加坡、泰国、菲律宾、印度尼西亚及中国大陆、香港、台湾等国家和地区参加文学活动。

　　自 1983 年以来，大马华文作协自行或协助出版了多种书刊和文学副刊，与《南洋商报》联办了多届"写作讲习班"，并出版有《马华文学》，原为纸质版，后为网络版。作协于 1989 年催生了第一届马华文学节，并由吉隆坡暨雪兰莪中华工商总会颁发第一届马来西亚马华文文学奖。以后，每两年举办一次马华文学节。作协在这个文学节设立了"韦晕马华文学评论奖"。历任会长有孟沙、云里风、戴小华、曾沛等。[1]

　　泰国的华文生存条件比新加坡、马来西亚更差，但仍有 1981 年开始酝酿，1986 年成立的泰华写作人协会，1990 年改名为"泰国华文作家协会"。该会名誉会长司马攻，会长梦莉。

　　泰华作协举办了多次征文比赛和文学座谈会，出版了十几套丛书。泰华作

1　碧澄：《马来西亚及马华作协出版的文学刊物简介》，载古远清编著：《世界华文文学研究年鉴 2016》，武汉大学出版社，2018 年。

协重视并积极参加"亚细安华文文艺营",主办过第二届世界华文微型小说研讨会,并为两岸诗人的联络架桥。

泰华作协于 1988 年创刊《泰华文学》,1999 年开始正式注册发行。属纯文学季刊,每期编印 1000 册。于 2002 年 3 月第 17 期开始上了网络,另在 2011 年 3 月 14 日,泰华作协和《亚洲日报》合作创办《泰华文艺》副刊,每周一和周四出版,刊登以本地作者为主的文学作品。

在东南亚,印尼华人华文的处境比泰国更惨,但他们不甘心受挫,为弘扬中华文化,印度尼西亚华人作家促进中印友好,使中华文化传统不致严重断层。历尽艰辛,经过多年来的努力争取,在海内外同道的关心支持下,终于在 1998 年 12 月成立了"印华作家协会"。这是一个纯文学组织,它定期举办文学活动,与印度尼西亚文化界开展多种交流,举办过书展、征文比赛等。

印华作协通过交流,让国外文学团体了解印度尼西亚的华文文学发展,确认印华作协在印度尼西亚华文文学及世界华文文学界的地位。主要活动:华文开放以来,1999 年第一次举办华文书展,是印度尼西亚严禁华文书刊后,民间自发主办的。2000 年第一次与印度尼西亚文化界合作,翻译第一本印中双语诗集《印度尼西亚的轰鸣》。2000 年邀请黄孟文、艾禹、希尼尔、董农政四位新加坡作家前来座谈,并主讲现代诗及微型小说。此外,举办过"金鹰杯"游记征文比赛、40 多场文学讲座及解析会,邀请中国作家与雅加达、万隆文友交流、座谈。2007 年成立印华作协万隆分会、井里汶分会。总会现任会长为袁霓。

第七节 亚洲国别华文文学组织(二)

在东南亚各国,文莱属小国,即使这样,文莱华文作家活动仍有多年的历史。当各国华文作协纷纷创办,区域性及国际性的作家会议常年召开时,文莱作家经常受邀参与。1988 年,他们开始组织"文莱华文作家协会"筹备委员会,在政府准证未取得前,获得文莱留台同学会的积极协助。

1989 年岁末,成立了文莱留学同学会写作组。文莱华文作家协会则于 2004 年 3 月成立,从事写作的来自各行各业,以文教界居多。第一届理事会包括教师、报社、广播、律师以及商人,会长孙德安。作协任务是鼓励本地写作人创作,向《美里日报》、《诗华日报》、《国际时报》三家报社借版位,每个月在各家报社刊出一整页"思维集"副刊，"文华文艺"每个月在《联合早报》《美里日报》星期日刊出，《诗华日报》则在最后一天刊出。1999 年，另出版文华作品选集《文华荟萃》，并举办过亚细安华文作家文艺营、世界华文微型小说研讨会、东南亚华文教学研讨会。2005 年 4 月中旬，文莱作协与厦门市东南亚华文文学研究会、厦门大学东南亚华文文学研究中心等单位联办第六届东南亚华文文学研讨会，议题之一为"文莱华文文学历程及特点"。

缅甸在东南亚也居边缘地位，华人多从中国移来，写作者极少，但仍有2012 年 2 月 25 日成立的五边形诗社，成员为 80 后缅甸华文作者。2012 年 7月，他们出版《五边形诗集》，并于该年 8 月在马来西亚吉隆坡"第十三届亚细安文艺营"首次公开发布，这也是亚细安文艺营举办十三届以来，缅甸第一次有代表参加。在此基础上，缅华笔会（全名"缅华笔友协会"）于 2014 年8 月 20 日在澳门注册，同年 10 月 5 日在澳门召开第一次会员大会，并选出第一届理监事，由康宁英出任会长、许均铨出任理事长、侯桂林出任监事长。会员来自缅甸各市镇以及中国大陆、台湾、香港、澳门和美国等。成立宗旨：促进和推动缅华同胞（华侨、华人、华裔、缅甸归国华侨、侨眷）新、老笔友的创作热情，从而提高缅华文学欣赏和创作水平，探讨缅甸华文创作理论，为弘扬和传承华夏文化而奋斗。《缅华文学作品选》在 2015 年 3 月出版。2014年 11 月 9 日"珠澳诗友联谊活动"，有 70 余人出席。2014 年 12 月 4 日组团到澳门路环岛黑沙村采风。2014 年 12 月 28 日，组团到广东台山市联谊交流，有 70 余人出席。

在东北亚，有 2011 年 12 月在日本成立的日本华文文学笔会。笔会以繁荣日本华文文学为目的，关注和支持注册会员发表作品、论文及参加评奖活动，促进日华文学对外传播，并在日中韩三国展开双向学术交流和举办专题作品研讨会。首届理事会成员有华纯、荒井茂夫、王智新、藤田梨那、田原、林祁等作家和学者。在日本侨报社出版《为什么咬合不上？——日中相互认识的误动作》的王敏担任首届会长。

日本华文文学笔会在成立宣言中写道："最近几年，世界出现了从未有过的华文文化凝聚现象，华文报刊杂志遍布世界各个角落。用汉字书写的文学作品，与异域文明相遇，迸发光彩，通过不同渠道流向了汉语平台，成为中华文学这棵参天大树的一个分支。华文文学发展到今天，已日益成为一种世界性的文学现象，它与英语文学、法语文学、西班牙文学一样，由东南亚、日韩、北美和其他大洲汇合成跨国界的语种文学，为多元化文明比较提供了丰富的对比参考材料。"

日本华文文学笔会致力于"将日本华文文学与学术研究的实力联结为东北亚汉字圈的一道亮丽风景，与中韩各国相互呼应合作，促进东北亚华文文学的繁荣发展"。为此笔会与香港世界华文文学联会、中国世界华文文学学会建立合作关系。"笔会"先后任会长的还有姜健强、华纯、王海蓝等人。

韩国的华文文学活动比日本活跃，那里有创办于 1991 年 6 月 17 日的韩国中国言语文化研究会。韩国外国语大学中文系教授朴宰雨担任会长。该会每年举办国际学术会议，另举办过多次韩中文化论坛。论坛以跨学科的研究视角与合作方式，从具体问题切入，涉及中国语言学、文学和文化等诸多方面的学科领域，重新认识中国的语言文学与文化的过去、现在和未来，促进对全球化时代中国语文学及文化领域的理论思考和实践关怀，从而拓宽新的研究领域，丰富研究内容。该研究会主办的《韩中言语文化研究》是属于韩国研究财团（National Research Foundation of Korea）的核心期刊（即 Korean Science Citation Index，简称为 KSCI）。该期刊于 2012 年升格为韩国研究财团核心一级刊物，已经成为专业性的交流学术思想和研究成果的核心期刊。

第八节　英国等地华文文学组织

有道是：有海水的地方就有华人，有华人的地方就有中华文化的流播。除北美、欧洲、澳大利亚、东南亚的华文文学组织外，另有流播中华文化的英国华文作家协会，它是英国华人非牟利性民间文化团体，于 1988 年 12 月 12 日创立于伦敦。聘请凌叔华、叶君健、郭南斯、何文格为顾问。该协会会长、作家和报刊撰稿人陈伯良发表《让华文文学在这里开花》讲话。该会宗旨：交流英国、英联邦国家及其他国家和地区的作家、翻译家、诗人、编辑、报刊撰稿人、记者等用华文写作人士的写作经验，促进英国华人的华文写作水平，繁荣英国华文文学的创作。首届秘书长为叶念伦。经费由热心侨领资助。该会经常举办一些交流座谈会一类的活动，推动了英华华文文学的发展。

新西兰华文作家协会于 1994 年成立，它致力于弘扬中华文化传统，团结新西兰各地区华文作家，支持各界文学爱好者的华文创作，鼓励具有新知和思考力的华社年轻一代继承传统、热爱文学、创新文学。协会创办以来，举办了多场文学讲坛、文学沙龙、征文比赛等活动，如先后邀请著名作家舒乙、哈雷、冯惠明、郭雪波等举行文学讲座，接待宗仁发、范稳等组成的中国作家协会访新代表团参与"名师讲堂"活动，推动了新中友好交往的文化交流尤其是文学创作合作领域的发展；举办"盛夏诗友会"等沙龙，以文会友；主办作协成员新书发布会；承办"中新友谊地久天长"暨"香港回归二十周年：情系香江"主题诗歌散文大赛征文活动，促进华文创作与文化交流。诞生于 2016 年 3 月的《新西兰文学》是新西兰华文作家协会的会刊，每年四期，为新西兰的文学创作者和爱好者搭建一方文学舞台，开拓一片全新的文学园地。协会历任会长有黄戍昆、朱荣智、林爽、徐立民、翁宽、黄乃强、冼锦燕、王平（大卫王）、冯蕴珂（珂珂）。

捷克的华文作家很少，但仍有捷克华文作家协会，这是由侨居捷克的华文写作者自愿参与的松散组织，通常每年举行 3-4 次聚会。该协会先后任主席的有诗人徐祖敏、科幻小说家欧非子以及汪温妮。匈牙利华人作家协会（负责人翟新治即"阿心"）远没有捷克华文作协活跃。

越南与中国广西靠近，那里有胡志明市华文文学会，于 1997 年成立，直属胡志明市各少数民族文学艺术协会旗下的一个分会，是全国唯一一个属政府的组织机构。第一和第二届会长由时任华文《西贡解放日报》副主编陆进义担任；第三第四届会长由黄璇玑担任。会员约有 40 人。该会于 1997 年底出版不定期《越华文学艺术》特刊，至 2007 年出版至第 22 期后因欠缺经费而停刊。此外，该会于 2006 年出版现代诗集《西贡河上的诗叶》，由该会会长陈国正主编。2007 年出版《散文作品》，同时，该会执委黎冠文主编《采文集》。2009 年，该会执委秋梦主编《诗的盛宴》现代诗集。同年，该会执委黄凤爱和雪萍主编《堤岸散文集》。2014 年，该会出版《响应学习胡志明主席思想——道德——风格榜样》越、中文集。2012 年底，该会出版了《文艺季刊》，至 2016 年 10 月（第四季）已出版 16 期。该会举办青少年"征诗"和"征文"比赛以及华文创作比赛，还举办新诗、小说及散文座谈。

哪里有华人，哪里就有华文写作。智利文艺协会即世界华文作家协会智利分会，于 1993 年成立。在侨社，文艺协会扮演的是心灵润滑剂的角色，方式是柔性的；在保存母国文化、推动文化的再思与创新方面，却是坚定而强势的。鼓励中文的阅读、写作、出版，正是柔性而强势的一个个脚步。专辑形态的出版刊物，以一至二年为期，精选会友的创作结集成书。

第九节　中国世界华文文学学会

　　作为世界华文文学大本营的中国大陆，先后有两个全国性的华文文学组织，一是古继堂主政的、于1991年秋在北京人大会堂成立的"台港暨海外华文文学研究会"，会长为艾青，副会长为古继堂（常务兼秘书长）、白少帆、李进才（武汉大学副校长）、饶芃子（暨南大学副校长）、刘登翰、刘绍棠等。这个会是北京的少数人所为，没有得到古继堂的工作单位中国社会科学院文学研究所的支持。[2]

曾敏之

　　不少学者也一直想成立自己的学会，便于1994年11月创办"中国世界华文文学学会"（筹）。在昆明成立时，这个筹委会由萧乾、曾敏之任主任委员，饶芃子、张炯、郭瑞（官员）为副主任委员。由于古继堂的"北会"重新登记受阻但又没有正式撤销，加上民政部规定同一性质的学会不能有两个，致

　2　中国社会科学院文学研究所领导认为古继堂抛开该所的台港文学研究室另起炉灶不妥，希望能与暨南大学合作。"北会"重新登记时，古继堂与艾青的夫人高瑛曾为由古继堂于1991年8月底策划的"艾青作品国际研讨会"结余款问题发生过不快，并不知情的艾青重新登记时没有签名，致使这个学会难以复办。古继堂一直想当中国当代文学学会港台文学研究会的常务副会长兼秘书长，但他只有"天时"没有"地利、人和"，竞争不过南方的许翼心、王晋民（他后来也败给潘亚暾所说的"打曾敏之牌"的许翼心，并写了封长信向张炯倾诉。曾在1957年被打成"右派"的潘亚暾觉得自己没有政治资本与他们竞争，另成立有名无实的"广东省台港文学研究会"），便一直想另立旗号。他认为北京是中国的政治文化中心，"学会"应该设在北京，因而又通过武汉大学的於可训去重新登记，想把总部改设在武汉大学，可古继堂与於可训为登记的"技巧"问题在电话里发生争执，此会登记落空，由此无疾而终。

使新的学会无法成立。[3]饶芃子、王列耀等人历尽八年的艰辛，在曾敏之的大力支持下[4]，才将此事办成：2002 年 5 月 28 日，由民政部批准，中侨委管辖的"中国世界华文文学学会"在广州暨南大学正式成立，这标志着世界华文文学界在中国有了统一的团体。饶芃子当选该学会首任会长。

这是从事世界华文文学创作、研究的作家、学者和业余研究人员自愿组成的全国性民间学术团体，它的挂靠单位是著名的华侨学府——暨南大学。学会章程中说："华文文学是当今世界最大的语种文学，较之英语文学、法语文学、俄语文学、西班牙语文学等，在世界上拥有最广泛的读者。作为一门新兴学科，世界华文文学经历了从'台港文学'到'世界华文文学'20 年的发展历程，20 年来，从事世界华文文学研究、教学的中国高校，由 20 多所发展至现在 50 多所，几乎遍布中国所有重点大学与主要研究机构，大批中青年学者、研究者进入该领域。""学会"的宗旨是发扬中华民族优秀文化传统，开展世界范围内华文文学的学术研究，加强中国文学界与海外华文文学界的联系、了解和交流，增强中华民族的凝聚力，繁荣世界华文文学。学会成立后，积极组织协调开展相关学术研究，并定期举办高层次学术交流活动以及学术讲座、报告会、座谈会、笔会等活动；收集整理世界华文文学研究资料，向有关文化部门推荐优秀华文文学作品。

华文文学是当今世界最大的语种文学，作为一门新兴的学科，它经历了从"台港文学"到"世界华文文学"40 年的发展历程。世界华文文学界已先后与地方院校合作，在深圳、厦门、南昌、上海、昆明、南京、北京、长春、广州、武汉、福州等地召开了 17 次全国性国际研讨会，并举办"世界华文文学大会"和高端论坛，出版多本各届会议论文集。会议的召开具体如下：

首届台湾香港文学学术讨论会，1982 年 6 月 10 至 16 日，暨南大学。

全国第二次台湾香港文学学术讨论会，1984 年 4 月 22 至 29 日，厦门大学。

第三届全国台港与海外华文文学学术讨论会，1986 年 12 月底，深圳大学。

第四届台港暨海外华文文学学术讨论会，1989 年 4 月 1 至 4 日，复旦大学。

第五届台港澳暨海外华文文学国际学术研讨会，1991 年 7 月 10 至 13 日，广东中山。

3　1995 年 9 月底在中国人民大学召开的研讨会上，饶芃子要古远清去做工作，要古继堂"南下"当不是"常务"的副会长，古继堂不从。

4　系曾敏之亲自出马给北京某身居外交要职姓钱的朋友写信，才批准"学会"成立。

第六届世界华文文学国际研讨会，1993 年 8 月 25 至 28 日，江西庐山。

第七届世界华文文学国际学术研讨会，1994 年 11 月 8 至 10 日，云南玉溪。

第八届世界华文文学国际研讨会，1996 年 4 月 23 至 26 日，江苏南京。

第九届世界华文文学国际研讨会，1997 年 11 月 8 至 11 日，北京。

第十届世界华文文学国际研讨会，1999 年 10 月 11 至 14 日，华侨大学。

第十一届世界华文文学国际研讨会，2000 年 11 月 25 至 27 日，汕头大学。

第十二届世界华文文学国际研讨会，2002 年 10 月 27 至 29 日，复旦大学。

第十三届世界华文文学国际研讨会，2004 年 9 月 21 至 24 日，山东威海。

第十四届世界华文文学国际研讨会，2006 年 11 月 24 至 26 日，吉林大学。

第十五届世界华文文学国际研讨会，2008 年 10 月 26 至 28 日，广西南宁。

第十六届世界华文文学国际研讨会，2010 年，中南财经政法大学。

第十七届世界华文文学国际学术研讨会，2012 年 10 月，福建福州。

后来还召开两次国际性的研讨会：

"共享时空: 世界华文文学研讨会"，2011 年 11 月 22-23 日，暨南大学。

"寻华文根，筑民族梦"，第二届世界华文文学大会，2016 年 11 月 7-8 日，北京钓鱼台。

原与汕头大学合作，由该校创办的《华文文学》作为"中国世界华文文学学会"会刊，脱钩后另创办由暨南大学出版社出版的以书代刊——2014 年 11 月面世的"世界华文文学研究系列"即《生命行旅与历史叙述》，第二辑改为

《世界华文文学评论》，2016 年 4 月出了两期后，于 2017 年由于众所周知的原因无法续出。

2010 年 10 月，中国世界华文文学学会进行换届选举，王列耀当选为第二届会长，饶芃子为名誉会长。

为进一步扩大世界华文文学的影响，提升世界华文文学的研究水准，全面展示世界华文文学这一领域的研究成就，中国世界华文文学学会除编选了《直挂云帆济沧海——世界华文文学研究三十年论文集》，由中国文史出版社出版、《文化传承与时代担当——首届世界华文文学大会文选》由花城出版社2016 年出版外，另由花城出版社于 2012 年出版了"世界华文文学研究文库"第一辑，2014 年又由花城出版社出版了"文库"第二辑。2016 年再为该会重要学者出版"世界华文文学研究文库"第三辑。

其中第一辑有：

《海上文谭——曾敏之选集》

《世界华文文学与中国——张炯选集》

《世界文坛的奇葩——饶芃子选集》

《血脉情缘——陆士清选集》

《离散与文学——陈公仲选集》

《华文文学的大同世界——刘登翰选集》

《玉树临风——杨匡汉选集》

《多元化的文学思潮——王晋民选集》

《台湾文学的民族传统——汪景寿选集》。

第二辑有：

《华文文学的文化取向——王列耀选集》

《雅俗汇流——方忠选集》

《复合互渗的世界华文文学——刘俊选集》

《穿行台湾文学两甲子——朱双一选集》

《香港文学的历史观察——许翼心选集》

《历史与理论——赵稀方选集》

《边缘的寻觅——曹惠民选集》

《越界与整合——黄万华选集》

《从边缘返回中心——黎湘萍选集》

《最是繁华季节——潘亚暾选集》。

第三辑有：

《华英缤纷——白舒荣选集》

《华文文学的言说疆域——袁勇麟选集》

《凭窗断想——杨际岚选集》

《对话与阐释——刘小新选集》

《华文文学研究的前沿问题——古远清选集》

《语言·文学史·文化记忆——计璧瑞选集》

《多元异质的文学再现——蒲若茜选集》

《边缘诉求与跨域经验——陆卓宁选集》

《从"乡愁"出发——吴奕锜选集》

本来还有陈茂贤选集，可由于他谦让，故这三辑本应出 29 本，实际只出了 28 本。

第四辑有樊洛平、钱虹、江少川等人的十本书，早已排版，可由于大陆出版形势骤变迟迟不能出版。

2020 年 10 月 20 日，中国世界华文文学学会第五次会员代表大会在暨南大学召开，新任会长虽然不是研究世界华文文学的"专业户"但知名度甚高的吉林大学资深学者张福贵，名誉会长为饶芃子、王列耀，监事长为杨际岚、黄万华。

远在 1984 年，台湾的前辈作家陈纪滢就呼吁建立"世界华文作家联盟"。这一"梦想"，一直未能实现。到了大陆成立了中国世界华文文学学会后，"世界华文文学联盟"终于在大陆诞生了。据报导：首届世界华文文学大会在广州一致通过了《广州倡议》，并宣布成立"世界华文文学联盟"。"世界华文文学联盟"首批会员包括中国世界华文文学学会、（台湾）中国诗歌艺术学会、香港作家联会、泰国华文作家协会等约 20 家文学团体。据介绍，该联盟是由中国世界华文文学学会发起，海内外华文文学团体自愿组成的全球性合作组织，以"服务、互动、平等、共赢"为总则，为促进海内外华文文学团体（机构）之间的相互联络和资源互动，推动世界华文文学事业发展提供交流合作平台。世界华文文学联盟在香港注册，设办事机构秘书处，秘书处设于广州暨南大学。中国世界华文文学学会表示，在联盟成立后，将竭力为联盟成员提供联络、交流、协作等服务，共同举力承办研讨会、培训班、创作营、高端论坛以及采风、书展等文学事项。这个"联盟"过于庞大，操作起来不容易，再加上财力及疫情等各种原因，成立后很少开展工作。

第五章　世界华文文学的主要媒体

第一节　从《美华文学》到《红杉林》

在美国，华人其地位相当于少数民族，办刊主要靠财团资助，重要的刊物有《美华文学》和《红杉林》。除此之外，北美还有《世界日报》、《星岛日报》、《国际日报》、《侨报》以及《中外论坛》可供发表华文文学创作和评论。

创刊于1995年的《美华文化人报》第1卷第1期于1995年2月1日出版。出版者为黄运基主持的旧金山时代有限公司。据程国君介绍：该报社社长为黄运基，主编为刘子毅，副主编老南、王性初。编委为王性初、喻丽清、刘子毅、刘荒田等旧金山华人作家。该报设纪实文学、小说、散文、诗歌、专访、评论、文化短波等栏目。

1998年《美华文化人报》改为杂志型《美华文学》出版。他们的办刊理念面向海内外，融会各种风格流派，兼及不同审美追求，以东方文化为根，取西方文化之长，鼓励多种文学创作之实验。2004年，《美华文学》设网络版，与原来纸质媒体共同推进了美华文学的发展。

2011年总第78期的《美华文学》，由"美国硅谷女性联合会"和"美国华文文艺界协会"共同主办。新任社长是著名硅谷女作家张慈。在《美华文学》第82期上，登载了张慈社长的改革《美华文学》的具体措施和期刊理念。2015年，《美华文学》社长由郎豪莉担任，改版后的《美华文学》杂志是一份在域外——美国旧金山这个非母语环境中诞生的汉语文学杂志。《美华文学》杂志出版 90 多期。该刊为美国本土创办的坚持时间最长影响力最大的美华文学纯文学刊物。

作为"美华文协"成员发表作品的主要阵地,《美华文学》"文化短波"、"美华文讯"等专栏记录了"美华文协"及其成员的主要文化交流和出版活动,是撰写"美华文协"史的重要资料。除戏剧外,《美华文学》发表了海外华人创作的新文学文体的许多原创新作,刊登和连载了像黄运基《异乡三部曲》等许多新移民文学的优秀作品。该刊的评论栏目,主要评论家来自中国和海外两个地区。海外评论家如宗鹰、李硕儒、陈瑞琳等既是作家又是评论家,是海外华文文学的见证人。中国评论家如饶芃子、杨匡汉、黄万华、刘登翰、陈公仲、王列耀、刘俊等人,把华人创作放到"世界文学"的高度研究,推进了世界华文文学及其学科的发展。

《美华文学》的创刊,正如程国君所说:对于海外华文文学发展,尤其是北美新移民文学的发展贡献甚大。该杂志的创办,大体改变了海外华人创作仅仅在海外报纸副刊、台港澳和大陆华文期刊出版发表的历史,为华侨文化和华文文学传播、发展开辟了新的方向:1. 在北美弘扬了中华文化艺术,彰显书写了一代移民华人创造美国历史及其文化的伟大贡献;2. 在英语世界坚持汉语创作,开辟了异域创办华文文学纯文学刊物的先河;3. 促进了"金山作家群"的形成,培养造就了一大批北美华文文学的生力军,黄运基、刘荒田、郑其贤、陈中美、吴玲瑶、王性初、程宝林、邵丹、沙石、吕红、施玮、李兆阳等一大批当今北美文坛的杰出作家与严歌苓、张翎、虹影、苏炜和陈瑞琳等,共同推动了北美新移民文学的发展;4. 在小说、散文和诗歌诸文体上多样探索,奠定了新移民叙事文学发展的基础,使移民叙事繁荣发展,并成了目前世界华文文学的重镇。

2013 年,国家社科研究基金设立由程国君主持的"《美华文学》与北美新移民文学"专项项目研究该杂志,这是华文文学期刊史和学术史上的一件盛事。[1]

在美国,另一著名华文文学刊物为《红杉林——美洲华人文艺》,三个月出一次,创刊于 2006 年。由于 1972 年成立的美国时代有限公司于 2006 年 1 月 1 日结束营业,其旗下创办了十年的《美华文学》及其网络版、《美华论坛》

---

1 程国君:《〈美华文学〉小史》,载《世界华文文学研究年鉴 2015》,武汉大学出版社,2017 年。本节内容均节自此文。

均于 2005 年 12 月底停刊，美华作家交流和发表平台也一并消失。在这种情况下，由伯克利大学亚裔系主任王灵智教授牵头创办《红杉林》，由吕红任主编，王性初副主编，刘荒田、沙石、李硕儒、朱琦等美华作家为主力，作家及相关学者共同组成编委会；特邀聂华苓、白先勇、余光中、郑愁予、陈若曦、张错、张炯、公仲、严歌苓等名家组成顾问团等。"全球目光，华文视野"的《红杉林》正式创刊后，不断地发展壮大，形成整体气势。

据石娟介绍：《红杉林》的刊名与美国加州湾区广为生长的红杉有关。"红杉林"还有更深一层的含义：在加州，红杉的根被称为"慧根"，加州红杉的根在地底下紧密相连，形成一片根网，这就使得加州的红杉树都是成群结队地成片生长，而且长得特别高大。虽然根浅，但除非狂风暴雨大到足以掀起整块地皮，否则没有一棵红杉会倒下——这与华人顽强的生存信念和族群情结相似，而诚如红杉林这种植物的生命意志，《红杉林》也在海外华文文学期刊中，凭借顽强的意志和族裔情结在美国自诞生至今已走过了多年，并取得了出色的成绩，成为联系华人文化血脉和族裔文明纸媒之翘楚。

根在中华，枝叶在海外的《红杉林》，以"荟萃人文思想和艺术创作的精华、弘扬中华文化"为宗旨，作者遍布海内外，创作以海外华人作家作品为主，北美华人文学是其中的主力，却又不限于北美一隅。社长王灵智在创刊

号《发刊词》中，确立了《红杉林》的宗旨："其一，提供海外华人一个文学艺术作品发表与交流的平台；其二，促进自由开放的沟通，为作家艺术家与学者们提供切磋交流园地，通过各种视角的观照和评论，让来自不同地域的创作得到更进一步提高；其三是推动全美及海外华人文学艺术的发展，系统地评估艺术创作成就，包括从文学到艺术，从电影到大众文化等；其四，让更多的海外华人（譬如晚生代华裔或对华人文学感兴趣的各族裔读者或研究生等），增进对美华人历史文化的了解，提高他们的艺术欣赏水准，以及对文学作品的分析能力，并借此对世界华人文学有更深刻更全面的了解。"多年来，刊物一直秉承此宗旨，内容上分几大板块："心灵之旅"为抒情散文，"小说拔萃"呈现优秀的小说作品；"名篇特选"一般为名家作品；"天涯芳草"为诗歌作品；"文坛纵横"多为文学评论。此外，还有一些根据需要而确立的栏目，如"中美青少年中英文大赛获奖作品选"、"文讯剪影"及书讯等。

诚如石娟所说："《红杉林》风格追求是卓越、独创。高屋建瓴、开放广博；不拘一格，兼容并蓄。刊登来自世界各地的华人作家的优秀作品，重视中英文的双语交流。"[2]

第二节 《蕉风》等东南亚媒体

新加坡和马来西亚是一个以马来族为中心，以马来族、华族、印族为基础外加其他少数民族组成的多元民族社会，因此新马文学是多元的民族文学，其主要由马来族、华族、印族、英吉利四个文学源流所组成。

马来亚独立日是 1957 年 8 月 31 日，马来西亚是 1963 年 9 月 19 日成立的，而被称为"马华文学摇篮"的《蕉风》创刊号，早在 1955 年 11 月 10 日便面世。

众所周知，新加坡与马来西亚在各自独立前同属一个国家，故两国的华文文学媒体有重叠之处，如《蕉风》（英语：Chao Foon），是在新加坡诞生的南洋文艺杂志，于 1955 年 11 月 10 日由姚拓创办，由友联出版社发行。创刊时总社设立在新加坡，马来亚独立以后迁移到吉隆坡。随着新马两国分家，杂志取材开始以马华文学为主。此刊的存在，对马华文艺发生了深远影响。

---

2 石娟：《〈红杉林——美洲华人文艺〉小史》，载《世界华文文学研究年鉴 2015》，武汉大学出版社，2017 年。本节内容来源于此文。

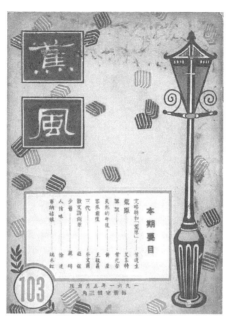

　　《蕉风》初期以半月刊出版，1958 年改为月刊，又于 1990 年改为双月刊。在 1960 年代冷战时期，左翼与右翼思潮对峙，《蕉风》独辟蹊径，走"非左翼"道路，大量引介西方文学新思想、新潮流。1963 年 11 月出版的《蕉风》月刊第 133 期，发表过《我们对马华文坛的看法》，其中说："近年来，《蕉风》月刊发表了不少现代文学的作品，引起许多作者和读者针对现代文学和传统文学的论争。"在那个马华文学转折的年代，《蕉风》充当的是如何使本邦文艺作者和读者与现代文学接上一个环结问题。尤其是在马华文艺处于低潮的上世纪六十、七十年代初期，《蕉风》系统地推出不同地区、风格各异的作家作品研究，如"尼金斯基专题"、"苏辛尼申专题"、"三岛由纪夫专题"、"马来文学作品专号"、"留学生专号"、"评论专号"，还有"叶圣陶、鲁迅、茅盾等三四十年代作家小辑"和"中国古典文学专号"等。

　　该刊培养了众多文坛新人，如方天、白垚、黄崖、张寒、梁园，以致有人说"马华当代优秀的作家多来自《蕉风》这本杂志"，也有西方的，具体来说有美国的聂华苓，本土的姚拓、方北方、原上草、韦晕、翠园、游牧、马仑、马汉、张寒、商晚筠（已故）、何谨、雨川、艾文、菊凡、方昂、小黑、陈强华、李宗舜、张贵兴、傅承得、梁志庆、赖瑞和、云里风、方娥真、温瑞安、许友彬、小曼、陈政欣、林金城、朵拉、陈应德、温任平、田思、碧澄、李国七、李敬德、雅波等。的确，马新现代文学的前辈，无不来自《蕉风》。马来西亚独立后，在马华文坛涌现的写作人，几乎有一半在《蕉风》杂志上发表过作品。

作为马来西亚历史最悠久的纯文学期刊，是跟港台及欧美华文文学交流最频繁的一道桥梁。它们除出版《蕉风》期刊外，还出版有"蕉风文丛"。《蕉风》克服财政与人力种种困难，由半月刊转换成月刊，再由月刊变成精美的双月刊，至 1999 年初总共出版了 488 期，出版时间长达 43 年。2002 年 4 月 13 日，新创办的华人高校马来西亚南方学院马华文学馆举办了《蕉风》复刊仪式，于 2002 年年底正式以第 489 期作为复刊的标志。至 2015 年，《蕉风》以半年刊形式出版至第 511 期。正如王振科所说：《蕉风》视"马华文学的一扇窗户，可以透过它从一个侧面了解近数十年来马华文学的发展状况。[3]"

下面是姚拓、小黑、朵拉制作的《蕉风》1955 年至 1996 年来历任编辑表：1955-1956，编辑团成员方天、李汝琳、陈振亚、范经、马摩西、申青、姚拓等。执行编辑为方天（原名张海威），1983 年逝世于加拿大。1957-1959 年，姚拓。《蕉风》自新加坡迁至吉隆坡，1959-1961，黄思骋，逝世于 1984 年。这期间，蕉风销路上涨到五千多份，是最辉煌的时期。1962-1967，黄崖，1992 年 1 月 3 日逝世于曼谷。1968-1971，白垚，刘戈。《蕉风》全面大马化，以刊登本地创作为主，并开始采用现代诗，白圭后移居美国。1971-1972，以编辑团形式，成员为姚拓、牧羚奴（陈瑞献）、周唤、梅淑贞、白垚，执行编辑则是周唤。大量刊出现代诗作，《蕉风》被称为"现代派"杂志。1973-1975，编辑团成员保持不变，由李苍（李有成）担任执行编辑。1975-1977，编辑团：姚拓、白垚、川谷，执行编辑为川谷。1977-1978，编辑团：悄凌、沙禽、张瑞星，执行编辑为悄凌。1978-1981，编辑团：姚拓、白垚、梅淑贞、紫一思及张瑞星，执行编辑张瑞星。1981-1982，张瑞星于六月中赴台深造，执行编辑改由紫一思担任。1982 年 9 月-1983 年 5 月，周清啸加入编辑团，并担任执行编辑。1983 年 6 月-1985 年 5 月，改由梅淑贞任执行编辑。编辑团成员仍是姚拓、白垚、梅淑贞与紫一思。1985 年 6 月-1986 年 8 月，伍梅彩（韵儿）接编。1985 年 9 月张瑞星从中国台湾毕业归来，重当执行编辑，韵儿为编辑。1986 年 9 月-1988 年 12 月，张瑞星回台湾继续念硕士。黄昭谕当执行编辑至 1986 年 11 月，后由毕业于台大外文系的王祖安接任执行编辑，韵儿仍是编辑（王祖安和韵儿皆是全职编辑）。1988 年 12-1991 年 7 月，许友彬（瘦子）任执行

---

3 王振科：《〈蕉风〉与马华文学》，《蕉风》，1994 年 1、2 月号，总 458 期，第 7 页。

编辑。韵儿当编辑至 1990 年 1 月。1990 年 1 月《蕉风》从月刊改为双月刊。期间（1990 年 12 月至 1991 年 3 月）许友彬曾暂离编辑工作，由程可欣接编一期。1991 年 3 月后，许友彬重任执行非受薪编辑。1991 年 8 月到 1996 为止，恢复编辑团：姚拓，许友彬、小黑（陈奇杰）和朵拉（林月丝）。执行编辑为小黑与朵拉，皆非受薪编辑。[4]

下面专门介绍新加坡的华文媒体：新加坡国家图书馆出版的《新加坡华文期刊 50 年》的分类表称，战后新加坡出版的第一份文艺性期刊是王丹影主编的《新时代》半月刊，创刊于 1945 年 9 月，约出版了 3 期。此后一直到 1965 年 8 月 9 日新加坡共和国建国前夕，陆续在新加坡出版的文艺性期刊有大地社出版的《大地》半月刊以及《南方文艺》、《赤道文阵》、《新流》、《音乐、戏剧、诗歌》、《星洲人》、《文艺行列》、《繁星》、《南斗》、《荒地》、《野草》、《文艺报》、《耕耘》、《人间》、《心声》、《文艺报副刊》、《生活文丛》、《蕉风》、《汇流》、《艺文》、《大地》、《萌芽》、《蜜蜂》、《大学青年》、《长堤月刊》、《艺文》、《南洋文艺》、《戏剧研究》、《长青》、《文艺季风》、《南洲月刊》、《恒光月刊》、《现代文艺》、《文艺生活》等 34 种。

海外华文报纸中，最先出现白话文学作品的是新加坡。据新加坡文学史家方修的考证：早在 1919 年 12 月，新加坡的《新国民日报》副刊《新国民杂志》，已开始刊登具有新思想、新精神的白话文学作品。不久，马来亚各地的华文报纸也都相继刊登白话文学作品。1927 年，吴碧岩在曼谷创办《国民日报》，辟有文艺副刊，主要发表本地的白话文学作品，可算是泰华新文学的发端。华文新文学作品在菲律宾的出现又更迟一些。大约 1934 年前后，菲律宾青年商人林健民办了两种文艺刊物，即《天马》（十六开一本）和《海风》（只有十六开一张），专门发表新诗和小说、散文，培养了不少青年作者，也为菲律宾新文艺运动的发展奠定了基础。[5]

新加坡华文报刊研究专家李金生将新加坡华文期刊分为前后两期：即建国后前期（1965-1985）与建国后后期（1986-2015）。分述如下：

建国后前期（1965-1985）为延续发展期。《新加坡华文期刊 50 年》资料

4　姚拓、小黑、朵拉：《四十年来的〈蕉风〉》，载陈辽主编《世纪之交的世界华文文学——第八届世界华文文学国际研讨会论文选》，《台港与海外华文文学评论和研究》增刊，1996 年。

5　陈贤茂：《海外华文文学的定义、特点及发展前景》，《香港文学》1988 年总第 42、43 期。

显示，新加坡建国后第一份文艺性期刊，是新加坡文学出版社推出的《文学月刊》，1965 年 9 月 5 日创刊。一个月后，天马图书出版公司也推出《天马杂志》半年刊，这是一份由作家姚紫主编的 16 开型纯文艺刊物，1965 年 10 月创刊，1966 年 11 月停刊，只出版了 3 期。此后，一直到 1985 年 8 月底的 20 年间，纯文艺性的期刊此起彼伏，创刊的创刊，停刊的停刊，期间共出现了《海天诗页》、《云南园》、《南风》、《新诗月报》、《新生代》、《新野》、《新社文艺》、《猎户》、《文风》、《茶座》、《南方文艺》、《文絮》、《北斗》、《文艺生活》、《青年文艺》、《奔流》、《创作与文摘》、《赤道诗刊》、《笔端》、《旭阳》、《自由列车》、《新生》、《蜗牛》、《劲草》、《岛屿季刊》、《南涛》、《前卫》、《星光》、《乡城文艺》、《北斗文艺》、《新加坡文艺》、《红树林诗刊》、《文学月报》（后改名《文学》半年刊）、《度荒文艺》、《楼》、《同温层》、《五月诗刊》、《热带文艺》等 35种，这数量和建国前 20 年比较，不相上下。然而，这 20 年间推出的文艺性期刊，在建国后新教育政策的制定、华校的转型、语文生态的失衡、社会性质的变迁、经济发展的需要，以及建国文学的提出等因素相互冲击下，以普罗大众为对象的现实主义文艺期刊数量和流通明显萎缩，而新一代文学青年和教育界精英组成的文学团体，逐渐成为文艺创作领域的中流砥柱，纯文学诗刊和文学期刊的数量显著超越前期。

建国后后期（1986-2015）为新华文学期刊转型期。这 30 年来创办的文艺性期刊，虽然只有《赤道风》、《海峡诗刊》、《大地：诗与微型小说》、《热带学报》（1999 年 1 月创刊）、《新世纪学刊》（2001 年 9 月创刊）、《新世纪文艺》（2008 年 8 月创刊）、《大士文艺》等 10 来种，屈指可数。然而，从文学期刊内容质的提升到期刊流通区域的扩展，都有了显著的转变，文学期刊读者的数量容或减少了，读者群的整体素质则有所提升，期刊的流通也从传统的新马市场跨入国际市场，成为世界华文文学的重要一环。重要的期刊如《新华文学》至 2022 年上半年已出至 96 期。此外，还有《新世纪学刊》、《新世纪文艺》等，在中国陆港台和亚细安各国都有一定的作者和读者群。

新加坡作家协会主办的第一份文艺刊物《文学月报》，通讯报道和文艺作品并重，刊期从 1976 年 10 月-1977 年 9 月，为期不长，但它的"文艺动态"一栏，报导文坛活动如出版新书和新杂志、举办文艺创作比赛、主催文艺座谈会、文艺讲座等，对后来创刊的文艺性刊物，开启了报道文艺动态的新传统。后来创办的文艺性期刊，如《文学半年刊》等期刊也都加入类似的内容。
继《文学月报》之后，"作协"先后又创办了《文学》半年刊（1978-87）（主
编：南子、张挥）、《新加坡作家》双月刊（主编：黄孟文）、《微型小说季刊》
（主编：先后为周粲、张挥、林高、董农政）、《后来》四月刊（召集人：林
高）等，多姿多彩。1998 年，作协将上述 5 份刊物合而为一，成为《新华文
学》。此外，作协也曾出版《萤火虫》、《百灵鸟》儿童刊物共 4 期，1977-1999
年由林高主编。

　　《新华文学》等刊物属同仁性质，投稿者多为作协会员。《新加坡文艺》季
刊是新加坡文艺协会的会刊，但它的创刊则是在"文协"成立前的 1976 年，在
教育出版社支持下实现的。到了 1980 年，该季刊独立出版，催生了新加坡文艺
协会的前身"新加坡文艺研究会"，并于 1990 年易名为新加坡文艺协会。[6]

　　据碧澄介绍：大马华文作协自 1979 年出版《写作人季刊》19 期，1988 年
改称《写作人》，1995 年 1 月再改为《马华作家》，1999 年 6 月称《马华作家
季刊》，1999 年 12 月恢复《马华作家》的名称，2006 年 6 月再称为《马华作
家季刊》，2006 年 11 月续称《马华作家》，2001 年至 2009 年之间有时称《马
华文学》，有时称《马华文艺》。后期由于经费以及负责人手等问题，未能准时
出版，也造成刊名的不统一。无论如何，"作协"同人极力支撑，使这份刊物

6　李金生：《新华文学期刊、副刊 50 年》，载王润华等主编《新加坡华文文学 50 年》，
　八方文化创作室，2015 年。

得以继续存在，让作者有发表作品的园地。

1996 年 10 月 18 日，大马华文作协正式上网，向世人推介这个组织的实况与马华作家的作品。2007 年，大马华文作协设立了世界华文作家网（网址：www.worldchinesewriters.com），出版网络文学刊物《马华文学》，稍后更向"马华文学书库"进军，至 2012 年，已有超过 250 种书籍上网。

2011 年 7 月，"作协"推出电子版的《马华文学》（网络版挂贴在 ebook.mahuawenxue.com）。1-5 期由陈政欣主编，6-23 期由方肯接手。方肯改变设计与编辑风格，走年轻化路线。其两大编辑方针为：第一，每期设置"主题小说"、"主题散文"和"主题诗"，以刺激"跨栏"的作品。第二，鼓励发表"马华文学评论"的文章。网络版的《马华文学》园地开放、包容，不分流派，只期待有创意的文学作品。[7]

泰国华文文学没有新加坡幸运，刊物也没有这么多，但 100 年来，仍先后出现了三个以《泰华文学》为刊名的刊物。1973 年，许征鸿独资并主编《泰华文学》（半月刊），只出版了 3 期便停刊。1987 年 8 月，泰华写作人协会出版《泰华文学》年刊。这个年刊由时任泰华写作人协会会长方思若策划，16 开本，创刊号也成了终刊号。

据司马攻介绍：泰华文学最初依赖华文报纸为载体，文学作品成为"寄生草"。泰国的华文报刊，多次受到政治迫害而停刊。自 20 世纪 60 年代后，申请定期刊物非常不易，出版中文刊物更是难上加难。

1992 年泰华作协出版《湄江文艺》系列，一季一期，为了不致触犯出版法，每期都各有书名，只是在书名下面加个括号，标着《湄江文艺》字样。这份《湄江文艺》出版了《试金石》、《春天咯咯的笑声》、《流失的迥思》、《还愿》、《春的漫笔》5 期后便停止了。

1999 年 7 月 1 日，在司马攻的强"攻"下，在企业家的资助下，新的《泰华文学》面世，目前已出版了 100 多期。该刊经过"三改"——改版：《泰华文学》从第 5 期起（2000 年 3 月）改 16 开本为 32 开本。改体：《泰华文学》从第 17 期（2002 年 3 月）起改繁体字为简体字。改期：《泰华文学》从第 32 期起（2004 年 12 月）改双月刊为季刊。《泰华文学》发过三期稿费，再也无以为继。

---

7 李金生：《新华文学期刊、副刊 50 年》，载王润华等主编《新加坡华文文学 50 年》，八方文化创作室，2015 年。

　　泰国的华文文学由于得不到政府资助，处于自生自灭状态，大多数寿命很短。超过 10 期的，只有 20 世纪 50 年代的《半岛文艺》（半月刊）出版了 36 期（1 年 9 个月），和《七洲洋》月刊出版了 19 期（1 年 7 个月）。21 年来，司马攻主政的《泰华文学》，先后出版了 19 个专辑。[8]

　　东南亚除有亚细亚文学营外，另有诗歌团体。在新世纪，东南亚六国十四位华文诗人史英、吴岸、杰伦、昊天霁、明澈、秋山、海庭、莎萍、郭永秀、陈扶助、会心、云鹤、岭南人、顾长福，于 2006 年 5 月 31 日发起成立"东南亚华文诗人笔会"，上述十四位诗人为创会理事，吴岸、云鹤、岭南人为常务理事。同年 6 月 2 日，在中国福建省福州市宣布"东南亚华文诗人笔会"正式成立，并授权常务理事进行组织工作。三位常务理事经过多次协商，拟草了"东南亚华文诗人笔会章程草案"；2007 年 3 月中旬，章程通过。理事会依章欢迎越南加入本会。越南由诗人林小东代表，成为第一届理事会十五位理事之一。该会由印尼、汶莱、泰国、马来西亚、越南、菲律宾、新加坡七国的华文诗人组成。于 2006 年 12 月创办有不定期的刊物《东南亚诗刊》。

　　云鹤、吴岸、岭南人等去世后，此笔会处于沉寂状态，不再像过去那样活跃。

　　8　司马攻：《〈泰华文学〉的里里外外》，载古远清编著：《世界华文文学研究年鉴
　　　　2020》，华中书局，2021 年出版。

第三节 《亚洲华文作家》和《文综》

台湾的文艺刊物有地域型、全岛型、跨岸型、跨国型之分，其中《亚洲华文作家》属跨国型，它系 1981 年 12 月成立的亚洲华文作家协会主办的刊物，创刊于 1984 年 3 月。第一期有陈纪滢的《发刊词》，另有《亚洲华文文坛报导》，首篇是陈纪滢的《为什么召开"亚洲华文作家会谈"？》，其中云："若能进而把世界华文作家团结在一起，成立世界华文作家联盟，并且将'文学'扩展到'艺术'去，使全世界华文作家与艺术家携手迈进，共同为八十年代的中华文化而努力，则是馨香以祝，也是这次会谈最大的收获了！"这里提出了"世界华文作家"的概念，既是"亚洲华文作家"的升级，也是建立华文作家大同世界的一种理想。除此之外，《创刊号》另有施颖洲的《菲华文坛五十年间》、余玉书的《漫谈香港文坛》、李嘉的《日本的华文作家》、周循梅的《一九八三马华文坛纪要》、庄良友的《菲华文学》、蔡庆祝的《菲华文艺协会工作二年》、司马班的《新加坡写作人协会史略》、徐幸的《一九八二新加坡写作人协会活动汇报》、思维的《泰华作家的隐忧》、李瑞的《华裔子孙的文学盛会》、年红的《亚洲华文作家今后努力的方向》、何家骅的《菲行纪事》、庄良友的《友谊交响曲》。新诗作品有菲律宾谢馨的《时装表演外一章》、新加坡淡莹的《松树、天空》等，散文作品有刘静娟《在同一颗树下》、原上草《生日快乐》、方丹《相煎何太急？》等，小说作品只有一篇蔡叔卿的《万年青》。该刊发行人兼总编辑为符兆祥，执行编辑为林焕彰。

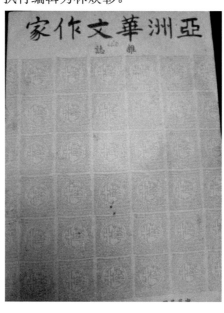

　　作为跨国跨地区每年都出版春、夏、秋、冬号四期，从不间断的刊物，以"亚洲"为发表文章的基本范围（后期有所扩大），以华文文学作品为主要内容。为展示亚洲华文创作业绩，该刊经常制作国别和地区文学专辑，如 33 期"马华文学回顾与前瞻专辑"、43 期"亚洲华文儿童文学研讨会专辑"、32 期《澳洲华文作家协会成立专辑》。此外，还有"沙胜越新诗小辑"、"亚华女作家散文卷"、"亚洲诗页"等栏目。在悼念作家方面，则有"菲华作家林泥水纪念专辑"。《亚洲华文作家》杂志的人物专访也很有特色，如杨锦郁的《王润华先生访问记》，除陈述王润华的生平外，还谈及他如何在英语为第一语言的新加坡推广华文教育与中文创作，以及学术研究如何有助于创作，也写及如何与诗结缘、和诗人淡莹情深意浓的家庭生活，有较强的可读性。

　　《亚洲华文作家》不仅重视创作，也重视评论。这方面较有份量的论文有徐家祯的《关于海外华文作家的双重任务》。所谓"双重任务"，就是继承和发扬中华文化，以及向华人读者介绍外国的优秀文化传统。小黑的《九十年代马华小说初探》，是一篇断代小说史，材料丰富，论点非常切合当地文学实际。王润华的《展望二十一世纪的世界华文与华人文学》，共分三部分：一、华文文学成为新加坡国家文学以后；二、新兴的世界华人文学；三、华人或华文文学将使世界文学改写。文中指出："华人文学共同体的出现，是二十一世纪世界文坛的新现象，它必然会日愈强大，日愈受重视。作为世界华人作家群的一分子，新加坡的华文作家与英文作家都一样，其重要性自然被提高了。新加坡具备了良好的条件，政治自由的环境，华英双语的文化背景，可以作为世界华人作家活动和研究的中心重镇。我在上面提到的世界华文文艺营与作家周，实际上已朝这方面去实现这个理想了。"此文高屋建瓴，具前瞻性与前卫性。邵玉铭的《亚洲现代文学面对的三大问题》，也很具问题意识，对推动亚华文学创作有启示作用。

　　研究亚洲华文文学乃至世界华文文学，《亚洲华文作家》是必读的期刊，它保存了许多史料，如"第二届亚华会议专辑"、"第二届亚洲华文作家会议论文专辑"以及凌颜的《柬埔寨华文报刊的沧桑史》。后者用翔实的资料介绍了为人忽略的柬华文学，有很高的参考价值。区域文学的报导，也是该刊的重点，这方面的文章有《"澳华作协"成立记盛》，为研究世界华文文学团体提供了难得的第一手资料，这也说明该刊并不局限于"亚洲华文文学"。《"亚华"菲华分会常务理事简介》，则是难觅的作家小传。《亚洲华文作家协会各地区分会组织表》，亦是研究亚洲华文组织的不可多得的资讯。《澳洲华文作家协会成立特辑》，这是继欧洲、北美、南美的华文作家协会成立后又一新组织的诞生，为"亚华"升级为"世华"的工作有极大的帮助。李锦宗的《1991年马华文艺活动》，也有较高的史料价值。

亚洲华文作家协会虽然在创办时没有中国大陆的代表参与，但该刊发过大陆学者的稿件，另有《大陆写实文学浪潮》、《看海峡对岸文学问题》，这对两岸的文学交流，有一定的促进作用。此外，该刊凡是台湾作家写的文章均不写"台湾"而称"中国"，这也是值得称道的。

《亚洲华文作家》杂志与台湾"《中央日报》国际版的《世界华文文学周刊》相辅相成，对亚洲以及世界各地的华文文学，贡献巨大。"《亚洲华文作家》2001年9月出至64期停办。

台港地区从来都是华文文学出版期刊的重镇。除台北有《亚洲华文作家》外，香港另有包容性广的《文综》。这是于2006年12月初在香港成立的"世界华文文学联会"所办的会刊。王蒙（北京）、司马攻（泰国）、白先勇（美国）、池田大作（日本）、陈建功（北京）、黄春明（台湾）、邓友梅（北京）、聂华苓（美国）、铁凝（北京）等华文作家担任杂志顾问。

《文综》在首任社长曾敏之和刘以鬯以及首任总编辑林耕去世后，《文综》杂志社社长兼总编辑由潘耀明接任。副总编辑由白舒荣、彭洁明担任。

世界华文文学联会的宗旨，便是《文综》的宗旨：弘扬中华民族文化传统，加强世界各地华文文学界的联系与交流，开展世界华文文学研究，繁荣世界华文文学创作，增强中华民族的文化凝聚力。

在中国大陆，有两位重要的华文文学编辑家，其中一个是《台港文学选刊》的元老级主编、中国世界华文文学学会秘书长杨际岚，另一个是组织家、出版家、编辑家的白舒荣。她退而不休，《四海》停办后又在香港《文综》担任重要工作。据她介绍：《文综》创刊以来，秉持办刊宗旨，面向世界华文作家，力求广泛展示世界各地华文文学创作成果，专门开辟多种专辑，分区域、国家，或内容，作集束性的作家作品展示：

（一）区域、社团性专辑

新加坡华文作家专辑、马来西亚华文作家专辑、泰国华文作家专辑、泰华闪小说专辑、菲律宾华文作家专辑、印尼华文作家专辑、东南亚华文女作家专辑、东南亚华文青年作家专辑、越华微型小说专辑、北美中文作家协会作家专辑、美国新移民华文作家小说专辑、北美华文作家协会专辑、北美洛杉矶华文作家协会作品专辑、纽约华文女作家作品专辑、欧华作家专辑、欧华文学会专辑、澳华新移民作家专辑、南美华文作家专辑、日华作品专辑以及华文女作家作品专辑、世界华文小说展、世界华文纪实文学展、世界华文小说专辑、加拿大华裔作家协会作品专辑等。

（二）主题性专辑

难忘系列专辑：难忘的人、难忘的旅程、难忘的城、难忘的往事，世界华文小说展专辑、世界华文旅游文学丹霞山专辑、"我与金庸——全球华文散文征文奖"颁奖活动专辑、机场行走专辑、我的初恋专辑、我的母亲专辑、我与文化副刊专辑、故乡他乡专辑、我的父亲专辑、我和春天有个约会专辑、"世界华文旅游联会深圳会馆"揭幕暨"旅游文学发展与前瞻研讨会"专辑、"情人眼里：我看首尔济州岛"上、下专辑、异乡春色专辑、疫情下的百态人生专辑、我的异国情缘专辑、华文文学评论专辑、非虚构文学专辑、我喜欢的一本书专辑等。

《文综》每期在专辑之外，另有近一半篇幅设专栏：小说家园、散文随笔、诗星空下、华文作家榜、世华人物，学人剪影、世华社团、世华文讯、微信拾锦等。2021年延展了篇幅，并正式发布数字版，书面与网络同时展现。[9]

正如《文综》研究者汤俏所说：作为世界华文文学联会的会刊，以其世界视野观照华人作家的创作与研究。"《文综》多年来以文学为阵地接纳、

---

9 《文综》资料为该刊白舒荣提供。

组织流散于世界各个国家和地区的移民作家，始终秉持'立足香港，放眼世界文坛'的宗旨，为促进华文文学的发展、加强海外华文作家之间的交流联络，提供了一个丰富多元、交流融合的多族裔共生的'接触区'，体现出华文文学在新世纪的流动性与多元性特色，在香港文艺期刊中显示出一定的特殊性。"[10]

第四节　《香港文学》

　　香港文学刊物大部分短寿，由北京有关部门通过"中国旅行社"资助出版的《香港文学》属例外。据说香港新华社原考虑曾敏之任该刊主编，但由于他是众所周知的中共党员，政治身份太明显，不利于统战，因而该刊从 1985 年 1 月创刊到 2000 年 8 月，由 1948 年从上海到香港并非左翼亦非右翼的灰色人物刘以鬯主编[11]。2000 年 9 月，由南来作家陶然[12]接编。两位主编为提升香港文学的水准、加强世界华文文学交流作了许多工作，但在刊物设计、栏目设置等方面，前后有很大不同，这体现出不同的掌舵人的不同风格。这与编辑学养背景、个人信念、性情气质、生活经历、审美情趣等有着密切的联系。

---

10 汤俏：《〈文综〉与流动的华文文学》，《华文文学》2022 年第 3 期。

11 刘以鬯的生平见本书第八章第九节。

12 陶然（1943-2019），原籍广东蕉岭，印尼出生，原名涂乃贤。1960 年回国就读于北京师范大学。1973 年 9 月移居香港，曾任《中国旅游》副总编辑。

刘以鬯在《发刊词》中云："香港是一个高度商品化的社会，文学商品化的倾向十分显著，严肃文学长期受到消极的排斥，得不到应得的关注与重视。"从《发刊词》可以看出创办这份刊物是为了坚守严肃文学立场，提高香港文学水准，另方面是团结世界各地华文作家，使香港当之无愧成为沟通世界华文文学的桥梁。

计红芳说：不管是在刘编还是陶编时期，文学作品的刊登都始终坚持着严肃文学的立场，在以商业利益为主的香港文学环境中，这确实需要推石上山的勇气。主编及其同仁辛勤耕耘，为香港文学和世界华文文学的发展作出了应有的贡献。比如，就香港文学的历史、现状和未来的发展，刊物专门做了几个专辑，如笔谈会·谈香港文学（第 1 期、第 100 期），笔谈会·文学在香港（第121 期），香港文学丛谈——香港文学的过去与现在（第 13 期）等。其中叶娓娜《香港文学的展望》、杨明显《香港文学往何处走？》（第 1 期）；梅子《有关雅俗的一点想法》、何国强《香港文学的前景与困境》、舒非《香港作家只能靠自己》（第 100 期）；黄河浪《守住一方净土》、东瑞《香港需要文学》、陶然《香港纯文学的处境》、璧华《严肃文学如何摆脱当前的困境》（第 121 期）等文章不约而同地提到在商业语境中发展严肃文学的困境，大声呼吁文人应该守住那一方净土，因为喧嚣浮躁的香港需要严肃文学。

在刘编时期，曾参与筹办《香港文学》的陶然，当过短时期的该刊执行编辑，后因不满主编的家长制作风，如帮刘以鬯拆作者来稿及信件遭到"老板"训斥，愤而离开编辑部。不过，这不影响他的创作及评论仍实践着严肃文学的理念。他于 2000 年 7 月接编时，曾在内地与香港引发出一场风波[13]，这同样不影响陶然不遗余力地为香港纯文学的事业出谋划策。纵观两位主编的《香港文学》，很难找到有明确意识形态的或有消遣娱乐倾向的作品或评论。无论是

---

13 香港作家吴萱人在《明报》2000 年 8 月 24 日刊登的《十五年编刊不寻常——九月的〈香港文学〉，没有刘以鬯》，为刘氏去职鸣不平。据另一位香港作家东瑞说：刘氏不是因为健康原因离职，而是无可奈何离开。东瑞在印尼《商报》刊出《纯文学的丰碑——〈香港文学〉》，也肯定刘编的成就。不仅在香港，而且内地也有人在北京发表文章，对《香港文学》换帅，有不同的解读。如认为编刊经验丰富的刘以鬯突然"出走"，说明香港的纯文学没有前途。也有人认为有更年轻的陶然接手，香港的雅文学前途无量。为缓和社会上的舆论，陶然接手后每期在该刊刊头挂上顾问刘以鬯的大名，每月支付象征性的一千元港币。可刘以鬯还是不接受，他觉得"自己抚养的孩子长大后，被人抱走了"。一年后便辞去这个有名无实的"顾问"职务。

香港本土的还是内地海外的华文文学作品，或致力于人性的开掘，或刻画人间挚情，或书写都市人生百态，或以实验性的叙事形式开拓新的文学空间，自觉追寻文学的本体意识和文学发展的自觉意识，呈现出艺术至上的美学趋向。

和《上海文学》、《北京文学》等刊物的地方性不同的是，《香港文学》具有世界性。据计红芳统计：从它制作过的专辑来看，除了中国作家以外，如卢玮銮特辑（3 期），丰子恺先生逝世十周年纪念特辑（9 期），梁实秋逝世周年特辑（47 期）等，还刊出了世界各地华文文学的许多特辑或专辑，如马来西亚华文作品特辑（1 期）、加拿大华文作品特辑（2 期）、新加坡华文作品特辑（3 期）、美国华文作品特辑（4 期）、泰国华文文学作品特辑（96 期）、菲华文学专辑（62 期）、印度尼西亚华文文学作品特辑（87 期）、砂拉越华文文学作品专辑（64 期）、澳大利亚华文短篇小说专辑（127 期）、夏威夷华文文学作品专辑（167 期）、纽西兰华文文学作品专辑（172 期）等，对于各地的华文文学都保持密切的关注。另外，还有外国非华文圈作家专辑，诺贝尔文学奖作家作品专辑等，可以看出编者的世界性视野。

《香港文学》以特辑或专辑的形式对世界各地华文文学的介绍，不仅涉及的地区在不断扩大和不断深入，而且在内容上也从发表华文文学作品扩展到评论华文文学作品。如对新加坡华文文学作品的介绍，曾经编发了新加坡华文作品特辑、新加坡女作家特辑、新加坡新诗特辑、新加坡青年作品特辑等，后来又编发了评论新加坡华文文学作品的专辑，对各类新加坡华文文学作品进行了分析和研究，帮助读者进一步了解新加坡华文文学。这一特点在陶然主持工作时更为突出。如旅居法国华文作家作品展（242 期），同时刊出的是白杨的评论《他异性时空中的灵魂守望——透视"旅居法国华文作家作品展"》，对法国华文文学作品进行分析、研究，对读者进一步了解法国华文文学很有帮助。在《香港文学》200 期（2001 年 8 月）纪念之际，还特地推出"全球华人作家作品大展"。就本期作者的分布面而言，有来自中国、美国、加拿大、法国、英国、日本、新加坡、马来西亚等国的作家，并且有相当的代表性。另外，2002 年 7 月号也以全刊的篇幅刊登了"全球华人作家散文大展"。"全球"虽非遍及世界各个角落，却鲜明地体现了刊物面向海内外、沟通世界华文文学的桥梁作用。

史料是一个地区文学史建构的重要基础，对西方文化氛围很重的香港来说这显得尤其重要，《香港文学》致力于这方面的挖掘与整理。产生了一批史料专家，其中以卢玮銮为最突出。对当前文学动态的关注和及时报道是文学刊物应该承担的，浏览刘编近 15 年的《香港文学》，能大致了解香港及海内外的华文文学活动的重要信息，其主要优点是配以彩色图片及简要文字说明。前任主编为此设置的栏目有"华文文学动态"（主要是各类出版信息）、报道、访问、座谈会、序与跋、文坛旧事、回忆录、香港文学活动掠影等。不管是史料还是文学动态，是文学杂志必不可少的组成部分，但该刊毕竟不是史料刊物。80 年代的《香港文学》对此处理得比较好，而 90 年代以来史料性、新闻性的倾向越来越明显。

陶编时期，对这种史料性、新闻性加强趋势及时加以调整，大大减少了史料、文坛动态，还有评论在刊物所占的比例。特别是新闻性较强的后者，后任主编把它们纳入"文讯下载"[14]和"文学活动点击"之中。

虽是以提高香港文学水平为办刊宗旨之一，但由于刘以鬯不是土生土长的本土作家，他从内地来，故他执掌时期内地的作品登的很多，并且老作家占的比例很大，使人产生一种香港性不突出的感觉。对于这点，刘以鬯有自己的解释：香港作家的流动性很强，居住在加拿大的卢因，居住在美国的陈若曦，居住在法国的郭恩慈，居住在上海的柯灵，居住在北京的叶君健、端木蕻良、骆宾基、萧乾、冯亦代，居住在广州的黄秋耘等，过去都曾在香港做过文艺工作，为繁荣香港文学作出贡献。《香港文学》刊登这些作家的作品，可以加强读者对香港文学的认识。另外，刘氏在主编《香港文学》期间，他发现和培养了文学研究新人朱崇科。刘氏还同时主编《星岛晚报·大会堂》以及《快报》副刊，香港本地的作家主要在这些报纸副刊上发表。

这种偏颇在陶然主编时期有所更改，他的编辑理念为立足本土，兼顾海内外。不过，在新世纪初，刘再复向陶然投了一篇赞扬诺贝尔文学奖得主高行健的文章，陶然根据北京对高行健"不宣传"的指示，没有采用此文。为此，刘再复在香港《明报》发表文章，认为《香港文学》有政治黑手在操作，后来彼此消除了误会，此事很快平息。

总之，刘编时期史料性、新闻性、内地性偏强，而陶编时期更注重香港本土性。在文字编排上，刘编采用竖排形式，陶编改用横排形式。[15]

和刘以鬯是两辈人的陶然，其办刊风格有青春气息、现代味道。不过，这

---

14 这"文讯下载"，多半系朋友送给主编的书，有"友情演出"因素在内，但毕竟保存了史料。

15 计红芳：《〈香港文学〉小史》，载《世界华文文学研究年鉴·2017》，武汉大学出版社 2019 年。本文吸收了她的研究成果。

两位主编各有自己的圈子，如刘编时几乎每期都出现东瑞、王一桃、古远清的文章，陶编时期前两位消失。陶然自称"认稿不认人"，其实许多时候是"认人不认稿。"[16]

主办18年《香港文学》的陶然于2019年3月9日去世时，北京《文艺报》曾在头版显著位置刊出《陶然同志去世》的消息，这与于1994年由上海《文学报》"南下"香港的原《亚洲周刊》副总编辑江迅于2021年10月17日逝世后，在《文艺报》头版发消息时同样称其为"同志"，其中的用意耐人寻味。

《香港文学》后由女作家周洁茹接棒，评论大为减少，"文讯下载"也不见了，本子在变薄。从2021年起，《香港文学》改由游江主编。这主编的知名度，给人一代不如一代的感觉，导致其刊物的权威性的降低。

第五节　《台港文学选刊》和《四海》

中国大陆的世界华文文学刊物，南有《台港文学选刊》，北有《四海》。不同的是，一个长寿，另一份已进入历史。

---

16 陶然有一个未公开的"封杀"名单：荷兰的林湄，香港的东瑞、王一桃、傅天虹、蓝海文等。他另有一个只看见名字就刊登的"名单"，如东南亚某女作家每期都有诗文，有时在封底还有画。该刊重视评论，中国内地学者评论登得最多的是袁勇麟、曹惠民、刘俊、凌逾等人。

福建与台湾毗邻,金门、马祖历史上即隶属福建省。由于地缘相近、血缘相亲、文缘相承、商缘相连、法缘相循,福建省文联充分发挥这种优势,逐步开展两岸文学交流。1982 年初至 1983 年底,作为福建省文联主管主办的文学刊物《福建文学》,增设了"台湾文学之窗"的专栏,每期介绍台湾不同时期知名作家的小说作品,福建社科院文学所刘登翰、包恒新、张默芸、黄拔光等撰写相应评论文章。由陈章武、杨际岚兼任专栏责任编辑。1984 年夏,开始酝酿创办一个专登台湾兼及香港文学作品的刊物。就这样,不是以原创作品为主的《台港文学选刊》,于 1984 年 9 月诞生了。时任中共福建省委书记的项南为此撰写了代发刊词《窗口和纽带》,指出:"《台港文学选刊》将成为了望台港社会的文学窗口,联系海峡两岸的文化纽带,团结三种社会力量的一种精神象征。""我认为,这个选刊是可以担当起这一任务的。因此,我也相信,这个选刊是会受到炎黄子孙们的欢迎和喜爱的。"[17]

《台港文学选刊》是改革开放时代大潮的产物。"天时","地利","人和",共同催生了《台港文学选刊》。

《台港文学选刊》对于作品的介绍和推荐,杨际岚曾概括为"刚柔相济"和"雅俗共赏"。"刚柔相济"是其风格。"刚",即一个中国的原则立场。办刊注意把好方向关,从维护国家领土主权完整、推进统一大业的高度看问题。"柔",即实事求是的科学态度。只要确实存在突出的文学价值,激浊扬清的积极社会意义,鲜明灵动的艺术个性,刊物便及时向读者推介。"雅俗共赏",是其特色。注重介绍作家作品系统化、科学化,不以个人喜好代替选稿既有标准,也不为省时省力而使所选作品类似简单的拼盘,避免僵滞、刻板。既着力于"选择",认真进行筛选、辨析,也注重于"展示",力求巧妙加以组合、呈现。[18]

《台港文学选刊》的办刊历程并不平坦。开始时,"选刊"以《福建文学》的增刊形式与读者见面。草创伊始,人手紧缺,稿源有限,早先大多小心翼翼地选取"保险系数"较大的作品刊出,如台湾类似大陆"工农兵文艺"的"乡土文学",香港则侧重选用从内地赴港作家的作品。由于稿源的限制,有些篇目还与福建人民出版社所办《海峡》有所交叉。当时,正值"港台影视

---

17 项南:《窗口与纽带》,《台港文学选刊》创刊号,1984 年 9 月。

18 杨际岚:《窗里窗外——从《台港文学选刊》看两岸文化交流(接受《两岸关系》杂志社记者专访)》,载杨际岚《凭窗断想》,花城出版社,2016 年版,第 254-258 页。

热"兴起，为了适应读者需求，该刊另设置了《影视一瞥》、《银幕内外》专栏，体现台湾香港地区文化的特色。

作为大陆首家专门刊登台港文学作品的期刊，为提高发行量，《台港文学选刊》早期的封面设计趋向时尚化，不是电影明星即是帅哥美女占据突出位置。与此相应，所选的作家中有些是流行作家，如琼瑶、三毛、席慕蓉及有"香港琼瑶"之称的亦舒，还有"用香水写作"的林燕妮，与港台关系密切的张爱玲。为了争取更多的读者订阅该刊，其作品导读强调可读性。[19]"漫画一页"、"影视一瞥"、"银幕内外"等大众化专栏，受到许多读者欢迎。该刊发行量一度达到 40 万份左右。

"选刊"在市场站稳脚跟后，由双月刊改为月刊；封面设计则趋向典雅端庄；不再以美女为主打，改为更有文艺气息的装饰性图案，同时又增设了彩色印制明星影像的"今夜星辰"专栏。

1989-1992 年间，刊物作出雅俗分流的改革，即单月出版综合版，双月出版中长篇小说专号。此"专号"除以纯文学为主外，还配有评论，这样便与侧重爱情小说或传记文学的综合版作出区分，让各种不同口味的读者能从中找到各自的所爱。

从 1993 年起，《台港文学选刊》页码减为 76，每月则按不同的专题与读者见面，如新生代作家、幽默作品、女作家、纪实文学、文学夫妻、问题小说、言情小说、旅外作品等专号。比较符合读者新口味。该刊从 1994 年起，页码增至 80。当时，台湾有"报导文学"热，大陆读者也渴望了解这"报导文学"与"报告文学"有何不同。"选刊"将双月号改为纪实文学版，单月号仍为综合版，所走的是雅俗共赏的路线。鉴于纯文学曲高和寡，纸质媒体普遍不景气，"选刊"的发行量也大幅下滑，所幸仍未亏本。[20]

台港本地的文学刊物多半寿命不长，而《台港文学选刊》能一直坚持下来，一个重要原因是与时俱进，不固守原有的格局而做出必要的调整。1995-1997 年，期刊市场竞争激烈，《台港文学选刊》便扩大开本，但页码缩至 64-56 页。据颜敏的统计，文学评论有所缩减，新闻性和报导性则在增强。新辟的"大千世界"、"社会档案"和"烟尘长望"等特色专栏，以台湾等地的社

---

19 颜敏：《读者本位与学术述求——〈台港文学选刊〉的世界》，打印稿。本节除参考了她的研究成果外，还得到杨际岚的润色和指正。

20 颜敏：《读者本位与学术述求——〈台港文学选刊〉的世界》，打印稿。

会、生活与文化现象为关注焦点，容纳了更多溢出了文学范围的纪实类文章，如 1995 年第 7 期刊登的《日本慰安妇内幕》。[21]

从 1998 年到 2002 年，《台港文学选刊》又有新的调整，"杂志出现图书化倾向"，页码涨至 104 页。同时中长篇小说的分量减少，文章篇幅变短；刊物风格也变得较为时尚青春，生活味道更为浓烈。在栏目设置上，打破文学与非文学的边界，以特定主题组合稿件，一栏之下既有虚构类小说，又有新闻报道和议论性文章。此外，为数众多的纪实类专栏如"大千世界"、"文化观察"、"当下论语"、"浮世绘"等的出现，使《台港文学选刊》的社会性日益凸显，其发展方向与旨趣一度贴近《家庭》、《知音》、《读者》等综合性文化期刊。颜敏由此认为，上世纪 90 年代中期以后，《台港文学选刊》的运作受到了日益"快餐化、娱乐化"的读者口味的制约与影响。[22]那一阶段，面对五光十色的读者市场，刊物定位类似台湾的《幼狮文艺》，读者对象趋向青年学生为主体。一段时间，"选刊"在定位问题上徘徊不定，具有主、客观多种因素。

在主管单位的重视和支持下，《台港文学选刊》于 2006 年起逐渐革新，回归纯文学路线。"选刊"风格不再轻盈而走向凝重。至 2013 年，财力得到一定保障后，《台港文学选刊》便由双月刊改为单月刊，开本和容量在增大，栏目的制作更贴近台港澳及海外华文文学文坛的实际。

自从《华文文学》不再以创作与评论并重而改为学术刊物后，《四海》先是改版而后改向，《台港文学选刊》也就成了大陆唯一刊登中国大陆以外华文文学作品的刊物。其选稿标准最初比较重视"可读性"。所谓可读性，就是《北京文学》在 1998 年提出"好看小说"的理念，得到了众多媒体的认可，《佛山文艺》在征稿启事中强调："要贴近生活，强调细节的表现力；故事要好看，有新意。没有故事或者故事陈旧的小说背定用不了；叙述要流畅，节奏要快，语言要有趣鲜活"，表现出对可读性的一种阐释。《海峡》在 2000 年提出"好看、耐看、爱看"的办刊宗旨。"选刊"在 1998 年第 6 期起也设立了"好看之榜"栏目，强调了"可读性"。[23]

以"了望台港社会的文学窗口，联系海峡两岸的文化纽带"为宗旨的

---

21 颜敏：《读者本位与学术述求——〈台港文学选刊〉的世界》，打印稿。
22 颜敏：《读者本位与学术述求——〈台港文学选刊〉的世界》，打印稿。
23 颜敏：《读者本位与学术述求——〈台港文学选刊〉的世界》，打印稿。

《台港文学选刊》，其办刊理念包含有紧跟时代发展之意。如 1997 年香港回归祖国，二年后澳门也回归祖国，《台港文学选刊》便分别制作了专辑，全方位介绍了这两个特区的文学发展新貌。对香港《亚洲周刊》所举办的"二十世纪中文小说一百强"，"选刊"也用"名作选展"的形式与之配合。1988年下半年到 1989 年上半年，《台港文学选刊》另举办"选刊之友"有奖征文，向读者介绍"一百强"作品的特色。作为追踪台港文学最新信息的《台港文学选刊》，还设有"本年度小说新选"、"新奖新选"、"台湾小说潮流"等栏目，以第一时间向读者推介台港作家的新作品。而且，基于台港文学与海外华文文学的多种重叠，相互影响，"选刊"自创刊之后，即将海外华文文学纳入介绍范畴。台湾留学生文学、东南亚华文文学，时常在"选刊"上亮相。上世纪 90 年代开始，新移民文学即受到重视，不间断地在"选刊"上得到推介。澳门文学也占有一席之地。"选刊"办刊取向体现了一以贯之的整体观和宽视野。

综观《台港文学选刊》发展历史，选稿标准尤其重视经典性。如"选刊"所选载的白先勇的《台北人》、陈映真的《忠孝公园》、余光中的《乡愁》、郑愁予的抒情诗《错误》、王鼎钧和张晓风的散文，赖声川的相声、刘以鬯的《酒徒》、董桥的《中年是下午茶》，等等，如同上述个例，大量作品都是有阅读和保有价值。如果把《台港文学选刊》所刊登的一系列台港澳作品汇集起来，也就成了一部潜在的《当代台港文学史》[24]。

刘俊认为，在被《台港文学选刊》"选"而"刊"之的台港暨海外华文文学作品，几乎涵盖了所有台港文学中的重要作家和他们的作品。与台港文坛众多期刊不同的是，"选刊"具有鲜明的大陆主体性，"主动地、自觉地、有意识地组织相关学者开展了对台港（暨海外华文）文学的研究"。与这主体性有关的是大陆的著名台港文学研究家，如刘登翰、陆士清、杨匡汉、陈公仲、杜元明、林承璜、梦花（汤淑敏）、武治纯、汪景寿、古远清、王晋民、许翼心等在《台港文学选刊》上撰文，曾参与这部"文学史"的建构，以及朱双一、徐学等，更年轻的黎湘萍、刘俊、方忠、赵小琪、王澄霞等学者，亦参与了这部潜在的"文学史"的写作与研究。[25]

---

24 杨际岚：《窗里窗外——从〈台港文学选刊〉看两岸文化交流（接受〈两岸关系〉杂志社记者专访）》，载杨际岚《凭窗断想》，花城出版社，2016 年版，第254-258 页。
25 刘俊：《〈台港文学选刊〉：一部视角独特的"文学史"和"学术史"》，载刘俊《世界华文文学：历史·记忆·语系》，花城出版社，2017 年版，第80-84 页。

　　《台港文学选刊》创办 38 年，先后介绍了三千多位台港澳及海外华文作家的四千多万字作品，所发各类评论及研究文章，前后累计不下二百万字。

　　关于《台港文学选刊》发挥的作用：是一扇文学窗口，一条文化纽带，一座学术平台。

　　一方面，《台港文学选刊》运用积累的资源，不断推动两岸文学交流。2002 年，"选刊"倡议发起首届海峡诗会活动。直至 2015 年，先后举办了十届海峡诗会。邀请对象有享誉华语诗坛的"诗魔"洛夫，"诗文双绝，学贯中西"的余光中，享有诗界"抒情歌手"之称的郑愁予，热忱奖掖后进的"诗儒"痖弦，影响了几代华人心灵成长的席慕蓉，等等。台湾诗坛百多名诗人，大陆众多诗人、学者与会。诗会期间举办的诗艺研讨会、诗歌朗诵会和诗学讲座等，反响热烈，受到广泛欢迎。

　　由福建省文联主办、《台港文学选刊》等承办的首届海峡文学节系列活动于 2011 年 12 月及 2012 年 5 月分别举办。两岸知名作家、学者洛夫、郑愁予、陈若曦、亮轩、吕正惠、简政珍、詹澈、龚鹏程、侯吉谅、吴钧尧等，陈建功、阎晶明、张胜友、南帆、孙绍振、刘登翰、杨匡汉、何镇邦、傅溪鹏、杨少衡、赵玫、项小米等出席了相关活动。"选刊"举行的形式多样的交流活动，中央和地方以及境外各类媒体，纷纷给予报道。

　　另一方面，《台港文学选刊》杂志社还积极参与各类学术活动。在福建日渐形成高等院校、科研机构、出版单位"三位一体"的态势。福建省台湾香港澳门暨海外华文文学研究会于 1988 年 11 月成立，"选刊"系发起单位之一，创会后长期作为研究会秘书处所在单位，2005 年至 2018 年为研究会依托单位。"选刊"参与举办了一系列学术活动，2010 年、2011 年、2012 年、2013 年，"选刊"以增刊形式连续四年出版了会议论文集，每册均有五六十万字。同时，"选刊"还成为中国世界华文文学学会（筹）的发起单位之一，共同推动这门学科的确立和拓展。[26]

　　近年来，该刊陆续设置的"特别推荐"、"海峡诗会"、"世界华文论坛"、"闽籍作家译林"、"世界华文微篇小说"、"温故知新"、"童心看海"等栏目，弘扬了爱国主义精神和中华传统文化，在境内外影响较大。到了 2021 年，该刊还特别推出"金庸专辑"、"潘耀明专辑"、"林海音专

---

26 杨际岚：《窗里窗外——从〈台港文学选刊〉看两岸文化交流（接受〈两岸关系〉杂志社记者专访）》，载杨际岚《凭窗断想》，花城出版社，2016 年版，第 254-258 页。

辑"、"林良专辑"、"王鼎钧专辑"、"张晓风专辑"等，这些专辑具有较高的文化价值、学术价值、创新价值，为提升中华优秀文化贡献了自己的力量。[27]

《台港文学选刊》创刊后，均由福建省文联主管，1987 年后亦改由其主办，建制单列。福建省文联负责人季仲仍兼任主编，负总责。杨际岚担任副主编，专职，主持日常工作，1996 年 1 月起担任主编。宋瑜历任编辑部主任、副主编等，于 2011 年 4 月接任主编。之后，赖碧强先后任副主编、主编。练建安现任主编，马洪滔任副主编。

除福建、广东外，北京也是华文文学重镇，那里有不同与《台港文学选刊》的《四海》。这个刊物从八十年代初试刊性专辑办起，到 2000 年底，因多种原因终刊，它前后生存了近二十年。在这近二十年中，它广泛联系了世界各地的华文作家以及文学社团，不但为其作品进入中国内地广大读者的视野，也为其增强华文创作的热情和坚持，发挥了一定积极作用。

正如闲云所说：《四海》是一朵火花，在世界华文文学发展史上，闪耀过光芒，扮演并发挥过先锋带头作用。它是第一个直接联系台港海外华文作家及文学社团，全面刊登其作品的专业性大型文学期刊。

---

27 参看练建安：《〈台港文学选刊〉2021 年小史》，载《2021 年世界华文文学研究年鉴》，香港：华中书局 2022 年。

据该刊掌舵者白舒荣介绍：改革开放的号角，吹活了中国文坛凝滞的空气，踏着八十年代初在中国东南沿海一带闻鸡起舞、港台海外华文学研究的步履，1984 年中国文联出版公司邀请北京、广东、香港、以及海外各地区一批著名的文学家、理论家、研究工作者，创办了《四海——港台海外华文文学》（简称《四海》），用书号出版的不定期丛刊。

已故著名散文家秦牧、香港著名作家曾敏之和当时出版公司的主要领导李庚等文坛前辈，和东南沿海的学者、教授，对《四海》丛刊的催生，甚至在一定时期帮助组稿和编辑，发挥了决定性的作用。

《四海》的创办，以弘扬五千年中华优秀文化，发展世界华文文学为宗旨，以帮助读者系统、准确地了解认识台港澳及海外华文文学艺术创作成果为己任，努力开展中国大陆与台湾、香港、澳门及海外华文文学界的联系和交流。

丛刊第 1 辑编辑委员会是这样组成的——主编：秦牧、李庚；顾问：萧乾、毕朔望、黄秋耘、杨越、曾敏之、赵令扬、聂华苓；执行编委：邢沅、李树政；编委：王晋民、许翼心、周青、彦火、贺朗、封祖盛、梁建生。

《四海》丛刊的具体工作在当时执行编委邢沅（第 8 辑后为主编之一）、张贤华、李树政，以及从第 8 辑参与工作的白舒荣等的努力下，从 1985 年到 1989 年共出版十辑九册（9、10 辑系合刊）。

1989 年 5 月，国家新闻出版领导部门批准刊号，从此《四海》有了作为期刊的正式户籍。

1990 年 1 月，《四海——港台海外华文文学》双月刊正式面世，由中国文联主管、中国文联出版公司主办，成为中国大陆专门介绍台湾、香港、澳门与海外华文文学原创作品的一本重要杂志。从正式创刊到终刊，白舒荣始终是该杂志的主要负责人。

创刊号有冰心、艾青、秦牧、曹禺、吴组缃、吴冠中、萧乾、叶君健、臧克家、张庚、邹荻帆等等不少著名作家贺词，足见当时文坛对这本杂志的重视。

1992 年，《四海》的全称小作更改：由《四海——港台海外华文文学》变为《四海——台港澳海外华文文学》。据闲云介绍：该刊本着广纳百川的宗旨，作者队伍来自中国台湾、香港、澳门以及新加坡、马来西亚、泰国、菲律宾、印尼、文莱、越南、缅甸、韩国、日本、美国、加拿大、瑞士、英国、意大利、法国、挪威、丹麦、荷兰、比利时、西班牙、俄国、德国、匈牙利、南斯拉夫、厄瓜多尔、澳大利亚、巴西等地区和国家。

《四海》大军里，尚有非炎黄子孙的真"老外"，如瑞士的胜雅律，日本的小野桂子、藤田香、夏目志郎、池上贞子、西海枝裕美，美国的史可达等。

《四海》杂志设立过多种专栏，编发过各类专辑，如：赵淑侠女士在欧洲成立欧华作协后，《四海》率先为其编发了专辑。为配合香港回归以及"世界妇女大会"在北京的召开，也编发了特辑。

又据白舒荣回忆：因中国大陆新移民作家的出现和增多，《四海》于1994年第二期／总26期始设立了"新移民作品"专辑。由此"新移民作家"成为华文文学中的一个新的称谓，沿用至今。

杂志在名为《四海》时期，刊发作品的人次中国台湾居第一，美国次之。

为了正视和顺应现实的发展，《四海——台港澳海外华文文学》杂志1998年初更名为《世界华文文学》，并由双月刊改作月刊。

《四海》没有办刊经费，到改刊名《世界华文文学》后，所需费用主要依靠出版发行图书取得，所以杂志社同仁同时也承担着编辑、出版和图书发行工作。

《四海》——《世界华文文学》杂志先后编发出版过近二百种图书。如世界华文文学精品库、台湾郭良蕙作品系列、香港梁凤仪散文系列、台湾温小平作品系列、新加坡作家选集、香港龙香文学社作品选集等等系列丛书，以及高阳、白先勇、於梨华、陈若曦、洛夫、刘以鬯、曾敏之、赵淑侠、彦火、也斯、梁锡华、陈瑞献、尤今、戴小华、司马攻、梦莉，及日本池田大作等等名家及新秀，如少君等的作品。

香港回归前夕，《世界华文文学》和香港作家联会合作出版了《香港作家文丛》。澳门回归前夕，同澳门文艺基金会联合编辑出版了《澳门文学丛书》。另外，还举办过台湾作家郭良蕙、新加坡作家陈瑞献，及日本池田大作等的新书研讨和出版纪念活动。它还是第一个为世界华文作家设奖的媒体。

作为中国大陆开先河的世界华文文学的专业性大型文学杂志《四海》——《世界华文文学》，为促进世界华文文学的发展和繁荣尽了力，在世界华文文学发展史上留下了浓重的一笔。[28]这样重要的刊物，居然得不到中国文联的资助，居然会停刊，说明"中国文联"及其出版公司眼光短浅，远远未认识到世界华文文学对传播中国文化所起到的巨大作用。

---

28 白舒荣：《〈世界华文文学〉小史》，载《世界华文文学研究年鉴 2013》，《华文文学》编辑部，2014 年。本节的材料出自此文。

北京《世界华文文学》停刊后，2022 年又有同名刊物在纽约出版，为半年刊，由李诠林主编。

第六节　《华文文学》

在中国大陆的华文文学刊物中，《华文文学》是一棵常青树。尽管因为彭志恒等人在该刊提出"文化的华文文学"新观念引发曾敏之、许翼心、陆士清等老一辈学者的严重不满，由此 2002 年在上海召开的华文文学国际研讨会预备会上，曾敏之提出要"停刊整顿"，但并未实行。大家觉得"学会"好不容易有一个刊物，如果"整"垮了怎么办？还是发表文章讨论为好。不过从 2019 年第 5 期起，《华文文学》却真正进入了"停刊整顿"阶段，原因是王德威发表在该刊 2019 年第四期《"山顶独立，海底自行"》的文章因用了敏感词而惹祸：撤掉常务副主编庄园的职务（于 2022 年取消处分），并停刊半年，2000 年第 4 期复刊，后改组了编委会。关于这个事件，学术界有不同看法[29]。

---

29 如中国社会科学院文学研究所研究员、原《文学评论》常务副主编黎湘萍认为：王德威《"山顶独立，海底自行"》的文章，"如果其中有不同于我们见解或立场的，完全可以借由同样的学术平台进行学术辩论与争鸣，因为这些论述与刘再复个人三十年间的经验有密切关系，原本就是学术上的一种探索。编者是慎重的，认真的，具有专业精神。针对这篇文章的处理，也需要慎重的、认真的专业精神，让学术的归学术。刊物敢于刊登这样的学术文章，也体现了习近平总书记再三强调的'四个自信'的精神，充分彰显中国大陆学术刊物以文化自信、以善念、以真情面向世界的坦荡襟怀，我对此表示赞赏。"北京大学中文系计璧瑞教授也认为：回头再看王德威这篇文章，"引发这种批评的当是文中涉及的时间点，这个时间点应属政治敏感词。但这里有几个问题需要说清楚，一是探讨刘再复先生的学术生涯和思考历程，这个时间点是绕不过去的，文章也并没有对这个时间点做出任何政治的或道德的评价；二是这个时间点虽然属于敏感词，但并未从国人乃至海外华人的心中消失，即便文中不提，以刘先生的经历和声望，刊物的读者也不会不知道；三是在我们国家，'群言'的程度不是太高，而是太低。就算这份刊物在海外有一定的影响力，海外读者对这个时间点的了解也比大陆只多不少，而大陆读者人数之少，根本不可能存在'错误导向'之虞。如今我中华国力强盛，管理者信心满满，完全没必要担心这样的学术文章会有负面作用。读书人不懂政治，如果实在有什么犯忌之处，劝导即可，没必要如临大敌，一定得纳入政治管理、抓出什么不可。如果相信进化论，我们会认为今天一定比昨天更开放；如果相信历史会有反复，我们也认为社会进步将螺旋式上升。毛主席教导我们说：历史的经验值得注意。不管他老人家的功过是非如何评价，这句话我们一直记得。"中山大学教授林岗在香港《明报月刊》2020 年 1 月号发表长文声援《华文文学》，但这些均改变不了停刊整顿的命运。以上载庄园整理：《学界对王德威〈"山顶独立，海底自行"〉一文审读意见汇总》，见网页。

不可否认，《华文文学》是一份严肃的学术刊物，刊登了不少高水平、视野宽、方法新的文章，对建构世界华文文学学科史作出过巨大贡献。它于1985年4月出版试刊号，同年9月正式创刊，由汕头大学台港及海外华文文学研究中心编辑出版。这是中国大陆继福建于 1981 年创办《海峡》、由福建文联于1984 年9月创办《台港文学选刊》后第三本刊登中国境外文学的期刊。与《台港文学选刊》不同的是，它登载的作品除台港外，还辐射到海外。据颜敏的统计："试刊号共刊载作品13篇，其中东南亚占了7篇，台港只有5篇，这种比例上的倾斜在同类文学期刊上是没有出现过的。第二大特色是作品与评论并重，创作与理论同行。试刊号共有10个专栏，其中有作品类5个，包括中篇小说、短篇小说、诗歌、散文、杂文，带有理论色彩的栏目也是五个，包括作家剪影、作品评析、论坛、海外来鸿（海外作家的文学史料笔记或论文）和台港文讯，基本平分秋色。"作为中国内地专门刊登海内外华文文学的期刊，首任主编为汕头大学台港及海外华文文学研究中心主任陈贤茂。后任主编有1998-2002 年的於贤德、2003 年的吴奕锜、2004-2006 年的刘俊峰、2007 年复出的陈贤茂、2008-2009 年的燕世超、2010 年的易崇辉、2011-2016 年的张卫东、2017-2019 年的朱寿桐。现任主编也是和朱寿桐一样，是"外来"的蒋述卓。主编似走马灯变换频繁，除了说明汕头大学"庙小"，找不到比陈贤茂更有后劲的主编外，还由于汕头大学校方对文科不重视，致使文科人才流失严重，原兵强马壮的汕头大学台港及海外华文文学研究中心变得有名无实，以致有人误认为暨南大学一直在"收编"汕头大学，其实和当年作为"中国世界华文文学学会"会刊的编委会主任、暨南大学原副校长饶芃子不同：同是原暨南大学副校长的蒋述卓不是挂名的，而是参与实际工作的。当然，这实际工作得力于他的助手、常务副主编程桂婷。在此之前，长期担任常务副主编的是庄园（2010 年 1 月-2019 年 12 月）。

《华文文学》的办刊宗旨为："努力促进华文创作的繁荣，提高华文文学在世界文学中的地位。《华文文学》将架设沟通心灵的桥梁，努力增进海内外炎黄子孙的情谊。《华文文学》力求为读者增益才智，开阔眼界，给人以艺术的陶冶，美的享受。"

上世纪 80 年代，实行改革开放，我国内地与台港澳及海外华人、华侨的交流日益增强，海外华文文学随之进入国人的视野，因而，《华文文学》的创办，正好适应了这一形势，它肩负起提高海内外华文文学在世界文学中的国际地位和加强华文文学的学科建设的重任，这既是华文文学学界的目标和任务，也是《华文文学》的重要办刊宗旨。

对"华文文学"一词的内涵和定义，《华文文学》创刊号作了明确的界说。归侨作家秦牧在《祝贺〈华文文学〉杂志创刊——代发刊词》中说："华文文学，是一个比中国文学内涵要丰富得多的概念。""中国大陆的社会主义文学，加上台湾、香港的文学构成了中国文学。中国文学固然是华文文学，其他各种国籍的人们使用华文写的文学，又何曾不是华文文学。"[30]

"海外华文文学"是《华文文学》创刊号出现的一个新词，《编者的话》即主编陈贤茂曾有过这样的阐述："最初我曾考虑叫'域外汉语文学'，但后来还是决定叫'海外华文文学'。'华文文学'一词并不是我的发明，早在五六十年代的新马报纸上就已出现了这个词，后来又传到东南亚的其他国家。……考虑到'华文文学'一词在东南亚一带已经通行，我觉得还是沿用这一名称更有地域特色，而为了与中国的华文文学相区分，我又在华文文学前面加上'海外'二字，特指这一研究领域是以中国以外的国家的华文文学作为研究对象。"[31]嗣后，陈贤茂又在《香港文学》的第 42 期和第 43 期上，

---

30 《华文文学》创刊号，1985 年，第 4 页。
31 陈茂贤：《我与海外华文文学研究》，载陈辽主编《我与世界华文文学》，香港昆仑制作公司 2002 年版，第 78 页。

发表了《海外华文文学的定义、特点及发展前景》，其中云："在中国以外的国家或地区，凡是用华文作为表达工具而创作的文学作品，都称为海外华文文学。"

早期的《华文文学》其刊名还有前置语"台港与海外"，后又改为"台港澳与海外"。它辟有"海外文坛忆旧"、"作家访问记"、"作品评析"、"海外来鸿"、"文苑逸事"、"海外文讯"等栏目。在《编者的话》中亦云："华文文学大致可以包括这么四个方面：（一）中国大陆的社会主义文学；（二）同属于中国文学，但由于社会形态不同，因而具有不同特色的台湾文学和香港文学；（三）海外华文文学；（四）非华裔外国人用华文创作的作品。本刊主要发表后三方面的作品。"《华文文学》后来不再坚持"社会主义文学"的提法，而为了争取读者，增加发行量，该刊试图走大众化路线。1986 年前后，该刊刊载了台湾三毛、廖辉英和香港亦舒等人的通俗文学作品，大获成功，以致出现了盗版，发行量高达二十万份。这是因为该刊坚持发表台港及海外华文文学为主，兼及严肃文学和发表华文文学作品的评析、资讯及史料。从试刊号和创刊号的发文比例也可见这一编辑定位。《华文文学》从 1986 年至 1999 年之间的这一段编辑出版不妨定位为摸索期。其次是封面设计多变，版权记录不全。这个过程，翁奕波将其分为两个阶段：

（一）1986 年至 1989 年由创作为主到创作与研究并重；从 1988 年到 1989 年，创作与评论逐渐趋于平衡，这两个阶段同样历时两年。

（二）1990 年到 1999 年由创作略高于评论到评论远高于创作的阶段，历时十年。

1995 年是《华文文学》办刊方向一次重要转折。这一年《华文文学》第 1 期和第 2 期连续制作了"评论专号"。其中第 1 期的栏目有：《海外华文文学史初编》评介文章转载、序与跋、研究生园地、作家剪影、报道、美术作品、海外华文文学整体研究、海外华文作家作品研究、台湾文学研究、香港文学研究、关于"大陆的台湾诗学"的论争。此后，编辑方针不再走大众化路线，改变以刊发海外华文文学作品为主的初衷，转为走精英路线，以刊发评论为主打，尤其是研究性文章多了起来。1997 年第 1 期和 1998 年第 1 期，又连续制作了两期"评论专号"。从 1996 年开始，为增强本土性，加设了"海外潮人作家研究"栏目。为培养新人，还继续增设"研究生园地"，"海外华文文学研究"更被提升到评论文章的最重要位置，"台港文学述评"次之。

"争鸣篇"栏目的开辟，除活跃学术气氛外，还打破了《华文文学》以评论为主、创作为辅的这种过渡性局面。1995 年第 1 期刊发了"关于'大陆的台湾诗学'的论争"6 篇，1996 年第 3 期刊发了"关于《华夏诗报》一则报道引起的论争"5 篇，1997 年第 1 期又刊发了"关于'大陆的台湾诗学'的论争（二）"6 篇，1999 年还刊发了古继堂的《回答萧萧兼谈〈新诗三百首〉》一文。据翁奕波统计："五年之间连续策划编发了三个颇具规模的学术论争专栏和一篇争鸣文章，发文共 18 篇。'争鸣篇'的连续刊发，见证了编者敏锐的学术眼光和高屋建瓴的编辑视野。'争鸣篇'为海内外华文文学研究者提供了展示自己学术观点的学术平台，夯实了《华文文学》作为海外华文文学研究性文学期刊的学术个性基础。同时，对台港及海外华文文学学术研究的路径与走向也产生了一定的影响。"[32]

《华文文学》的摸索定位，为大型学术著作《海外华文文学史》的书写打下基础。对此，颜敏有过这样的论述："《海外华文文学史》的写作，从酝酿到初具规模到成熟，前后历经了十多年的时间，以 1993 年左右为界限，整个写作实际分为两个大的阶段。第一阶段主要是对'海外华文文学作品'的发现整理和初步的理论探讨阶段，其标志是 1993 年出版的《海外华文文学史初编》；第二个阶段是疆域拓展和理论深化阶段，以《海外华文文学史》的出版为标记。而与之相对应，《华文文学》也分为两个大的阶段。1985 年-1994 年为第一阶段，注重文学史实的积累与呈现，以作品为主，另加一些相关的史料性文章和大陆学者对作家作品的赏析文章。1995 年到 1999 年为第二阶段，主要刊载大陆学者理论性、综述性文章。期刊的历史进程与文学史的写作进程，步调达到了基本一致。""《华文文学》的刊载思路与文学史思路的一致性，是因为海外华文文学史所能涉及的广度与深度，必须以文学传播所能涉及的广度与深度为前提。《海外华文文学史》具体评述了 260 位作家，并简要评述了近百位作家，而《华文文学》所介绍的作家也达到了 380 多名。"[33]可见，《华文文学》从创作到评论的转型，为《海外华文文学史》的撰写创造了有利的条件。

此外，从 2002 年 1 月至 2012 年 6 月，《华文文学》成为"中国世界华

---

32 翁奕波:《〈华文文学〉（汕头）小史》，载古远清编纂《世界华文文学研究年鉴 2013》，本文吸收了该文的研究成果。

33 颜敏:《学术视野下的文学传播——〈华文文学〉杂志研究》，《华文文学》2008 年第 2 期，第 15 页。

文文学学会"会刊，这是两厢情愿的事。当时的刊物影响力与资源有限，主编吴奕锜希望借助学会的支持扩大影响力，注入学界研究的活力和能量。"学会"则希望有一个稳定的发声平台，可以对此新兴学科的教学与研究发扬光大。由于有"学会"的支持，刊物影响力不断增强，特别在国际汉学界备受关注。此时进入成熟阶段的刊物，拥有对学术主体性的内在追求。但刊物另一负责人庄园感到"学会"领导观念陈旧，不仅无法担当全球范畴下华文文学的学术导引，还沾染了当下中国学界妄自尊大的弊端。由于汕头大学主办方认为学会领导人发的讲话稿件太多和干预过分，而"学会"却认为该刊不断制作敏感人物高行健、刘再复的专辑[34]，有舆论导向问题，于是渐行渐远乃至停止合作。这矛盾的根源，不在于人事关系，而是一种学术权力话语的争夺。

2019 年，《华文文学》复刊后，去掉了过去的"自由"色彩，更注重刊物的政治方向，但也不忽视刊物的学术性和史料性，并保留了该刊开设的众多栏目，如名家特辑、比较文学、香港文学研究、台湾文学研究、欧华文学研究、美华文学研究、汉语文学研究、汉语新文学研究、华裔文学研究、张爱玲研究、陈映真研究、卢新华研究、华语电影研究、重返八十年代、海外诗学、华文文学巡礼。从 2022 年起，"学人研究"专栏其研究对象则有饶芃子等人。

总之，从 2000 年第一期起，《华文文学》由作品与研究文章并重的刊物，变成以学术性为主的理论刊物，从而提高了《华文文学》杂志的学术层次，为世界华文文学学科的建立提供了最重要的阵地。研究世界华文文学学科史包括《华文文学》的风雨历程，这份期刊在中国当代文坛及海外学界的重要性也就可想而知了。

---

34 早在 2012 年 6 月 15 日，深圳某读者（据说是汕头大学某教授的化名）向汕头大学校长匿名举报《华文文学》以"专辑"栏目刊出研究"政治不正确"的高行健等人的五篇文章，"难道不值得反思吗？"对此，《华文文学》编辑部于 2012 年 7 月 5 日写了《几点汇报说明》，其中云"关于高行健专辑：高行健是知名华文作家、诺贝尔文学奖获得者。中国学术界不仅从未中断过关于高的研究，而且研究者众。据不完全统计，仅在'中国期刊全文数据库'进行篇名检索，2000-2012 年就有 52 篇发表的论文，其中不乏 CSSCI 期刊和中文核心期刊；在中国博士硕士论文数据库检索，2003-2012 年至少有 3 篇博士论文和 12 篇硕士论文以之为题，其导师多为国内知名学者，而关键词及全文含有'高行健'字样的论文更是难以计数。""我们无法理解，在改革开放日益深入、学术空间日益扩展的当代中国，刊登有关一个广受学术界关注并得到期刊界、教育界认可的作家的研究成果，为什么竟然需要得到'默许'？又需要经过谁的'默许'才不算'大胆'？"

第七节　《世界华文文学论坛》

　　南京和福州，均是中国内地研究华文文学的重镇。南京的早期研究者主要是张超、陈辽等人，其学会组织还有南京市与江苏省之分。其中 1989 年 3 月成立的南京台港暨海外华人文学研究会，会长裴显生，副会长张超、冯亦同等人，另办有小开本的内刊《台港文讯》。创刊号内容丰富，除有研究会成立专辑外，另有张超整理的长文《江苏籍台湾与海外作家》一览表，并有余光中致沈存步的信。前三期由张超主编。省学会与市学会有互相支援的一面，也有摩擦的一面，省学会于 1990 年另成立了江苏省台港与海外华文文学研究中心。他们后来居上，白手起家，于 1990 年 10 月 31 日创办了《台港与海外华文文学评论和研究》，先是以"准印证"形式出版，后以内部刊物的刊号面世，1995 年第 1 期开始向国内外公开发行，主编陈辽，副主编汤淑敏、秦家琪，主办单位：江苏省社会科学院文学研究所、江苏省台港与海外华文文学研究中心。该刊比《华文文学》更有理论的自觉，全部发表学术论文、书评和有关资讯等，为季刊。从 1998 年第 1 期起，不再使用拗口、累赘的刊名，而更名为《世界华文文学论坛》。

　　这份刊物的诞生，与既是评论家，又是活动家、组织家陈辽的努力分不开，1987-1988 年，用心良苦、善于策划的陈辽组织作家共撰写了 200 个企业家的报告文学，出书后纯赢利 30 万元。其中 5 万元用之于"江苏文学研究评奖"，5 万元用之于所内科研人员的科研补贴，其余 20 万元全部用作《台港与海外

华文文学评论和研究》的出版基金。

《世界华文文学论坛》创办之时，正值中国大陆研究境外文学暨海外华文文学的人越来越多，江苏作为华文文学交流的桥头堡，其研究也在蓬勃发展。为了给江苏乃至全国的研究者增加发表园地，该刊的创办者陈辽、汤淑敏、秦家琪、姜建、吴颖文等为申请刊号、组稿编校四处奔波，付出了巨大的劳动。先后有陈辽、汤淑敏、秦家琪、姜建、刘红林担任该刊主编。

《世界华文文学论坛》与《华文文学》的不同之处在于更加注意配合国际国内形势，如庆祝香港回归祖国，于 1997 年第 2 期制作了"香港文学研究专号"，1998 年第 2 期又有"香港回归一周年特辑"。为迎接澳门回归祖国，1999 年第 3 期则有"澳门文学研究专号"。1995 年第 3 期为"纪念抗日战争胜利 50 周年"特辑。

世界华文文学论坛不仅有学术性，还有新闻性。该刊对世界华文文学研究界的各类学术会议均加以报导。从 1991 年第 2 期（总第 3 期）设立了"中国世界华文文学研究会的第五届年会专辑"之后，对每一届年会都追踪报导，并选登学术价值大的文章。世界各地、全国各地与这个学科有关的，大到国际性的学术会议，小到一市一地对一个作家的研讨会，该刊都有所反映。对台湾文学发展动向，该刊密切关注。2000 年 8 月 16 日-20 日，中国作家协会、江苏省社会科学院等单位主办、苏州大学世界华文文学研究中心承办的"台湾新文学思潮（1947-1949）研讨会"在苏州大学召开。2000 年第 4 期，《世界华文文学论坛》用了三分之二的篇幅，刊登"台湾新文学思潮（1947-1949）研讨会"的论文，对被分离主义歪曲的历史做出了澄清。从 2003 年开始，该刊多期推出"批判"栏目，刊登了赵遐秋等人的文章。

正因为和中国作家协会有互动关系，该刊从 2002 年第 1 期起至 2012 年第 4 期，成为"中国作家协会台港澳与海外华文文学联络委员会"会刊。这使人联想到《华文文学》一度也成为"中国世界华文文学学会"会刊。但两者情况不同：这回是"论坛"负责人陈辽向中国作协外联部负责人金坚范主动要求成为"联委会"会刊，成为后挂靠单位基本上不干预刊物的编辑工作；《华文文学》挂靠单位则对办刊有诸多"指示"，并改组过编辑部，由"学会"会长任编委会主任。

香港、澳门过去被称为"文学沙漠"，该刊并不这样认为，对这两个地区文学一直在高度关注，不断组织稿件，然后制作专辑和特辑。对这两个不同于台湾更不同于内地的文学思潮、文学现象、文学运动、文学创作、作家作品，尽可能作全面介绍和研讨。1999 年第 2 期，还辟有"两岸三地文学整体研究特辑"。该刊重视中国境外文学，并尽可能地把在全球发生的华文文学创作乃至华人文学都纳入自己的研究范围。在外海华文文学方面，"东南亚华文文学研究"是经常出现的栏目，大体上每年都有一到两期这种专栏。分国别的则有1995 年第 4 期的"泰华文学研究"、1998 年第 2 期的"菲华文学特辑"、1997 年第 4 期的"新华文学研究"，2000 年第 2 期的"新华文学新论"、2001 年第 3 期的"菲律宾华文文学研讨会特辑"、2003 年第 1 期的"印尼华文文学研究特辑"。对马来西亚、文莱等地的华文文学研究则不是以专栏形式出现，但有一定数量的论文刊载。

　　欧美华文文学研究尤其是美国也是该刊的一个重要内容，创刊号上就有"海外华人与留学生文学"专栏。据刘红林介绍："其他洲际或国家，如不只一次地设置澳大利亚华文文学研究专辑，发表研究日本华文文学的文章，对韩国，不仅有华侨的创作研究，还有韩国人的汉语写作研究等等。该刊与其他刊物一样，非常重视宏观理论研究，尤其对重大问题同时有理论思辨色彩的文章不吝版面，但也相当重视微观的、个案的研究，这与眼下轻视作家作品探讨的行风有所区别。这种做法有助于开拓视野，从宏观与微观相结合的角度，加深世界华文学的认识和把握。该刊还设有'学人剪影'栏目，向读者介绍世界华文文学领域里成就卓越的学者们，记录他们的开辟、耕耘、拓展之功，并希望后来者以他们为榜样，更上一层楼。最多的则是中青年学者，尤其是博硕士生们，甚至还有在校的本科生，他们是这一领域发扬光大的希望。《世界华文文学论坛》顶住了巨大的经济压力，坚持自己的宗旨，坚持自己的品格，不走媚俗的路子。同时，不因经济、人手的匮乏而忽视办刊质量。同时。一直正常出版，从未有延期、脱期的情况。"[35]刘红林 2015 年退休后，此刊由青年学人李良接手。他比前任更为开放，如刊登了台湾"非余派"作家郭枫批判余光中的长文《擅为机变之巧，艺术多妻主义者——余光中论》[36]，香港"拥余派"黄维樑读后曾称此文"一派胡言，二派胡言，三派胡言。"[37]可惜该刊没有抓住这个大好时机进行争鸣。

35　刘红林：《〈世界华文文学论坛〉小史》，载《世界华文文学研究年鉴 2013》。本节内容来自此文。

36　《世界华文文学论坛》，2019 年第 2 期。

37　古远清编注：《当代作家书简》，华中师范大学出版社 2021 年，第 364 页。

除《华文文学》、《世界华文文学论坛》外，另有浙江越秀外国语学院主办的《世界华文文学研究》及四川大学主办的《华文文学评论》，均为以书代刊的年刊。

第八节　《世界华文文学研究年鉴》

一门学科的建立，除要有代表性的理论著作、许多大学开课，有一个影响广泛的理论刊物、有一支稳定的高水平的研究队伍和有自己的学会组织外，还要有这个学科的年鉴。古远清编的《世界华文文学研究年鉴》，正是出于这种学科建设的考虑。

《世界华文文学研究年鉴》从 2013 年开始编纂，"创刊号"由陈贤茂撰写序言，云："30 多年来，台港澳及海外华文文学研究已取得了十分丰硕的成果。《台湾文学史》、《香港文学史》、《澳门文学史》、《海外华文文学史》相继出版，此外，专论、通论、文体论、作家论、作家评传、论文集、教材、辞典，以及散见于全国各种报刊的单篇论文，其数量之巨大、论点之新颖、影响之广泛，成为文坛盛事，也书写了学术界的传奇。"这里所述的各种情况，在《世界华文文学研究年鉴》均有不同程度的反映。每年的《年鉴》均设有综述、刊物、资料、争鸣、书评、悼念、访谈、会议、目录、机构、备忘、后记等栏目。其中"综述"包括该年度北美华文文学研究概况、欧华及澳华文学研究概况、东南亚华文文学研究概况、大陆的台湾文学研究概况、香港文学研究综述、澳门文学研究概况，后来又增加了东北亚华文文学研究概况。

《年鉴》所载的资料，前几期还有华文文学大事年表，这是编纂者多年锐意穷搜的结晶。每年中国大陆高校华文文学开课情况，这本应是中国世界华文文学学会教学委员会所做的工作，可编著者不辞辛劳，打了近百所高校的电话一一询问，或利用开会期间找知情人当面查证。至于"小史"专栏的出现，为《华文文学》、《世界华文文学论坛》、《四海》乃至境外的《文学评论》、《文讯》、《联合报》副刊、《香江文坛》树碑立传。为华文文学主要期刊写史的作者白舒荣、林曼叔、程国君、石娟、翁奕波，均为这些纸媒作历史见证，史料中有详尽的统计数字，这是作者下苦功的结果。

在《年鉴》的 11 个"栏目"中，各个地区文学研究概况的"综述"，其中包括全世界各大洲华文文学，位居"台港澳文学"殿军的澳门，使人感到澳门的华文文学创作也兴旺发达。朱双一早期撰写的台湾文学研究概况，资料繁富，不是简单的论文发表目录排列或转述，而是包含有自己的评价。作家作品能收获到多少篇评论，是衡量作家成就的一项指标。朱氏写道："2013 年大陆学界对台湾作家作品的评论，相对集中于齐邦媛、白先勇、王鼎钧、刘呐鸥、锺肇政等作家身上。"这种概括，不妨解读为该年的研究兴奋点所在。凌逾和她的研究生写的该年香港文学研究综述，下了许多伏案功夫，资料非常详细。

古代典籍《广雅》说"鉴谓之镜"，与《玉篇》说的"镜，鉴也"同义。黄维樑认为，"年鉴"是一面镜子，照出了客观实况；照出了世界华文文学研究年度的客观实况。《文心雕龙》希望文学批评家分析评论作品时，要"照辞如镜"；然而，完全客观描述实况的镜子，只是个理想。[38]古氏编年鉴力求客观公正，不介意不同组织内部之间存在的矛盾，只要这个组织成立了，且有影响力他就编入年鉴。这也是他的一个编选标准。

《世界华文文学研究年鉴》打破规范，把访谈和随笔编进去。这些随笔的观点比某些人写的高头讲章还鲜明，如王鼎钧的《海外华文文学的突围》，与一些人写的四平八稳的论述便有极大的不同。"随笔体"和"对话体"有吉光片羽、有真知灼见。把随笔还有访谈都选入年鉴，不但扩大了资料范围，而

---

38 黄维樑：《古镜记：读古远清编纂的〈世界华文文学研究年鉴·2013〉》，载《世界华文文学研究年鉴 2014》，武汉大学出版社，2016 年。

且还增加了可读性，且不让有洞见的文章埋没掉。

黄维樑又说："亚伯拉穆斯（M. H. Abrams）的名著《镜与灯》，谓有文学如镜子般反映客观现实，也有文学如灯一样抒发主观感情。古远清编纂的《年鉴》，主要是镜子，也有灯的功能，这就是他也自述过的'既符合年鉴体例同时又有个人风格'（见"后记"）。"[39]他的个人风格见于《年鉴》选载了许多"争鸣"文章，包括他本人的《中国大陆的台港文学研究走向及其病相》和黄维樑的《学科正名论："华语语系文学"与"汉语新文学"》等；他于 2013 年写的"后记"题为《"世界华文文学"要成为独立学科，戛戛乎其难哉！》，也可列人"争鸣"的文章。"古氏向来修史、谈文，大抵都反映其应褒即褒应贬则贬的个人风格；编纂《年鉴》也如此。《年鉴》是反映客观实况的镜子，古氏个人风格呈现出来的褒贬评论，可视为这面镜子的镶边纹饰。"[40]。

年鉴本有其自身的规格和体例，内容上不能面面俱到。文学年鉴是指这一年中出现的重要作品、重要文学现象、重要文学事件、重要文学会议等。古氏的年鉴与他人的不同之处，在于编撰过程中有很大的自由度，完全可以按照他自己的思路来编纂。他编的研究年鉴除了反映这一年的世界华文文学研究概况外，有几期还加了"备忘"部分。收入这类文章是为学科建设积累资料。古远清编的年鉴还具有工具书的职能，所以年鉴中列出很多华文文学研究书目、华文文学研究论文目录、华文文学研究机构及华文文学研究专家小传乃至国家社会科学基金有关华文文学的立项项目，这虽然不一定完全符合年鉴的体例要求，但是符合古氏的风格。年鉴具有可读性和创新性，加上有些资料信息的前沿性与开拓性，所以可读性、前沿性和资料性、工具性，便是《世界华文文学研究年鉴》的鲜明特点。

如果有谁要写《华文文学研究史》，"年鉴"是必读的资料。

---

39 黄维樑：《古镜记：读古远清编纂的〈世界华文文学研究年鉴·2013〉》，载《世界华文文学研究年鉴 2014》，武汉大学出版社，2016 年。

40 黄维樑：《古镜记：读古远清编纂的〈世界华文文学研究年鉴·2013〉》，载《世界华文文学研究年鉴 2014》，武汉大学出版社，2016 年。

第六章　世界华文文学研究概况

第一节　北美华文文学研究掠影

作为移民国家的美利坚合众国，在排华法寿终正寝后，移民才有资格大量进入。在美国来自东方的华裔，大部分均不超过五代。老一辈移民多来自广东，下一代移民的身份没那么单纯，有来自广东的，也有来自东南亚以及台湾、香港地区。不同的背景、不同的信仰、不同的移民动机，形成了价值观的南辕北辙，华人的创作也由此五彩异呈。

在世界华文文学地图中，北美华文文学显得是那样绚烂夺目，那里代际变迁迅速，新老作家互相"竞赛"，展现出一片"风景这边独好"的盎然生机，中国大陆的北美华文文学研究也由此兴旺发达起来。

由于美华文学在世界华文文学中的典型意义和代表性，因而引发世界华文文学研究者的大力关注。这里首先要提及的便是刘登翰主编的《双重经验的跨域书写》。该书通过几个关键词的阐释，讨论了美华文学研究的一些基本问题。诸如：美华文学的语言形态、文化内质和族性规约，多半呈集居状的移民历史与旧华埠和新中国城移民者的不同文学书写者的知识水平、消费状况、对新生事物的接受能力，这关乎移民的生存状态。他们之间的不同，导致书写状态分为"唐人街写作"和"知识分子写作"，移民作家从国内到海外的双重经验和跨域书写，百年来美华文学文化主题变迁及其与20世纪中国文学的互动关系。这就是为什么刘登翰主编完台港澳文学史后，便向北美华文文学进军的一个原因。北美华文文学研究完成后，人们期望学养深厚的刘登翰能给学术界主编一本《世界华文文学史》，可他的写作习惯是别人请他写且出版有保障才动手，不似别人喜欢自己选题，再加上刘登翰年事已高，他没有再进行这项工作，使学术界大失所望。即使这样，他的世界华文文学研究成就均为举世公认。

在世界华文文学中，美国华文文学本是具有代表性的一个富矿。一方面，美华文学历史长达一百多年，有多少作品现在均难于统计，但当 19 世纪中叶，一艘艘远航的"猪仔船"将中国劳工运送美洲时，在他们之中是否有人写作，已有了相关文学作品？"但可以确定的是，1905 年在上海、广州、厦门、青岛等地掀起的'反美华工禁约运动'中，已经出现了诸如《苦社会》那样由旅美华人创作'书既成，航海递华'的小说，从而为美国华文文学开篇；另一方面，在美华文学长达百年的发展中，几乎都交错在现代以来中国的历史发展之中，不仅中国赴美移民的迁出动因，交织着不同时代中国社会的诸种问题，而且移民中的文学书写，也呼应着不同时代中国社会的历史命题和文化命题。在域外的人生经验和文化语境观照中，华文作家做出自己的思考和回答，从而使美国华文文学与母国即中国文学有着密切和特殊的关联；再一方面百年美华文学每个时期都有优秀作品，不仅建构了美华文学自的文学历史，而且也丰富了世界华文文学的历史。"[1]

由于北美华文文学成绩显著，涉及面广，故中国大陆学者很难一人完成这项工作。除刘登翰主编的《双重经验的跨域书写》外，另有黄万华主编的《美国华文文学论》。该书从文化视角中对超国别存在的世界性华文文学进行了一

---

[1] 刘登翰：《双重经验的跨域书写——美华文学研究的几个关键词》，《文学评论》2007年第 3 期。

种全景式观照，力图呈现出中华民族新文学在 20 世纪的历史形态，探寻生存环境多元化中的民族新文学所面临的种种困境和由此构筑的生命原动力机制。作为研究"20 世纪美华文学史论"的专著，具体包括移民和移民者文学、"白马文艺社"的文化精神谱系、民族意识与左翼的忧郁、女性作家领军的美华新移民小说创作、新移民文学的希望、华人族裔历史的文学建构、美华文论六大家等方面的内容。

　　历史书写不可能完全做到客观，它带有作者的主体性。以北美华文文学史而论，每位书写者都是以自己的方式描述历史，陈涵平的《北美新华文文学》一书也是如此。他通过各种史料的整理，对北美新华文文学 20 余年的发展经历分成四个阶段：第一阶段（1983-1990 年），是北美新华文文学具有"传统反视性"的积累期和草创期；第二阶段（1991-1994 年），是北美新华文文学充满"文化悖论性"的爆发期和发热期；第三阶段（1995-1999 年），是北美新华文文学体现"中西融合性"的成熟期和丰收期；第四阶段（2000-2003 年），是北美新华文文学展示"世界新变量"的深化期和新变期。这种分期表现了区域文学史的特征，同时又有书写者的独特角度。这种梳理为读者提供了一个了解该区域文学的清晰路径，同时又指明了这一文学的未来发展方向。在划分北美新华文文学发展历程后，陈涵平进而抓住每一阶段富有代表作家和作品进行重点剖析。通过对这些重点作家的深入研究和代表性文本的细读，全方位发掘出这一文学所蕴含的文化内涵和诗学特质，进而揭示出该文学在整体的文化意义上所包蕴的"民族寓言性"。陈涵平指出，这种"民族寓言性"，主要表现为北美新华文文学文化进程中所隐寓的中国现代化背景下的文化命运。[2]

除上述著作外，另有吴奕锜等的《新移民文学漫论》。北美华文文学研究大家江少川的访谈录《海山苍苍》，则几乎囊括了目前在文坛上最具影响力的海外新移民作家，其中包括哈金、严歌苓、张翎、陈谦、施雨、苏炜、陈瑞琳、钱少君、刘荒田、黄宗之、朱雪梅、吕红、张慈、沈宁、虔谦、沙石、陈河、李彦、曾晓文、林湄、章平、庄伟杰、李硕儒、孙博、张宗子、程宝林、虹影、查建英、张惠雯、池莲子等，访问的作家横跨美国、加拿大、欧洲、澳大利亚，采访的内容涉及新移民作家的创作背景、代表作品、创作经验以及新移民文学的发生现状及发展前景，涉及新移民文学与外国文学与中国文学的比较与关系，兼具可读性与学术性。另有属海外华文文学专题史汤俏的《北美新移民文学 30 年》。该书主要论述的是"北美新移民文学在'移植——本土化——落地生根——回流'的历史流变的脉络中，始终坚持追踪新移民主流的心灵演变，跨越文化的藩篱表现个体生存在极致环境下的生存体验和普遍人性，具有跨文化、跨族裔、多元共存的特点。从'边缘人'到'世界公民'，北美新移民在文化的冲突和融合中形成对中西文化的双向认同，建构起一种跨越民族和国家的新型文化身份，为全球化时代中国参与世界政治经济秩序重建、确立文化身份呈现了一种可能性的范本。"[3]

---

2 贺仲明主编：《"粤派批评"与港澳台地区及海外华文文学研究史》，广东人民出版社，2022 年，第 218 页。

3 汤俏：《北美新移民文学 30 年》，中国社会科学出版社，2020 年。

　　加华文学的繁盛离不开学术界的支持。2010 年 7 月，由暨南大学、约克大学和加拿大中国笔会联合举办了"加拿大华裔 / 华文文学国际研讨会"。过了四年后，由徐学清、吴华主编了《枫彩文彰——加拿大华人文学研究论文集》。这部论文集从 2010 年国际学术术研讨会的 22 篇论文中选择了 12 篇，其他 15 篇选自别的学术期刊，或是在重要国际会议上宣读过的研究文章。"这些论文在研究命题、研究视角、批评方法等诸方面都具有多元化、多视角的开拓性特质，论文集填补了加华文学研究领域的空白，由此把研究推向纵深。"[4]

　　此外，还有顾圣皓和钱建军主编的《北美华文创作的历史与现状》。比起中国作家协会编译中心编辑出版的《美国华文作家作品百人集》，在资料上有所增加，尤其重视新生代在北美文坛的崛起，不再局限于白先勇、於梨华、聂华苓等人的作品。熊国华则有评传《美国梦：美籍华人黄运基传奇》以及《刘荒田抒情诗赏析》，蒲若茜有《族裔经验与文化想象——华裔美国小说典型母题研究》，赵庆庆有《枫语心香：加拿大华裔作家访谈录》，李凤亮有《彼岸的现代性——美国华人批评家访谈录》、《20 世纪中国文学批评的"海外视野"——当代海外华人学者批评理论研究》，文红霞有《跨文化的女性言说——当代美国华裔女性写作研究》，李亚萍有《故国回望——20 世纪美国华文文学主题研究》等等。

4　徐学清、吴华主编：《枫彩文彰——加拿大华人文学研究论文集》，暨南大学出版社，2015 年，第 3 页。

第二节　东南亚华文文学研究一瞥

1957 年，马来西亚获得独立。新马华人为了表明自己是新独立国家的公民，不再是中国人，因而创造了许多新词，如华人、华族、华语、华文、华文文学等。东南亚本是全球华人最多的地方。

五千多万海外华人中，东南亚占了五分之三。华人多、也会催生出不少华文作家。最繁荣的华文文学依次是新加坡、马来西亚、泰国，其中"新华文学"的概念是新加坡从马来西亚独立出来后，由黄孟文最先提出的，新华文学的历史出现在 1919 年。新加坡和马来西亚还未"分家"前，文学资产共同享用，学术界的习惯用语是"马华文学"或"新马华文学"，后者的"新"不是新旧的新而是新加坡的简称。新加坡共和国文学，按李金生的说法，1919-1965 年为附属于马华文学的新加坡部分；1965 年至今为新华文学部分。

在新加坡，有三个系统在研究新华文学：一是新加坡和马来西亚的本地学者，这些学者多半来自民间；二是专业研究人员，分布在大学及研究机构；三是来自中国陆台港澳和日本等国家和地区。著名的民间学者有以撰写马华文学史著称的吴之光即方修，另有附属于某个民间团体或与团体无关的独行侠，如苗秀、黄孟文、赵戎、李选楼。学院派学者主要有王润华、杨松年、欧清池及其所带的研究生。外国的学者在日本方面有今富正已、铃木正夫、舛谷锐等。中国学者有陈贤茂、庄锺庆、朱文斌、金进等。

据李金生统计："自 1980 年以来，三个研究系统在世界各地主办了数十次有关世界／海外／东南亚／新加坡华文文学的学术研讨会，这些数以千计的研讨会论文中，不少是专题论述新加坡华文文学的。由三个系统所主办或出版的文学刊物，也刊载了为数众多的研究论文。相关的论著也为数不少。"[5]1965-2015 年，最重要的研究家是方修，此外是黄孟文。李选楼另编辑出版有《新马华文作家作品论集》。1955 年创办的南洋大学中文系，在 70 年代开设有马华文学课，重要学者有杨松年、王润华和苗秀。1980 年南洋大学和国立大学合并后，另有南洋理工大学中文系、国立教育学院中文系，出版有研究生论文集《跨领域对话与碰撞》，还有新跃大学中文课程的毕业论文，另有符和水、李选楼等编的《新马华文作家作品论集》、骆明主编的《新华文学评论集》

5　李金生：《新华文学期刊、副刊 50 年》，载王润华等主编《新加坡华文文学 50 年》，
　　新加坡：八方文化创作室，2015 年。本节吸收了它的研究成果。

以及罗福腾主编的《新马华文学新观察》。[6]

　　在新加坡，既从事创作又从事研究的黄孟文，是一位重要作家。他除了1997年与中国中南财经大学联合主办"新加坡作家作品国际研讨会"外，另主编有《新加坡华文文学史初稿》，这是首部描绘新加坡华文文学近百年（1919-1995）发展面貌的著作，也是第一部由中、新两国专家联袂完成的文学史。黄孟文还主编了海外华文文学中第一部当代国别小小说史《新加坡华文微型小说史》（由中南财经政法大学赖世和执笔）。"初稿"从史与论两个角度探讨，总结新加坡微型小说的创新经验和写作技巧。黄孟文主持筹办首届世界华文微型小说国际研讨会，并创建了世界华文微型小说研究会，在中国具有广泛的影响，为新加坡华文文学发展与世界华文小小说的推广做出了重要贡献。

　　研究新加坡、马来西亚华文文学的论文在中国主要体现在从1982年起每两年召开一次的华文文学研讨会，可第三届乃至第四届台湾香港与海外华文文学研讨会出现的论文，中国学者论述海外华文文学的文章仍没有跳出台湾作家的圈圈，即论述的均是从台湾出去的海外作家，如旅美的白先勇、杜国清、非马、聂华苓、陈若曦，旅瑞的赵淑侠等。一直到1991年在广东中山

6　李金生：《新华文学期刊、副刊50年》，载王润华等主编《新加坡华文文学50年》，新加坡：八方文化创作室，2015年。本节吸收了它的研究成果。

市召开的"台湾香港澳门暨海外华文文学国际学术研讨会"上，这种情况才有改变，即研究范围不仅限于台港及新加入的澳门，也不限于从台湾出去的旅欧华文作家，而把其他国家尤其是东南亚的华文文学列入自己的研究范畴。这次会议，首次出现了论述马华文学的5篇论文，其中将新马华文文学合在一起的有2篇。到了1993年在江西庐山召开的第六届世界华文文学国际研讨会，提交有关马华文学的论文有3篇。1994年云南召开的第七届世界华文文学国际学术研讨有关马华文学的论文，比上届多了一篇，研究的作家也有所增加。

在90年代以前，马华文学的研究在中国大陆一直是潜在的热点。只不过由于中马两国文化交流受局势限制，往来不够频繁，再加上马华作家的作品在中国大陆流传不广，因而使不少华文文学研究者望而却步，后来这种局面逐步有了变化，这是因为1990年9月马来西亚政府废除了该国人民来中国大陆旅游的禁令。尤其是马中建交，两国作家加强了交流。从80年代初开始，研究台港文学的中国当代文学研究界，在撰写了各种各样的台港文学研究论著后，认识到包括马华文学在内的新华文学，是海外华文文学的一支劲旅，必须将其摆进世界华文文学的总体格局中，才能在文化关联和参照中，把握住马华文学在世界华文文学中的地位。当然，不能忽视马华作家对马华文学的论述给中国学者的影响。

中国对马华文学的研究大致经历了以下几个阶段：第一阶段为介绍作家作品。第二阶段为作家作品研究，如陈实的《新加坡华文作家作品论》和别的学者评价戴小华和云里风的论文。第三阶段以对马华文学史的初步梳理和研究专著的出现为标志，如苏菲的《战后20年新马华文学小说研究》，另有黄万华的《新马百年小说史》。

中国马华文学的研究队伍主要来自高等院校中文系，其中中国世界华文文学学会会长、暨南大学教授王列耀，是研究东南亚华文文学的重要学者，他主持有广东省人文社科重点项目"汉语传媒与海外华文文学关系研究"和教育部人文社会科学研究项目"马来西亚华裔新生代文学与华文传媒的互动研究"。在他的带领下，暨南大学出了一系列的研究成果，仅东南亚方面的专著就有：2022年获得国家社会科学基金重大项目《东南亚华文文学史料专题研究分类编及数据库建设》的王列耀著《趋异与共生：东南亚华文文学新镜像》和温明明等著《20世纪90年代马来西亚华文报纸副刊与"新生代文学"》、王列耀和颜敏等著《寻找新的学术空间——汉语传媒与海外华文文学研究》、颜敏著《在文学的现场——台港澳暨海外华文文学在中国大陆文学期刊中的传播与建构（1979-2002）》、温明明的《离境与越界：在台马华文学研究（1963-2013）》、易淑琼著《〈星洲日报〉文艺副刊（1988-2009）与马华文学思潮审美转向》等等。作为中国研究东南亚重镇的福建，有厦门大学郭慧芬《中外文学交流史·中国——东南亚卷》、《战前马华新诗的承传与流变》、《新马华文文学的现代与当代》、《中国南来作家与新马华文文学》，另合编有《从选集看历史——新马新诗选析（1919-1965）》。朱文斌也是研究东南亚华文文学的一位重要学者，他的代表作为《跨国界的追寻：世界华文文学诠释与批评》、《东南亚华文诗歌及其中国性》，并编有新世纪东南亚华文文学作品集。朱崇科在研究东南亚华文文学方面亦很有成就，出版有《本土性的纠葛——边缘放逐·"南洋"虚构·本土迷思》、《考古文学"南洋"——新马华文文学与本土性》、《华语比较文学：问题意识及批评实践》等。在论文方面，并非研究东南亚"专业户"的古远清《海外一位描写饥饿的经典作家——金枝芒论》[7]，是给世界华文文学研究带来最新信息的一篇力作，也是作者写的所有文章中左翼立场最为鲜明的一篇。

出版部门也密切配合，如广东、上海、北京等地出版过一小批马华作家作品，其中有不少是和新加坡合在一起。1995 年 4 月，福建厦门鹭江出版社一口气推出 10 册《东南亚华文文学大系·马来西亚卷》，计有《云里风文集》、《碧澄文集》、《孟沙文集》、《马仑文集》、《马汉文集》、《驼铃文集》、《曾沛文集》、《李忆莙文集》、《甄供文集》、《陈政欣文集》。

由于泰国和菲律宾的华文文学成就不如新加坡、马来西亚，再加上资料少，因而中国大陆研究得较为薄弱，但也有张国培早期出版的《20 世纪泰国华文文学史》和刘俊的论文《七十年来的泰国华文文学》，吴奕锜和赵顺宏等人著的《菲律宾华文文学史稿》以及刘俊的论文《菲律宾华文文学历史发展概述》，汪义生的《走出王彬街——菲华文学评论集》。印尼华文文学研究方面有颜敏等的《困者之舞：印度尼西亚华文文学三十年》。此书虽未日"史"，但实际上具有文学史的品格。此外，还有刘俊的论文《艰难的迈进——印尼华文文学述略》。

7　澳大利亚《中文学刊》2022 年第 2 期。

第三节　东北亚华文文学研究在起步

　　东北亚华文文学主要指一直处于研究视野边缘的蒙古国、日本和朝鲜、韩国的华文文学。鉴于中国大陆对蒙古国、朝鲜的华文文学研究尚未开发，故本节只谈日本和韩国华文文学的研究，兼及人们不大熟悉的创作概貌。

　　作为一座漂泊孤岛的日华文学，按廖赤阳的说法，有"华侨（人）文学"、"日华文学"、"新华侨文学"之分。在与华侨文学有关的移民文化史的大背景中，可划分出前史时期、留学生文学时期、土生作家时期、新华侨文学时期，继而总结出边缘、多缘和非主流两个传统，另有以中国本位出发的价值判断和道德审判主题范式以及"私小说"范式。丘永汉的"金钱文学"可视为周边的小传统，陈舜臣的历史小说则为居中心的大传统。日华文学的重要特点是双语写作以及对日本文化的深度观察，代表作有华纯的散文《丝的诱惑》、杨逸的小说世界和环保小说《风云沙漠》等[8]。

　　日本华人新移民文学可分为三个阶段：20 世纪 80 年代为第一阶段，这一时期作家大多从个人的感受出发，书写自己的留学经历；20 世纪 90 年代为第二阶段，作家们侧重于记录新移民群体的生存奋斗事迹与精神求索的过程；21世纪以来是日本华人新移民文学发展的第三阶段。就宏观而言，日本新移民文

8　参见藤田梨那：《日本华人文学的视野与发展空间》，《华文文学》，2012 年第 3 期。

学的特征可归纳为纪实性、边缘性和道德性[9]。这"三性"与"三新"即新文学、新体验、新视野分不开。"新"体现在时间与空间上，不同于 20 世纪初鲁迅一代的时间之新；不同于"移民"以西方为特点，而是"归化"入日本国籍的空间之新。此外，新还新在日本新华侨华人作家的身体行走在中日之间，文风成长于风骨与物哀之间[10]。

日华作家有蒋濮、林祁、陈永和、陈希我、杨逸、李长声、华纯等，研究他们离不开女性视角、留学生视角、身体叙事、跨文化视角。如果"无性"到"性无"方面研究日本新华侨母女作家及其小说，林祁认为可以战争贵孤的配偶及女儿的角度为对象，从母亲的"无性"叙述到女儿的"性无"遭遇，从契入女性生命经验、浸透记忆和想象的日常生活出发，对国家的"他者"、历史的女性、性爱之救赎去进行探讨。当然，也可从"享虐"与"性越境"角度去分析当代留日作家陈希我、林祁的日本体验及其性别话语。陈庆妃认为，长期浸淫在日本独特的性别文化中的留日作家，创作出呈现中日两国复杂的社会与文化、历史与现实的多向度思考的文学文本[11]。日本新华侨女作家陈永和的长篇小说《一九七九年纪事》，便揭示了从"性虐"到"享虐"的女性悲剧。

据于迪在《2020 年东北亚华文文学研究概况》评介：王海蓝在《新世纪日华文学的四个关键词》中，用细致、贴切的四个关键词来具体概括新世纪日华文学的发展。第一个关键词为："日华文学笔会"，这是日本华文文学的主要阵地，对日华文学的创作、研究与传播一直以来都起着很好的促进作用；第二个关键词为"知日派随笔"，这是 21 世纪前二十年日华文学创作成就最大的文学类别，可以追溯到周作人随笔的创作传统：第三个关键词为"作家黑孩"，黑孩是近年重磅回归文坛的日华女作家，她的长篇小说《惠比寿花园广场》和中篇小说《百分之百的痛》在 2019 年发表，长篇小说《贝尔蒙特公园》在 2020 年发表，这几部重量级小说及其注重细节和真实人性的书写特色，使她成为近年来日华文学最瞩目的焦点；第四个关键词为《蓝·BULE》。《蓝·BULE》创刊于 2000 年 8 月，是旅日华文圈风靡一时的综合性同人文学杂志，

9　林祁：《在"风骨"与"物哀"之间——日本新华侨华人文学三十年述评》，《华文文学》，2018 年第 2 期。

10　吴奕锜、陈涵平：《论日本华人新移民文学的历史发展与总体特征》，《江西社会科学》，2011 年第 5 期。

11　陈庆妃：《"享虐"与"性越境"》，《湘潭大学学报》，2016 年第 4 期。

虽已于 2006 年第 21 期后停刊，但在日华文学史上占据着重要地位。这四个关键词恰巧代表着一个组织、一种文体、一位作家、一本刊物，用来分别概括日华文学四个方面最为突出且最具特色的成就，也可视为对日华文学二十年来的一种总体性回顾。

在《日华文学史》还未有人写作之前，作家作品论在日华文学研究中仍占大头，涉及的作家有陈希我、黑孩、亦夫、蒋濮、孟庆华、陈舜臣、弥生等，其中评论较多的是陈希我与黑孩。另有林祁在《跨文化视域中的日本华文文学女性书写》中概述中国大陆改革开放以来的日本华文文学女性创作历程，用跨文化的视角，探讨性别问题，剖析日华女性书写的特色及其文学史价值。[12]

总之，旅日华侨文学受到日本独特的性别文化影响，又携带母国传统文化的印记，这种双重文化背景影响下的文学创作和评论，有别于其他区域的华文文学。

在韩国，有许多中华文化的印痕，其首都以前就叫汉城，故那里华文文学发达，这是指长期生活在韩国的汉族，以及被汉族同化或在文化上具有一体性的群体，即韩国华人用华文创作的作品。据梁楠的研究：韩国华人、华文文学以 1992 年为分界线，划分为先迁韩华和后迁韩华。另外，将先迁韩华中由韩国再迁往其他国家或地区的群体称为再迁韩华。先迁韩华、后迁韩华、再迁韩华使用华文创作的文学，分别被称为先迁韩华华文文学、后迁韩华华文文学、再迁韩华华文文学。韩华华文文学的独特性表现在"混种性"上，他们自创了属于自己的语言——"韩华华语"。

刊物方面，《韩华春秋》系先迁韩国华人于 1964 年发行的第一本华文杂志，它标志着韩华华文文学创作的正式开始。韩华通过华文文学创作叙说韩华坎坷的人生经历，抗诉不公的社会现实，反省韩华社会弊端，重新思考身份认同，寻找更好生活的突破口。[13]

韩国文学最早是先用朝鲜语写，然后再译成汉语。其中许世旭是韩国华文文学的开拓者，主要成就为诗歌。他的作品充满着生命意识，富有鲜明的中国古典韵味。许世旭去世后，另有韩国外国语大学的朴宰雨，成了中韩两国的文化交流大使。他是第一个在中韩未建交时翻译毛泽东《在延安文艺座谈会上的讲话》的学者，另创办有他任会长的"国际鲁迅研究会"。他和孙郁一起主编

---

12 载《2020 年世界华文文学研究年鉴》，香港：华中书局，2021 年。

13 梁楠：《韩国华文文学概览》，《世界华文文学论坛》，2018 年第 4 期。

了中文版《韩国鲁迅研究论文集》（2005，中国），另主编了中文版《从韩中鲁迅研究走向东亚鲁迅学》（2008，韩国），又主编有《韩国鲁迅研究精选集》（Ⅱ）（2016，中国），他一直为建构韩国鲁迅学和东亚鲁迅学努力。

在韩国，研究台湾文学的学者有许世旭、金喆洙、朴宰雨、金河林、申正浩、金良守、宋承锡、周宰嬉、李淑娟、金尚浩等。香港文学专门研究者有柳泳夏、金惠俊、林春城和金庸研究者禹康植、刘京哲等。

韩国对中国新文学的接受与翻译、研究从 1920 年开始，已经有 90 年的历史。据朴宰雨研究，从"中国新文学史"之类的编撰角度看，可分为五个阶段：日据时期（1920-1945），光复后时期（1945-1950），1950 年到 20 世纪 60-70 年代，20 世纪 80-90 年代，2000 年以后。

第一个阶段做翻译、研究、介绍等活动的代表学者有梁白华（1889-1938）和丁来东（1903-1983）、金光洲（1910-1973）等。他们虽然在日本帝国主义的残酷统治下做了不少作品翻译与研究介绍，但是历史条件与研究实力可能还没有条件能写出"中国新文学史"之类的作品。

第二阶段的研究代表有尹永春、车相辕、李明善等。其中，尹永春撰写了韩国第一部《现代中国文学史》（鸡林社，1949）。1974 年出版了修正版（瑞文堂）。这虽然包括的作家与作品不全，但还是有不少作家与作品，是中国大陆王瑶的《中国新文学史稿》（1951）之前出版的著作。

第三阶段的研究代表是许世旭与金时俊、韩武熙、河正玉等。这一时期是韩国的中国新文学研究的漫长的开拓期，虽然偶尔有些研究成果出现，但也还没达到写出像样的有规模的"中国新文学史"。

第四阶段是韩国推动激烈的社会民主变革的年代，中国现代文学研究方面出现了新的研究人才。他们扎根于韩国的现实研究中国现代文学，改变了以前的研究格局，主要引进中国大陆的研究成果，45-55 岁的学者基本上都属于这一阶段培养出来的。不过，第三个阶段的代表性学者虽然其研究方向与新的队伍大有异趣，但也为第四阶段积累了相当的研究成果。由此，这个时期出现了几部"中国新文学史"之类的著作，如许世旭的《中国现代文学论》（文学艺术社，1982），等等。

第五个阶段是进入 21 世纪以后的时期。第三、第四个阶段的学者也继续从事研究工作，写出"中国新文学史"之类的著作。不过，在第四个阶段打下基础的新进学者也表现出自己对"中国现代文学史"的看法与实践。这个阶段，撰写"中国新文学史"或者"中国现代文学史"、"中国当代文学史"的风气有进展，出现了金时俊的《中国当代文学思潮史研究》（首尔大学出版部，2001.2）等。[14]

作为世界华文文学重要一部分的东北亚华文文学，是一块尚待开掘的宝地。日本、韩国的华文写作和研究，可用"融入"和"包容"来描述他们面临的时代主题，其中包含多元文化的相互包容和融合、本土与外来作家生命体验的再反思等内容。

日本、韩国华文研究家的思考和写作，总体上处在蓄势待发的转折阶段，显示出内在的潜能和活力。在他们笔下，文化、族群和性别等议题受到特别关注。作家、学者、文化界三方正在共同努力构建良好的东北亚华文文学研究生态，促进文学创作、研究的持久发展。

第四节　澳大利亚及欧华文学研究概貌

比起北美华文文学，澳大利亚及欧洲的创作及研究均较冷清，但仍有澳华文学研究家张奥列。

张奥列（1951-），生于广州。毕业于北京大学，1991 年底移居澳大利亚，出版有《澳华文人百态》、《澳华文学史迹》等。

澳大利亚是个移民国家，自从有了炎黄子孙的足迹，就有了中华文化，有了汉字书写。20 世纪 80 年代的澳大利亚，越南、柬埔寨华裔难民的涌入，中国香港、中国台湾移民的增加，中国大陆留学生的出现，激活了华文报章，催生了海外华文文学。张奥列见证了华文作家协会的诞生、华文文学园地的开辟、华文文学书籍的出版、华文文学活动的展开，以文字记载了澳华文学形成、发展的轨迹。

张奥列是新移民中最早关注澳华文学生态的人，是第一个向中国介绍澳华作家群体，第一个出版澳华文学研究专著的学者。中国大陆的世界华文文学研究，通常不是集中在台港澳，就是把目光盯在东南亚及欧美华文文学作家上。张奥列《澳华文人百态》这本书，无疑有助于改变这种状况，使更多的人

---

14 朴宰雨：《韩国的"中国新文学史"之类著作与"汉语新文学史"的编纂问题》，载朱寿桐主编《"汉语新文学"倡言》，广东人民出版社，2011 年。

知道澳华文学的生存状态。比如，那里不仅有像梁羽生这样的名家，也有一批出色的新秀，以反映新移民生活的作品著称。张奥列以感性的笔触，生动地描写了多位来自不同地区的澳华作家的文学创作近况及其艺术走向，客观地记录了澳大利亚华文文学前进的脚印，让读者领略到悉尼作家群独具的风采。如《澳洲华文文学概述》，对澳华文学的崛起及其文学组织、副刊媒体、书籍出版有翔实的介绍。《中国大陆移民作家群》、《港台及东南亚移民作家群》，堪称姐妹篇。它们分别介绍了来自中国大陆、台港及东南亚的移民作家如何执着自己的文学信念，在谋生之余辛勤笔耕的事迹。这些文章大都采自第一手资料，真实可信，极具史料价值。

张奥列在从事澳华文学批评的同时，也进行了大量的文学创作，写有小说、散文、传记文学等，多次获各类文学奖，因此，在进行文学批评时，往往会用自己的创作经验去审视去比照批评对象，以形象思维去感受作品，以逻辑思维去解读作家，在文学批评中力求找到某种感性和理性的平衡，更好地把握作家的创作心态，更准确地切入文学的本质。在《澳华文人百态》中，最好读的是第一辑"作家印象"。像书中写的澳华作协原会长，读了《开创者黄雍廉》后，才对他的创作成就及他的文品、人品有更深刻的了解。书中写的夏祖丽伉俪、才女江静枝、学者张典姊、文思如涌的水心、宝刀未老的西彤、多副笔墨的劲帆，可进一步加深读者对他们的认识。

张奥列笔下的澳华作家，有不同的背景和不同的生活圈子，可作者均注意以客观的态度介绍他们，以文人相亲而不是文人相轻的态度，表达自己对他们事业和文学成就的景慕，这点实属难能可贵。

张奥列的作家印象记，仍用深邃的文学评论眼光对各位作家作出到位的评价。《澳华文人百态》的另一特点是信息量大。如中国大陆著名女作家刘真移居澳大利亚后所写的长篇回忆录《我在文坛 37 年》，牵涉到许多还健在的人和事，这是在中国内地不便发表的文章。这对研究中国文革前的文学，有一定的参考价值。

《澳华文学史迹》是张奥列 20 年间的部分文学评论及随笔之汇集，分为"文坛视野"、"品书题序"、"读后评谭"、"文人风采"、"笔耕心迹"等专辑，评述了澳华文学的起步走势、作品的特质特色、作家的风采风貌，展现了文坛印痕。作为澳华文学的见证人、当事者，作者追随澳华文学的足迹，宏观扫描，微观透视，为澳华文学史的研究提供了珍贵的史料，其中《澳洲华文文学概述》最值得重视。与第一本《澳华文人百态》相比，《澳华文学史迹》增加了对澳华文学的阶段性评述，如《澳华文坛十年观》、《打造澳华文学的品牌》，对澳华文学的现状、澳华文学的发展提出了切实而独到的见解，在深刻把握个体的基础上展现了宏观的视野。《澳大利亚华文文学研究概述》以4万字的篇幅，第一次梳理了中澳学者、作家对澳华文学研究的状况，并展现了中澳两地澳华文学的批评队伍。还有，作品评说和作家印象，都比第一本增加了一倍多，使作家、作品、文坛事件更为丰富和完整。

张奥列和何与怀、钱超英、庄伟杰等人为澳华文学的崛起，不遗余力地鼓吹呐喊，让海内外认识了新兴澳华文学的风貌。钱超英的主要论著、论文有《诗人之死——一个时代的隐喻：1988-1998年间澳大利亚新华人文学中的身份焦虑》、《自我、他者与身份焦虑》、《流散文学与身份研究》。《澳大利亚新华人文学及文化研究资料选》则书分综观篇、专题篇、交流篇，收入澳洲华文文学透视、新海外文学、权力及亚文化、澳大利亚新华人文学中的死亡等文章50余篇。

公仲是在中国大陆研究华文文学的前辈，也是一位研究欧洲华文文学的重要学者。其代表作是分上、下篇的《简论欧洲华文文学发展史》，上篇为概论、欧洲华文文学发展的历史动因——移民、欧洲华文文学的两次发展高潮、各国华文文学的发展、世纪之交的欧洲华文文学；下篇由作家个论组成：虹影、赵毅衡、英国华文作家群，另有法国代表作家作品：吕大明、郑宝娟、程抱一、戴思杰、山飒，祖慰及诺奖获得者高行健等其他法国华文作家。

全方位研究华文文学的中国学者黄万华，另有《欧洲华文文学：远行而回归中的文化中和》[15]，正如庄伟杰所说：这是作者多年来对欧华文学发展现状不断跟踪之后，对欧华文学的重新解读。他过去就写有《平和长远散中见聚：欧华文学的历史进程和现状》[16]，将"散中见聚"作为欧华文学的特征，并用"平和淡远散中见聚"概括欧华文学总体特点，后来他又从欧华文学蕴含的精神气质中发现"远行而回归中的文化中和"，已展示出新世纪欧华文学的重要走向。规模宏大的计红芳的《欧洲华文文学史论》也正在写作中。而《欧洲时报》[17]记者黄冠杰写的《欧洲华文创作现状一瞥：坚持用文

15　《天津师大学报》2014年第2期。

16　《华文文学》2009年第6期。

17　《欧洲时报》2014年12月18日。

字拥抱精神原乡、文化原乡》，则着重向广大读者介绍了欧洲的组织机制与华文创作现况，为人们了解欧华文学的生存状况提供了最新信息。作者认为，欧洲华文创作与亚洲相比，无论从作品的质量和数量上都逊色一些，这与移民人群的职业有关，也与生存状态有关。最先移民到欧洲从事写作的多半数从台港等地移来，随着大陆不再闭关锁国，部分学者移居欧洲，但数量较少，严格意义上的文学精品尚不多见，多数人还是以从事学术研究见长。至于不用华文书写者，尽管创作内容离不开中华文化，但已经属于华人文学而非华文文学，程抱一最为典型。但仍有不少写作者仍旧用华文写作，用汉语拥抱精神原乡和文化原乡。[18]

总体看来，作家作品论依然在欧华文学研究中占有重头戏，研究对象集中在知名度高的作家即上述的程抱一和熊式一、顾城、朱大可、杨炼、高行健、虹影等。虽然也有学者把研究对象放在不受重视的作家身上，并证明这些作家的价值和意义，但这种做法却改变不了研究的整体面貌。欧华文学研究的不足之处是宏观性的文章太少，较少有人从总体上对欧华文学的历史和现状进行全面探讨，并在此基础上展望未来。[19]肖淳端的《立史安身：英国华人文学历史叙事研究》正好弥补了这一不足。作为研究英国华人文学的专著，此书将英国华人文学研究提升到新高度。"文学与历史向来关系紧密，英国华人文学中的历史叙事，交织着族群记忆、集体文化心理、家国情怀、文化认同等复杂的因素，选择'历史叙事'这一维度作为研究的重心，对于深入阐释英国华文文学的独特文化记忆与叙事特征，无疑具有重要意义。"[20]该书共分为五章，分别论述了"英国华人文学的学理命名和整体概貌"、"英国华人文学的族裔历史之维"、"英国华人文学的历史叙事与身份焦虑"、"英国华人文学的民俗志式历史书写"、"历史叙事的话语机制与族裔政治"等。作者运用了新历史主义、后现代历史叙事、后殖民、文化记忆等理论与研究方法，全面剖析了英国华人文学历史叙事的特征，为人们深入了解英国华人文学，提供了重要的参照系。

---

18 庄伟杰：《2014 年澳洲及欧洲华文文学研究概况》。载《2014 年世界华文文学研究年鉴》，武汉大学出版社，2015 年，第 145 页。

19 欧阳光明：《2020 年欧华、澳华文学研究概况》，载《2020 年世界华文文学研究年鉴》，香港：华中书局，2021 年，第 280、284 页。

20 欧阳光明：《2020 年欧华、澳华文学研究概况》，载《2020 年世界华文文学研究年鉴》，香港：华中书局，2021 年，第 280、284 页。

第五节　中国台湾文学研究的兴盛

　　大陆学者以往之所以对台湾文学完全不认识，是因为这块神秘而陌生的文学领土属禁区。1979 年元旦全国人大常委会委员长叶剑英发表《告台湾同胞书》，提出通航、通邮、通商的"三通"倡议后，大陆对台湾的瞭解不再处于封闭状态。1987 年 10 月 15 日，台湾开放部分民众赴大陆探亲，随着探亲船的徐徐起动，一些台胞携带了可读性高的文学作品送给大陆亲人，另有一小批台湾作家突破现役军人和公职人员不得探亲的限制，以旅客的身分到大陆的文艺部门进行对话、赠送自己的著作。在九十年代初，台湾又允许个别大陆台湾文学研究工作者以"杰出人士"身分访问台湾，这又使大陆学者所从事的台湾文学研究，由隔着海峡迷蒙的烟雾到有了初步的感同身受的体会。

　　这里还要强调的是，大陆开始研究台湾文学之日，正是台湾乡土文学论战结束之时。这场对台湾文化、台湾文坛乃至台湾社会产生巨大冲击波的思想撞击，也成了大陆研究台湾文学的一个重要思想资源和参照系。

　　大陆初期的台湾文学研究在内地找资料几乎不可能，当时最早研究台湾文学的学者，都有一些海外关系或其他特殊原因，如大陆第一本研究台湾文学专著即《台湾小说主要流派初探》的作者封祖盛，其侄女后来是当了台湾《文讯》杂志总编兼社长的封德屏。这位泰国出生的封祖盛，七十年代末去香港探亲，封德屏给了他不少台港文学书刊。出身华侨世家的潘亚暾本人就是半个香港人，他夫人在香港定居。有海外关系的刘登翰则是 1980 年福建海关要清理海外寄来的书刊，请福建社会科学院派人去帮忙鉴别，刘登翰由此接触了台港文学。王晋民是七十年代末到美国探亲时"偷窥"到当时尚属禁区的台港文学。那时社会还未完全开放，研究台港文学属于半公开状态，大学老师每月工资才 60 多元人民币，当他把自己的工资还有借债筹来的经费购买的大批台港书刊运往中山大学校园放在自行车后座时，一不小心大批书掉落在草地上，他很惊慌怕别人发现说自己"里通外国"。汪景寿也是赴美讲学利用有限的讲学报酬购买昂贵的台湾文学书籍。为此他跑遍了旧金山的大小中文书店，并托朋友在台湾直接购买。当时两岸关系还十分紧张，任何物品须经其它国家方可运抵对岸。当这批台湾书籍首先跨越浩瀚的太平洋抵达美国西海岸，又再次远涉重洋运到大陆时，汪教授已结束了一年的美国之行，回到北京多日了。在旧金山的东风书店和黎明书店，汪教授将基本生活费外的几乎所有可自由支配的外币，全部用于购买书籍，耗资两千多美元。武治纯在中央人民广播电台对台广播部工作，接触台湾文学是近水楼台。古继堂则在有大量台湾书刊的安全部门上班。其他人要研究台湾文学，只得托亲友到香港购买台湾书。那时台版书昂贵，每本至少三四十元人民币，而大陆图书每本只两三元人民币。买不起便到厦门大学、暨南大学图书馆复印，或请友人赠送，或由研究对象提供，或求助于海外作家，由热心人聂华苓等提供帮助。有趣的是，台湾对大陆文学的介绍和研究，同样是依靠旅美的台湾作家传递信息和资料。

大陆的高校中文系，普遍设有现当代文学教研室。一旦台湾文学研究开展起来后，便有一些从事现当代文学研究的教师加入这支队伍。这些研究和开设台湾文学选修课的教师，集中在闽粤和京沪等地，如复旦大学于1981年春，由陆士清开了"台湾文学"选修课，这在大陆有开风气之先的作用。紧接着1983年陆士清又主编了《台湾小说选讲》上、下册。厦门大学的庄明萱、黄重添、阙丰龄（后来还有朱双一的参与）也利用地缘之便开设台湾文学课程，并将讲稿整理为《台湾新文学概观》分上、下册在两岸出版。

由于社会的开放，大陆的台湾文学研究找台湾文学资料已比过去容易，因而台湾文学研究不再局限京、沪、闽、粤等地而全面开花，连延边大学的学者也出版了厚厚的台湾文学史著作。

改革开放后的大陆的台湾文学研究及台湾文学史撰写，是在不再炮击台湾海防前线金门的背景下展开的。由于是政治的解冻带来文化政策的松动，松动后的文化理所当然地得报政治之恩，即让文化交流为政治服务，让台湾文学研究为统一大业服务。这种出发点无可非议，问题是"为统一大业服务"时，不能仅仅局限于《乡愁》一类作品的褒扬上，简单地将故园情结等同于国家意识，或将文化认同与政权认同划等号。

从九十年代中期起，大陆的台湾文学研究工作者通过反省匡正思路，已逐渐回到文学的轨道上来，使研究论著具有原创品格。一些在这些领域内驰骋的学者，不再由研究对象选择研究者，而改为研究者选择研究对象。他们以包容的理性眼光进行客观的研究：不但全面系统地考察各种题材、各种流派、社团的情况，而且严肃地为他们在各自文学史上作定位，由此科学地总结出台湾文学的发展规律及其经验教训。表现在研究工作中，是重新实事求是评价由于种种原因被贬低或被否定的现代主义、魔幻现实主义等创作流派。

初期研究台湾文学的大陆学者，包括从台湾定居大陆的周青、白少帆等人，在当时的形势下，和封祖盛、赵遐秋一样普遍抬高乡土文学，压低现代派文学，这是因为乡土文学受过官方文人的围攻和追打。可后来乡土文学阵营发生了分化，在两派斗争中不少乡土作家倒向分离主义这一边，这对有些论者过高评价他们来说，无异是一种反讽。随着交流和研究的深入，大陆学者已意识到这个问题，让学术之外的重重晦暗之气藏匿。

两岸互登作品，互出著作，互评作品，互相竞争，互相受益，已成了难于阻挡"同声相应，同气相求"的潮流。比如八十年代初海峡文艺出版社就出版了一套"台湾文学丛书"，收人丛书的著名作家有白先勇、余光中、陈映真、林海音、陈若曦、黄春明、王祯和、赵淑侠、龙应台、施叔青、席慕蓉、高阳、蔡文甫、林今开、琼瑶等 30 多种个人作品专集。该社还编辑出版了《台湾中篇小说选》（1-4 集）、《台湾小说新选》（上、下卷）、《台湾作家创作谈》、《台湾与海外华人作家小传》等书。

有了这多简体版台湾文学书，再加上从各种渠道得来的繁体版台湾文学作品，学者们便考虑写文学史。其中古继堂走在前面，他首次为台湾新诗写史，尽管遭到对岸诸多不满和批评，但不可否认，其开台湾新诗史研究之先河的意义，尤其是对台湾加速研究自己诗史的刺激作用，是有目共睹的。

在"求同存异"方面，大陆学者研究台湾文学主要做的是同根同种同文的"求同"工作，强调大陆的新文学对台湾的影响。大陆研究台湾文学，还高度重视"外省作家"（含第二代）的作用，其原因是这些作家有程度不同的中国意识。

两岸的台湾文学研究竞争，无论台湾文论家的看法如何，但无法否认，在《台湾文学史》的编写上，大陆出版的无南族、汉族、大和三大元素融合的《台湾文学史》及其分类史，比台湾学者的研究成果多，这些文学史正影响着台湾某些院校的讲坛。

可有的论者未看到这一点，甚至把大陆学者启发了台湾学者撰写《台湾文学史纲》，说成是台湾学者启发了大陆学者撰写《台湾文学史》，这是一种颠倒。[21]本来，两岸的台湾文学研究，在某种程度上可说是一场暗中较劲的比赛。当二十世纪八十年代初辛勤笔耕的大陆学者拿出第一批稚嫩的研究成

---

21 温潘亚主编：《百年中国文学史写作范式研究》（上、下册），人民出版社，2019年。

果时，对岸哪怕只看到复印件，或通过秘密渠道获取到编写提纲，便不安焦躁起来。那是 1983 年 5 月初，在台湾南部出版的《文学界》杂志的一次集会上，本土的文友讨论台湾文学史编写时，"叶石涛先生提起他所得到的消息，是大陆那边已有人开始在整理'台湾文学史'，而身处当地的台湾作家们如果让大陆先行出版了，岂不愧煞？……同人们一听，觉得此事非同小可，而且延误不得，于是商议下决定"，由叶石涛、林瑞明、许达然、彭瑞金等人分头撰写文学史。这里说的"消息"，具体来说是指厦门大学、（广州）中山大学的学者在写台湾文学史。叶石涛又说："如果我们台湾的作家再不努力的话，我们台湾的文学也许要由大陆的中国人来定位了。"[22]当然，台湾的台湾文学研究也影响过大陆学者，在这方面老一辈的有汪景寿、王晋民、封祖盛、黄重添、林承璜、张默芸、陆士清、武治纯、古继堂、刘登翰、汪毅夫、章亚昕，中生代有朱双一、刘红林、樊洛平、黎湘萍、计璧瑞、方忠、刘俊、程国君、刘小新、袁勇麟、朱立立、李诠林、张羽、张清芳等。其中樊洛平的《台湾当代女性小说史论》、徐学的《余光中评传》、黎湘萍的《台湾的忧郁》和《文学台湾》、朱双一的《台湾文学创作思潮简史》、陆卓宁主编的《二十世纪台湾文学史略》、计璧瑞的《台湾文学论稿》、方忠的《二十世纪台湾文学史论》、程国君的《从乡愁言说到性别抗争——台湾当代散文女性创作论》、刘小新和朱立立的《近二十年台湾文学创作与文艺思潮》、白杨的《穿越之河——台湾"创世纪"诗社研究》、廖斌的《台湾文艺传媒〈文讯〉研究》、李凤亮的《20 世纪中国文学批评的海外视野》、张羽的《台湾文学的多种表情》、张清芳等的《台湾当代散文艺术演变史》、李诠林的《台湾现代文学史稿》、沈庆利的《溯梦"唯美中国"：华文文学与文化中国》、颜敏的《在文学的现场》、古大勇的《文化传统与多元书写——台港暨海外华文文学研究论稿》，都是很有份量的专著。

大陆研究台湾文学的最新成果为"古远清台湾文学五书"、"古远清台湾文学新五书"，详见本书第七章第二节。台湾的台湾文学研究，同样见本书第七章第二节。

---

22 《叶石涛〈台湾文学史纲〉专书研讨会》，台北，《台北评论》，第 2 期，1987 年 11 月 1 日；另见许振江：《万般因缘，皆在心头——记〈文学界〉停刊》，高雄，《文学界》，第 28 期，1989 年 2 月；时在美国任教的刘绍铭在台北《文讯》上发表《读书岂能无史》："如果台湾学者不迎头赶上，迫得海外研究台湾文学的人到广州、厦门去找资料，那就怪难为情了。"

第六节　中国港澳文学研究新貌

到底有无"香港文学"？在 1949 年以前，未有"香港文学"一说。在八十年代以前，也存在着这类问题。1979 年 9 月，戴天等人创办的《八方》丛刊创刊号就有"香港有没有文学"的讨论。后来明确有香港文学，香港中文大学便于 1983-1984 年，首次开设"专题研究：香港文学"课程。至于何谓"香港文学"？"其界定之难，真个是只好称为一种'不明写作物'（unknown writing object）吧？"[23]还有到底应如何看待香港文学，这个问题给香港文学史的编撰带来相当的难度。中山大学王剑丛的老师和上海的某权威人士，均说香港文学是中小学生作文，拿中小学生作文来研究有何价值？这种言论对王剑丛影响极大，使他进行一段时间的香港文学资料搜集工作停顿下来。[24]但许多内地学者都不惧风言风语，王剑丛后来也不怕别人泼冷水，拿出史家的气魄，对各种史料进行初步的爬罗梳理，尽可能加以学科化与系统化地整合。

这里讲的香港文学研究，其内涵系指香港地区的华文作家作品研究，文学思潮、社团、流派研究，文学史研究及史料整理等项。就专题而言，则有"美元文化"研究、香港与台湾文学关系研究、香港文化身份研究、文社潮研究、"三及第"文体研究、本土化运动研究、"南来作家"研究、"无厘头"文化研究、"金学"研究、框框杂文研究、"九七"文学研究，等等。至于香港新文学的时限，则依宽标准从 20 年代算起。

内地的香港文学研究如果从 1982 年在广州召开的首届台湾香港文学学术讨论会算起，已有 40 年发展的历程。在这 40 年间，香港文学在内地得到了空前普及，有关作家作品的出版、研究和文学史的编撰，从思维方式到理论范式，从思想资源到学术背景，不少地方都出现了与研究中国内地文学不同的风貌。在 20 世纪中国文学研究史上，香港文学研究无疑是特殊的一页。从过去无法接触当然也更谈不上研究香港文学，到现在把香港文学作为中国当代文学一个分支学科来建设，无不折射出内地新时期文学研究格局的一个重大变化。很显然，从这 40 年历程可以发现，香港文学研究不仅在弥补内地文学研究空白中占有不同寻常的地位，而且它还承担着开拓内地学者研究视野和整合华文文学这一重任。

---

23 黄子平：《"香港文学"在内地》，载《香港文学节研讨会讲稿汇编》，香港，市政局公共图书馆，1997 年。
24 陈辽主编：《我与世界华文文学》，香港昆仑制作公司，2002 年，第 106 页。

内地的香港文学研究大体上可分为 20 世纪 80 年代前半期和后半期以及新世纪这三个阶段。这三个阶段有连贯性，在总体上仍有稚嫩之处，但由于 80 年代后期的历史语境有所不同，因而作为学科草创阶段的 90 年代的成果特别值得重视。80 年代前期的研究成果，主要表现为香港作家小传、作家剪影、作品赏析的出版，有学术品位的研究著作还未出现。此外，作品选编出了不少。内地的香港文学研究观念的转变，是在 1984 年 9 月，中英两国草签《关于香港问题的联合声明》之后。为适应转型期这一需要，研究者将"革命现实主义"、"批判现实主义"的强调，转向中华民族的认同和宣扬做香港的中国人的自豪感。强调血浓于水，突出香港文学与中国文学的血缘关系。

从《香港文学概观》到《香港文学史》，从文学史到分类史，从薄薄的小册子膨胀为厚厚的"砖"着，这转型过程是在香港文学资料长期缺乏整理的情况下进行的。这时的香港文学研究包容面更广一些，材料更丰富一些，似无可非议，但从"文化沙漠"一下跳到"文化绿洲"，使人感到走出"学术政治化"误区后又来到另一个误区，至少是过分夸大了香港文学的繁荣及其地位和贡献，难怪香港作家有受宠若惊之感。

如果将 80 年代前期与新世纪的香港文学研究加以比较，就不难发现香港文学研究水平有了新貌。在研究布局上，从 80 年代后期起，除广东、福建等沿海地区及京沪两地的学者仍拥有学术资源的优势外，内陆学者也通过各种渠道取得各不相同的香港文学研究资料，故在这一时期的香港文学研究，和台湾文学研究一样，在全国遍地开花。

在写文学通史的心态弥漫学界的情况下，少数学者为了不使学术生命受到窒息，便设法跳出原有的窠臼，另辟蹊径，相继出版有袁良骏的《香港小说史（第一卷）》和古远清的《香港当代文学批评史》、《香港当代新诗史》。尤其是新世代学者赵稀方的《小说香港》、《报刊香港》、王艳芳的《异度时空下的身份书写——香港女性小说研究》和凌逾的《跨媒介香港》，系从"通史"几大误区中突围后出现的有新意成果。

香港本地的香港文学研究虽然滞后，但在新世纪也出版了两本"港产"的文体史：一是黄仲鸣的《香港三及第文体流变史》[25]，二是寒山碧的《香港传记文学发展史》[26]。这两本"文体史"，全是从个人兴趣出发，全是自由选

25 香港作家协会出版，2002 年。
26 香港，东西文化事业公司 2003 年版。

题自由出版，与香港教育制度无关。

香港作家普遍不认同内地学者写的《香港文学史》，一些学者更是以看对方出洋相的心态讪笑史料错讹。在这种不接纳、不看好的情况下，人们希望香港学者能写出自己的文学史。国外汉学家们曾这样责问香港学者："为什么你们自己不去写本地的文学史？"他们不了解，这是因为香港学者的学术观念、方法以及教育体制与内地不完全相同。在香港某些大专院校，厚古薄今、贵远贱近的风气甚浓，研究香港文学不如研究内地文学、台湾文学地位高。[27]

由谁来重构"香港文学史"问题，不应从地域上去划分，正如香港文学不是"同乡会"文学一样，香港文学研究也不应该是"同乡会"的专利。编撰《香港文学史》最理想的人选应该是熟悉香港文学、占有资料充分、对香港文学研究深入、态度又公正客观的学者——而不管他是哪个地方人。不过，作为内地学者，倒是十分希望本港学者自己动手撰写香港文学通史，或与内地学者展开友好的竞争。其实，这"竞争"不是"争夺"，也无"话语霸权"问题。谁有兴趣、有时间，谁就可像黄仲鸣、寒山碧那样放手去写香港文学的"文体史"或"专题史"乃至"通史"。

在"通史"方面，内地学者刘登翰主编的《香港文学史》[28]，用大兵团作战方式，只花了一年多就写成，未免匆忙了些，用刘登翰自己的话来说，"想起三十多年前，还在为寻找资料苦恼，凭一点勇气就敢写史，正可谓无知者无畏。"[29]但这本书集思广益，体例新颖，在各章中大体上做到了史论结合，得到港内外较多人的肯定，认为比潘亚暾、王剑丛的同类书有特色。黄万华的《百年香港文学史》[30]有后来居上之势，在时间跨度上和新的材料出土上，有所超越。香港文学研究队伍尽管青黄不接，但仍有赵稀方、凌逾、王艳芳、王瑞华、徐诗颖等后起之秀。

澳门文学研究专著比香港文学少，较重要的有刘登翰主编的《澳门文学

---

27 据香港《明报》2001 年 7 月 3 日报道，香港艺术发展局斥巨资 300 万港元筹备编写《香港文学史》，可一直无法落实。如此丰厚的条件竟无人投标，看来，香港文学通史指望本土学者写出，仍遥遥无期。

28 刘登翰主编：《香港文学史》，香港作家出版社 1997 年版。施建伟等：《香港文学简史》，同济大学出版社 1999 年版。

29 刘登翰致古远清信，2022 年 7 月 9 日。

30 花城出版社，2017 年。

概观》[31]、吕志鹏的《澳门中文新诗发展史研究》[32]、郑炜明的《澳门文学史》[33]、朱寿桐主编的《澳门文学编年史》[34]。此外，张堂锜的《边缘的丰饶——澳门现代文学的历史嬗变与审美建构》，其中第一辑第一部分《澳门现代文学的发展轨迹与特殊品格》，不妨视为微型澳门文学史。还有王金诚、袁勇麟将台港澳联合在一起的《中国当代文学编年史·台港澳文学》[35]。

---

31 鹭江出版社，1998 年。

32 社会科学文献出版社，2011 年。

33 齐鲁书社，2012 年。

34 花城出版社，2019 年。

35 山东文艺出版社，2012 年。